82들의 혁명놀음

82들의 혁명놀음

지 은 이 / 우 태 영
발 행 인 / 김 윤 태
발 행 처 / 도서출판 善
편 　 집 / 고 　 연

등록번호 / 15-201
등록날짜 / 1995. 3. 27

초판 제1쇄 발행 2005. 7. 20
초판 제2쇄 발행 2005. 10. 10

주 　 소 / 서울시 종로구 낙원동 111-3 청자빌딩 405호
　　　　　Tel 02-762-3335 · Fax 02-762-3371

정 　 가 / 9,500원

ISBN 89-86509-66-0 03810

82들의 혁명놀음

우태영 지음

요즘을 이른바 386시대라고 한다. 386이란 나이는 30대이고 대학 학번은 80년대 학번, 그리고 1960년대에 태어난 사람들을 말한다. 386세대 가운데 형님에 속하는 사람들은 이미 40대의 중년이 됐다. 386들은 노무현 정권이 들어서면서 우리 사회를 이끌어가는 중추세력으로 자리 잡았다는 것이 일반적인 평가이다.

고려대 최장집 교수는 2005년 4월 21일 한 강연에서 "오늘날 386세대는 더 이상 운동권, 재야인사, 시민사회의 비판 세력이 아닌 권력과 조건을 갖추고 있다"고 말했다. 그는 다만 이 같은 권력을 차지한 386세대에 한국 사회의 미래를 이끌어갈 만한 비전이 없음을 질타했다.

그러나 386세대가 아무런 비전이 없는 집단은 아니다. 오늘날 386세대는 1980년대 권위주의 정권에 저항하며 한국 사회의 민주화를 이끌어낸 중추라는 평가를 받는다. 그러나 386의 저항운동을 이끌었던 사람들이 서구식의 민주화를 추구했던 것은 아니다. 386들은 지금에 와서는 말하기를 꺼리지만 1980년대에 분명한 이념적인 지향을 가지고 활동했다. 그 이념이 무엇인가에 대해 최 교수는 앞의 강연에서 "민주화는 단순히 권위주의를 탈피하는 것뿐이 아니라 기존질서를 바꾸는 것을 의미한다"며 "과거 386세대, 이른바 NL-PD의 혁명적 수사로 표현된 주장들 역시

민주화 안에 포함돼 있는 것"이라고 지적했다.[*]

386의 이념이라고 할 수 있는 NL과 PD는 모두 1980년대 중반에 서울대의 지하운동권에서 나온 것들이다. 시간적으로는 PD가 먼저 출현했다.

PD는 민중민주주의 혁명론을 뜻한다. 한국 사회의 문제를 해결하기 위해서는 혁명을 통해 기득권 세력을 타파하고 민중이 주인이 되는 사회주의 사회를 건설해야 한다는 주장이다. PD이론이 대학가를 석권해 나갈 때에 NL이론이 등장했다. NL은 민족해방민중민주주의 혁명론을 의미하는 NLPDR를 줄인 것이다. NL은 한국 사회를 미국의 식민지로 규정한다. 식민지 사회인 만큼 당장 필요한 일은 사회주의 사회를 건설하는 것이 아니라 미국을 축출하는 것이다. 먼저 반미투쟁에 힘을 모아 미국을 축출한 다음에 북한과 연대해 민족통일을 이루고 사회주의 사회를 건설하자는 것이 이 이론의 핵심이다.

1985년 말에 서울대 지하운동권에서 출발한 NL은 PD를 압도하고 순식간에 전 대학으로 확산됐다. 이후 현재까지 한국 사회의 운동권의 방향은 반미와 북한과의 연대를 중시하는 통일운동으로 가닥을 잡게 됐다.

그런데 NL이론에 결정적인 영향을 준 것은 바로 북한의 주체사상이다. 주체사상에는 북한의 남한 적화 전략인 김일성의 남조선 혁명론도 들어 있다.

2005년 현재 북한은 지구상에서 가장 가난한 국가에 속하는 최악의 인권탄압국이다. 그리고 북한에서는 군을 최우선으로 하는 선군정치가 행해지고 있어 주체사상은 더 이상 체제의 기둥이 아니다. 탈북자들의 이야기를 들어보면 북한은 주체사상에 기반한 체제라기보다는 군사독재국가라는 느낌이 들 정도이다. 무엇보다도 핵무기를 개발함으로써 한반도를 위기로 몰아넣고 있다. 현재의 시점에서 보면 기아로 2백만의

---

[*] 프레시안 2005년 4월 21일 18:26. 최장집, "386, 정서만 급진. 정책은 보수" 질타.

주민이 굶어죽은 북한의 이념인 주체사상을 한국 학생운동권이 지도이념으로 받아들이기는 매우 어려운 일로 보인다. 하지만 386세대가 대학을 다니던 20여년 전에는 사정이 지금과는 달랐다.

1980년대에 386세대는 대학을 다니며 전두환 대통령의 제5공화국에 대해 치열한 저항운동을 벌였다. 운동권 학생들만이 아니라 이른바 면학에 열중하는 학생들도 전두환 대통령은 손바닥에 피를 묻힌 독재자라고 생각했다. 캠퍼스 안에서 반정부 데모나 집회가 벌어지면 많은 학생들이 참가했다. 그리고 이러한 시위나 집회가 면학에 지장을 준다는 등의 이유로 반대하는 학생도 찾기 어려웠다.

저항의 대열에 뛰어드는 학생들이 급증하면서 지하운동권에서는 학생들을 조직화하고 저항을 지속시켜 일거에 한국 사회의 문제를 해결하려는 이념이 필요했다. 그래서 동원된 것이 사회주의 혁명이념이었다. 마르크스·레닌·모택동의 이념을 비롯, 제국주의론 종속이론 등 지구상에 출몰했던 모든 사회주의 이념이 서울대 지하운동권에서 습득되고 경쟁을 벌였다.

각종 사회주의 이론을 연마한 학생들이 먼저 내놓은 이론이 PD였고 마침내는 북한의 주체사상을 모태로 하는 NL이론이 운동권을 석권하게 된 것이었다. 그런데 1980년대 중반, 21세기 초에 권좌에 오를 386세대에 일어난 이러한 사상전환에 대해 당시 국민들은 거의 모르고 있었다.

이 즈음 우리 사회의 어른들은 민주화를 이루지 못한 자괴감으로 독재에 저항하며 몸을 던지는 학생들 앞에서 얼굴을 제대로 들고 다니지 못했다. 적지 않은 교수들이 제자들이 시위를 벌이다 경찰에 붙잡혀 징역을 살든가, 구류를 살든가 하는 데에 매우 미안해하는 분위기였다. 지식인으로서 자신들이 할 일을 다 하지 못해 제자들이 고생한다는 생각이었다.

반면에 학생들은 독재에 저항한다는 이유만으로 모든 탈선과 위법을 정당화했다. 화염병을 던지거나, 시위를 말리는 교수들에게 대드는 학생들을 야단치던 소수의 교수들도 이 즈음에는 학생들을 꾸짖으려는 시도를 거의 포기한 상태였다. 학생들의 주장이 무엇인지, 학생들의 행동이 학생의 본분에 걸맞은 것인지를 따져보는 교수는 거의 없었다.

대학 밖의 풍경도 크게 다르지 않았다. 오랜만에 해금된 정치인들은 전두환 정권에 민주화를 요구했다. 민주화만 되면 우리 사회의 일각에서 우려하는, 시위 현장에서 나타나는 일부 학생들의 좌경화나 폭력 성향 등의 문제는 일거에 해결될 것이라고 믿었다. 많은 시민들도 학생들의 시위로 거리에 최루탄이 터지는 데 대해 학생들보다는 정부에 책임을 물었다. 문제의 발단은 독재정권에 있으며 민주화를 요구하는 학생들의 주장을 옳다는 반응이었다.

학생들이 '관제언론'이라고 부르던 주요 언론 종사자들도 대개는 비슷한 입장이었다. 일면으로는 운동권 학생들의 좌경분위기나 불법 투쟁, 폭력성향 등을 비판하면서도 이에 대한 근본적인 해결책으로는 정부와 학생들 간의 대화나 민주화로의 신속한 이행을 촉구했다. 이른바 둘 다 옳고, 동시에 둘 다 잘못한 양시론兩是論 양비론兩非論이었다.

당시 나는 조선일보의 서울대 출입 기자였다. 신문사에 입사한 지 1년 남짓 지난 상태에서 독재정권과 가장 강력하게 상대하는 학생운동의 중심지를 맡아 취재했다. 기성의 신문들로서는 학생들이 자신들을 '관제언론', '제도언론'이라고 비판했지만 학생들의 시위에 대한 기사를 쓰지 않을 수는 없는 노릇이었다. 어차피 우리 사회의 역사를 기록하는 일이 언론의 사명인 데다 독재정권에 대한 반대의 목소리가 있다는 것을 보여주는 의미도 있었다. 대학생들의 대규모 연합시위나 공공기관 점거 농성 같이 사회적으로 파장이 큰 사건에 대해서는 물론 크게 취급했다. 동시에 서울대에서는 아무리 작은 규모의 시위가 발생하더라도 작게나마 기사를 실었다. 신문사 내에 서울대에서 시위가 발생하면 반드시 1단으로라도 실어라 하는 원칙이나 규범이 있었던 것은 아니었다. 그러나 서울대에서 일어나는 학생들의 시위 중 나오는 구호나 요구사항, 화형식 같은 집회에서의 행태는 곧바로 다른 대학들로 전파됐다. 신문기자들은 서울대에서 나오는 학생들의 시위 양태가 반정부운동의 핵으로서의 기사 가치가 충분하다는 사실을 직감하고 있었다.

서울대에서 벌어지는 집회에서 나오는 학생들의 주의나 주장을 기사화하기란 어렵지 않았다. 현장을 가 보면 되는 것이었다. '학생 몇 명이 어디에 모여 무슨 무슨 구호를 외치다 경찰에 의해 몇 분 만에 해산됐다. 학생들은 유인물에서 무엇 무엇을 주장했다. 경찰은 시위를 주도한 누구 누구를 체포했다' 하는 식이었다.

그러나 나는 서울대를 출입하면서 학생들의 내면적인 정치의식이 시위 현장에서 드러나는 뻔한 구호와는 전혀 다르다는 사실을 대충 파악했다. 운동권 학생들이 제작한 유인물이나 문건, 대자보 등에 나타나는 방향이나 용어 등으로 미루어 볼 때 학생들이 의도하는 바는 이미 일반 시민들이 전두환 정권에 대해 요구하던 자유민주주의가 아니었다.

정부에서는 운동권 학생들이 좌경분자라고 발표하고 각 언론들은 이를 큼지막하게 다루었다. 하지만 당시 정부의 이 같은 발표를 그대로 수용하는 사람은 별로 없었다. 대개는 군사독재 체제가 또 고문을 통해 민주화를 요구하는 대학생들을 공산주의자로 조작해냈다는 반응이었다. 설사 그들이 지금은 좌경화됐다 하더라도 민주화만 되면 모든 게 제자리를 찾아갈 것이라고 믿는 사람이 대부분이었다.

기자로서 나는 학생운동을 이끌어가는 주역들이 정확히 무슨 생각을 하는지 확인하려 했으나 쉽지 않았다. 학생운동 지도자들 가운데에는 경찰의 수배를 받아 쫓기는 인물이 많았고, 학생들 자신도 지하에서 움직이는 학생운동 지도부가 누구인지 잘 몰랐다. 그리고 설사 어렵게 지하의 인물들을 하나 둘 만난다 해도 그들이 볼 때 '관제언론'에 종사하는 기자에게는 본심을 털어놓지 않았다.

이처럼 1980년대 중반 서울대 학생운동권 내부 사정은 잘 노출되지 않았다. 그런데 1986년 3월 18일 나는 서울대 학생들의 시위를 보고 또 한 번 놀랐다.

'반전반핵反戰反核 양키 고홈'

학생들의 구호가 이전과는 전혀 달랐다. 이전에는 전두환 타도나 학원민주화 등이었다.

미국에 대해 이처럼 직접적으로 반대하는 내용의 구호는 학생운동권에서도 터부였다. 자칫 북한의 주장에 동조한다는 혐의를 뒤집어쓸 위험성이 있기 때문이었다. 그러나 이날 이후 서울대에서 벌어지는 시위에서는 북한의 주장이나 다름없는 내용의 유인물들이 뿌려졌다. 구호도 북한의 주장과 다름없었다. 시위의 양상도 이전보다 훨씬 과격해졌다. 시위 현장에서 격정을 참지 못하고 분신자살하는 학생들도 나왔다. 학생들이 그토록 미워하는 전두환 군사독재를 앞에 두고 학생들 간에 민민투니 자민투니 하면서 갈등이 벌어지기도 했다. 학생들 사이에 드디어 북한의 주체사상이 운동권을 석권했다는 소식이 전해졌다. 북한 방송을 듣고 시위의 방향을 정한다는 소문이 돌았다. 심지어는 운동권 학생들이 선배들을 몇 시간 사상교육을 시켜 주체사상을 신봉하도록 만들었다는 이야기도 전해졌다.

서울대 운동권에서 일어난 이러한 충격적인 변화는 외부로 거의 전해지지 않았다. 나부터도 서울대 취재에 전념할 수 없었다. 거리에서 일어나는 각종 직선개헌 시위 현장에도 가 봐야 했고 각 경찰서를 돌면서 사건 취재도 해야 했다. 그러면서 또 이런 저런 독자들의 눈길을 끌 만한 기획기사도 만들어내야 했기 때문이다. 당시 나는 데스크의 지시로 등산에 대한 기획 취재를 하느라 비 오는 날 텅 빈 북한산을 헤매기도 했다.

곧이어 한국 사회는 6.29선언과 직선제 개헌 등을 거치며 민주화의 길로 바쁘게 달려갔다. 모두가 다음 대통령이 누구인가, 어느 지역 출신이 어떤 자리에 올랐나를 따졌다. 일련의 민주화가 진행되면서 유신독재, 12·12사태, 광주항쟁 등과 관련된 과거의 권력자들은 민주화시대의 사법기관의 심판을 받았다. 과거의 독재자들이 저지른 폭압과 부정부패의 실상은 대부분 폭로됐다. 심지어는 12·12사태 당시 지휘관들의 급박한 전화 통화 내용을 담은 녹음 테이프까지 공개됐다. 이제 사람들은 과거의 이른바 '가해자'들에 대해서는 모르는 것이 거의 없다.

특히 386세대가 권력을 잡은 뒤에는 이른바 민주화와 과거사 청산이 더욱 철저히 추진되는 느낌이다. 그런데 개혁으로 불리는 일련의 작업들에 대한 찬반논란이 크게 일어나고 있다. 386세대가 정치를 주도하면서 민주주의를 낙관하던 많은 사람들을 의아하게 만드는 일들이 벌어졌다. 민주주의에 기대했던 화합보다는 분열과 갈등이 우리의 정치문화를 압도한다는 우려가 일고 있는 것이 요즘의 현실이다. 이러한 걱정은 386세대가 모든 분야에서 이전까지 보편적인 한국인들이 가지고 있던 생각과는 다른 정책을 추구한다는 평가에서 나온다.

북한을 대하는 자세는 가장 큰 차이를 보인다. 북한의 김정일 체제에서는 지난 10년 동안 2백만명의 주민이 굶어죽었다. 그리고 최근에도 공개처형 장면이 공개되는 등 인권탄압 실상은 유례를 찾을 수 없을 정도로 악화됐다. 이러한 상황에서도 김정일 체제는 핵무기를 개발해 미국의 침략으로부터 민족을 지킨다는 이야기를 하고 있다. 보통 사람들은 이러한 김정일 체제를 용납하지 못한다. 그런데 '386'들은 북한 주민의 인권문제는 쳐다보지도 않으면서 북한 김정일 체제의 유지가 중요하다며 대북지원을 강조한다. 이러한 인식의 바탕에는 미국과의 군사동맹보다는 북한과의 민족공조를 통해 통일로 다가가려는 생각이 깔려 있음은 주지의 사실이다.

'386'들은 국내적으로는 과거 이승만·박정희 대통령 등의 정통성에 대해서도 회의적이다. 김일성의 독립운동은 인정하면서, 박정희에 대해서는 친일파라는 딱지를 붙인다. 대한민국의 정통성을 부정하는 언행을 서슴지 않으면서, 이제 더 이상 사상과 이념은 중요하지 않다며 국가보안법을 폐지하려 한다. 경제적으로는 한국의 성장잠재력이 떨어진다는 경고가 나올 정도로 분배 중시의 사회주의적인 정책을 펴고 있다.

서울대 박효종 교수는 이를 두고 "386세대의 진보주의가 부친살해라는 독특한 담론을 통하여 생명력을 얻기 시작했다"고 평했다.**

크게 보면 386세대가 주도하는 한국이라는 배가 뱃머리를 되돌려 지금까지 왔던 항로를 역류해가는 느낌이 들 정도이다. 이러한 역류를 이끄는 386들의 머릿속에는 어떤 항해지도가 그려져 있을까?

'386세대'에 대해 생겨나는 이러한 물음에 대해 우리 사회에서는 아직 답을 찾을 수 없는 상태이다. 가장 큰 이유는 우리는 '386'들이 누구인지를 잘 모르기 때문이다. 이들이 비판한 독재자들에 대해서는 잘 알고 있지만, 정작 이 독재자들을 밟고 일어서 오늘을 이끌어가려는 386의 생각에 대해 우리는 너무나도 모르고 있다.

386세대의 생각을 이해하기 위해서는 최 교수가 말한 "민주화 안에 포함된 이른바 NL-PD의 혁명적 수사로 포장된 주장들"에 대한 이해가 필요하다. 20여년 전 한국 사회의 혁명을 추구하던 학생운동권은 정통 마르크스주의를 강조하는 PD와 주체사상을 바탕으로 하는 NL의 두 계열로 분화됐다. 그러나 시간이 가면서 NL이 PD를 압도해 결국 386을 대변하는 사상으로 자리 잡았다.

당시 NL 이념을 전파한 중심부에는 '강철'이라는 필명의 서울대 법대생 김영환이 있었다. 김영환이 NL이라는 포장을 씌워 도입한 주체사상은 서울대 운동권에서 둥지를 튼 데 이어 서울대 울타리를 넘어 같은

** 박효종, 민주화 이후의 자유주의, 그 '지속 가능성에 대한 평가', 2005.

시기에 한국 사회의 혁명을 꿈꾸었던 모든 젊은이들과 재야의 정치인들에게 결정적인 영향을 주었다. 주체사상은 서울대 운동권을 석권한 20여년이 지난 요즘 21세기에 들어서서도 대학을 포함한 이른바 한국 사회 변혁 운동권 전반의 지도이념으로서 여전한 권위를 누리고 있다.

현재의 한국 사회에도 커다란 영향을 끼치는 주체사상은 20년 전에 상당수 386운동권의 열광적인 호응을 받으며 한국 사회에 뿌리를 내렸다. 한국 사회에서 최대의 터부였던 북한의 주체사상을 여과 없이 받아들인 386운동권의 문제의식과 상황인식은 무엇이었는가?

이를 이해하려면 우선 386들이 비장한 심정으로 반체제운동을 벌이던 1980년대의 서울대 캠퍼스로 돌아가 보아야 한다. 이는 20년 전 '반전 반핵 양키 고홈'이라는 구호를 처음 듣고 그 연원을 캐고 싶어 했던 필자의 기자로서의 궁금증의 발로이기도 하다.

이 글은 당시 서울대 운동권에 주체사상을 도입했던 서울대 82학번의 김영환과 주요 인물들을 인터뷰 하고 취재한 결과물이다. 특히 김영환과는 2005년 초 몇 달 동안 오랜 인터뷰를 가졌다. 이들을 통해 386세대의 정치의식이 형성된 1980년대의 한 단면을 이해할 수 있다. 그러나 상당수의 인물들이 현재 활동 중이므로 인명은 꼭 필요한 경우에만 밝혔다. 386운동권이 주체사상을 수용하게 된 연원을 추적하다 보면 우리는 1982년 3월 암울한 분위기에서 서울대학교의 문을 열고 들어가는 지극히 평범한 신입생 김영환을 만나게 된다.

2005년 6월

차례

들의 혁명놀음

1.
지향

■ *신神이 인간을 창조한 것이 아니라 인간이 신을 창조했다.* —포이어바흐

민주주의

'역사, 철학, 그리고 인간'.

1982년 3월. 서울대 관악캠퍼스 내 법대 건물 앞에 세워진 게시판을 훑어보던 신입생 김영환의 눈동자가 움직임을 멈추었다. 법대에 입학한 김영환이 알고 싶고, 연구하고 싶어 하던 모든 것을 집약시킨 3개의 단어가 한자리에 모여 있었기 때문이다.

매년 학기 초가 되면 각 서클들은 신입생들을 회원으로 모집하기 위해 자신들을 알리는 포스터를 내걸었다. 서클들 가운데에는 문학이나 미술, 음악 같은 취미활동을 즐기는 것들도 있지만 학술활동이나 사회참여를 지향하는 것들도 적지 않았다. 고교시절까지 입시 공부에 찌들었던 신입생들은 보다 다양한 대학생활을 체험하기 위해 여러 서클을 기웃거린다. 김영환도 마음에 드는 서클을 고르기 위해 게시판에 널려 붙은 서클의 포스터들을 훑어보다가 자신이 대학에 다니며 추구하려는 모든 것이 이 세 단어에 함축돼 있다는 느낌을 받았다. '역사, 철학, 그리고 인간'이라는 카피를 내건 서클은 바로 고전연구회였다.

고교시절 김영환은 대학에 들어가면 하고 싶은 공부를 마음껏 하겠다고 마음먹었다. 사람들이 최고로 치던 법대에 들어갔지만 당장 사법고시에 합격해서 법관이 되고 싶은 생각은 없었다. 법학을 공부해서 교수가 되고 싶다는 생각도 별로 없었다. 다만 마음만 먹으면 사법고시 정도는 어렵지 않게 합격할 수 있다는 자신감만은 있었다. 그 어렵다는 서울대 법대를 과외 한 번 하지 않고 합격했으니 부모들도 같은 기대를 하고 있었다. 행정고시나 외무고시를 보아 고급공무원이나 외교관이 된다는 생각은 안중에도 없었다. 단지 마음껏 공부를 하고 싶었다.

어릴 때부터 김영환은 워낙 책 읽기를 좋아했다. 고등학교 2학년 때까지는 교과서에 소개되는 위인들의 저작을 가끔 읽어 볼 수 있었다.

고2 때는 축약본이지만 영국의 역사가 아널드 토인비의 '역사의 연구'를 읽고 민족주의에의 정열로 가슴을 불태우기도 했다. 중학교 때에는 프랑스의 철학자 데카르트의 철학을 맛보기도 했다. 그럴 때면 김영환은 새로운 지식에 대한 열망으로 가슴이 부풀곤 했다. 그러나 고3이 되면서는 이러한 지식에의 갈증을 채울 수가 없었다. 코앞에 닥친 입시 공부 때문이었다. 그런데 이제 원하는 대학에 들어갔고 부모님도 더없이 좋아하시니 그토록 하고 싶었던 공부를 마음껏 할 수 있다는 기대에 부풀어 있었다. 김영환은 역사, 정치, 경제, 철학 등에 대한 책을 원 없이 읽고 싶었다.

또 하나 마음에 품고 있던 목표는 그때까지만 해도 대학생들의 전유물처럼 돼 있던 민주화운동에 적극적으로 참여하는 것이었다. 대학에 갓 입학한 김영환은 전두환 대통령에 대한 반감을 가지고 있었다. 박정희 대통령의 말기 유신독재와 광주사태에 이은 전두환 대통령의 집권 과정이 총칼로 이루어진 비민주적인 사태의 연속이라는 사실은 당시 대학 신입생이라면 대개는 눈치로라도 알던 시절이었다.

중고교 시절부터 김영환은 신문을 열심히 읽었다. 이른바 기사의 행간에서 독재정권에 대한 비판을 감지할 능력이 있었다. 게다가 당시의 어른들은 대개 박정희 정권을 독재라며 비판했다. 김영환의 아버지도 박 대통령의 유신독재를 몹시 못마땅해했다. 김영환이 경북 안동 출신이고 대구에서 학교를 다니기 시작했지만 당시에는 대구도 야당의 세가 강해 전통적으로 야도野都라고 불리기도 했다. 김영환의 아버지는 경북대 상대를 나온 인텔리였다. 경상도 출신이라고 해서 경상도 출신 대통령을 무작정 지지한다는 요즘 말하는 'TK정서'라는 것도 별로 없었다.

영리한 아이들은 보통 중학교에 들어가면 정치가 무엇인지 알기 시작한다. 동네에서 국회의원에 출마한 후보자들에 대해서도 궁금해하게 되고, 정치에 대해 어른들이 하는 말도 이해하려 노력한다. 당시에는 어른들도 집 밖에 나가서는 서슬 퍼런 유신독재에 대한 공포에 눌려 지냈다. 대구 오성중학교 시절 김영환의 주위도 유신독재의 공포로 뒤덮여 있었다. 어른들은 이에 대해 내놓고 반대를 하지는 못하더라도 속으로는 상당히 반발하는 듯했다.

김영환의 아버지도 집에서는 유신 통치는 정의롭지 못하다는 말을 자주 했다. 대통령이 임명하는 유정회 국회의원이 국회의석의 3분의 1을 차지하는 제도는 공정하지 못하다는 말을 자주 했다. 어머니와 이야기할 때나 TV 뉴스를 볼 때에도 아버지가 박 대통령을 비판하는 이야기를 김영환은 자주 들을 수 있었다. 아버지는 김영환이 공부하는 사회 교과서에 유신헌법을 합리화하는 내용을 읽고 "교과서가 이게 뭐냐"며 매우 못마땅하게 여겼다.

학교에서도 반反유신적인 분위기가 감돌았다.

대구 오성중학교에 다니던 시절의 일이었다. 수업시간 중에 한 선생님이 박 대통령을 비판했다. 본격적으로 비판한 것이 아니라 지나가는 말로 한 것이었다. 그런데 이를 들은 한 학생이 집에서 밥을 먹으면서 아버지에게 전했다. 마침 그 아버지는 중앙정보부 직원이었다. 그러자 그 아버지는 중앙정보부에 선생님이 수업 중에 박 대통령을 비판했다는 보고를 했다. 며칠 후 그 선생님은 중앙정보부에 끌려가 실컷 두들겨 맞았다. 어린 중학생이던 김영환이 이 이야기의 진위를 확인한 것은 아니었다. 다만 당시에는 김영환이 다니던 학교의 학생들은 이를 사실로 믿고 있었다. 이런 이야기가 중학생들 사이에서 떠도는 상황이라면 당시의 유신에 대한 공포와 반발이 얼마나 강했는지는 어렵지 않게 상상할 수 있다.

대구 오성중에서나 서울로 전학해서 다닌 경서중에서나 선생님들은 유신헌법을 가르치면서 막바지에는 늘 "약간 문제가 있다" "이런 것은 문제가 있지"라는 등의 말을 한마디씩 던지곤 했다. 유신헌법이 독재 체제를 유지하기 위한 장치라고 내놓고 비판할 수 없는 엄혹한 상황에 서는 이런 정도의 문제제기도 쉽지는 않은 일이었다. 하지만 영리한 학생이라면 선생님들이 이처럼 지나가는 투로, 남의 일처럼, 한마디씩 툭툭 던지는 말씀의 의미를 알 수 있다. 선생님들이 50분간 수업을 할 경우 지루한 50분간의 강의보다도 수업을 끝내면서 던지는 촌철살인 寸鐵殺人과 같은 이러한 한마디가 더욱 인상에 남는 법이다. 어린 중학 생들은 이런 인상적인 한마디가 더 많은 진실을 담고 있다고 믿기 마 련이다.

김영환은 중학교 때에 가톨릭에 입교했다. 서울에 와서 다닌 성당의 신부님들도 박정희 대통령을 비판했다. 당시 다니던 노량진성당의 임태 경 신부는 북한 출신이었는데 미사 시간에 강론할 때에는 박 대통령을 비판했다. 하지만 정의구현사제단처럼 앞장서서 맹렬하게 비판하지는 않았다.

마포고교에 진학했을 때 김영환은 가톨릭 전국 고등학교 웅변대회에 성당대표로 출전할 기회를 얻었다. 당시 김영환은 비정치적인 내용의 원고를 썼다. 그중 "김대건 신부님의 순교정신을 본받고, 순교하는 정 신을 되살려 우리 사회의 문제를 해결하자"는 구절이 들어 있었다. 임 태경 신부는 이에 아무런 반응을 보이지 않았는데 한 수녀가 "이런 것 그대로 나가면 우리 신부님 다친다"고 해서 삭제하고 말았다. 자체 검 열에 걸린 것이었다.

이처럼 유신독재와 박 대통령에 대해 김영환은 좋게 생각할 수가 없 었다. 그것은 공포였고 불의였다. 그것은 아버지, 선생님, 신부님들을 옭아매고 억압하는 공포였으며 모두가 싫어하는 불의였다. 어린 김영환 에게 이런 공포에서 해방되고 정의가 강물처럼 흐르게 할 수 있는 길은 어른들이 말하는 대로 한국이 민주화되는 것이었다. 한국도 미국처럼 대통령을 국민들이 제 손으로 직접 선출해야 하고, 언론의 자유가 보장돼야 하고, 중앙정보부가 함부로 사람들을 잡아가는 그런 막돼먹은 경우가 없어야 했다.

그리고 TV를 보면 누구나 대통령 앞에서는 부동자세로 서서 머리를 90도 각도로 수그렸다. 대통령에게 아랫사람들이 비굴할 정도로 머리를 숙이는 그런 나라가 돼서도 안 됐다. 누구나 스스럼 없이 대통령과 이야기하고 대통령도 늘 TV에 나와 웃는 모습을 보여주는 미국과 같은 나라가 고교시절까지 김영환이 가졌던 이상적인 민주주의 국가의 모습이었다.

이런 정도의 생각은 당시 고교생이라면 누구나 가질 수 있는 정치관이다. 우리나라도 미국처럼 민주주의 국가가 돼야 한다는 생각을 가졌다는 정도로 특별히 정치적인 견해가 있다고 말하기는 어렵다. 당시 일반인이라면 누구나 미국이 민주주의의 모범국가라는 생각을 했다.

김영환이 고교 1학년 때인 1979년 10월 26일에 박정희 대통령이 피살됐다. 당시 김영환에게 떠오른 생각은 인과응보였다. 독재자가 죄값을 치렀다는 느낌이었다. 학교에서 자주 대화하던 몇몇 친구들도 다들 비슷한 반응이었다. 부모님들도 한국이 민주화될 것이라고 했다. 다만 TV로 중계되는 박 대통령의 국장國葬 때 할머니들이나 약간의 시민들이 울부짖는 모습이 보였다. 고교생 김영환은 "저들은 민주주의와 정치에 대해 잘 모르는 사람들"이라고 가볍게 생각했다. 고교생 김영환은 10·26사태 이후의 한국 사회가 잘 돌아갈 것이라고 낙관했다. 주위에 한국 사회가 민주화의 길로 힘찬 발걸음을 내디디며 미국과 같은 민주주의 국가로 나아갈 것이라는 점을 의심하는 사람은 없는 듯했다. 주위 어른들의 관심도 이제는 다음 대통령이 누가 되는가 하는 것으로 기울고 있었다. 아버지는 김영삼이나 김대중이나 다 좋은 사람이라고 했다.

아버지는 대구 출신이지만 호남 출신인 김대중에 대한 지역감정은 전혀 없었다. 그런데 아버지나 어머니나 김종필이 좋은 사람은 아니더라도 다음 대통령은 김종필이 될 것이라고 예상했다.

김영환도 막연하게나마 우리나라가 잘될 것이라는 확신을 가지고 있었다. 민주화의 길로 나아가는 것을 의심하지 않았다. 이제 자신은 공부를 열심히 해서 좋은 대학에 들어가 하고 싶은 공부를 마음껏 하면 되는 것이었다. 그것이 자신을 위해서나, 부모들을 위해서나, 그리고 이 나라를 위해서나 가장 좋은 길이었다.

고교 2학년 때인 1980년 봄이 됐다. 국민들의 기대와는 달리 민주주의의 문은 쉽게 열리지 않았다. 어린 학생이지만 김영환도 속으로 답답했다. 독재자 박정희가 제거되고 누구나 다 민주주의를 열망하는데 왜 민주주의는 시작되지 않는 것일까. 어른들은 왜 나라의 장래를 걱정하며 굳은 얼굴을 하고 있는 것일까.

답답해하던 고교생 김영환은 노량진성당 친구들과 함께 명동성당에서 열리는 한 행사에 당시 민주화운동가로 이름을 떨치던 연세대 김동길 교수의 강연을 들으러 갔다. 김 교수는 "로마의 독재자들이 검투사 경기를 열어 국민들의 흥미를 끌면서 국민들을 기만하고 독재를 했다. 국민들이 기만당해서는 안 된다. 정신 똑바로 차리고 민주화가 되도록 해야 한다"고 강연했다. 김 교수가 강연을 통해 당시의 답답한 시국을 설명해주고 이를 풀 해결책을 제시한 것도 아니었다. 하지만 고교생 김영환은 자신도 김 교수처럼 억압을 물리치며 자신의 뜻을 펼치고 사회의 등불 역할을 하는 실천하는 지식인이 돼야겠다고 결심했다.

5월이 되자 서울의 거리가 대학생 시위대로 넘쳤다. 군부의 실권 장악과 민주화의 장래에 대해 불안해하던 학생들이 거리로 나선 것이었다. 이른바 '서울의 봄'이었다. 대학생 시위대는 매일같이 거대한 파도를 이루며 김영환이 공부하던 마포고 앞을 지나갔다. 김영환은 교실 책상에 앉아 창밖으로 지나가는 거대한 대학생 시위대를 바라볼 수 있었다. 학교 수업이 끝나 집으로 돌아가는 길에 시위를 벌인 대학생들이 유인물을 나누어주었다. 김영환은 이 유인물들을 읽어보았다. 최규하 대통령은 허수아비이고 전두환 보안사령관이 실권을 가지고 있다는 내용 등이 적혀 있었다. 신문이나 방송을 통해서는 들어본 적이 없는 내용들이었다. 그러나 김영환은 이러한 유인물에 적힌 내용들을 사실로 받아들였다. 대학생들에 대한 막연한 믿음 때문이었다. 김영환은 '역시 대학생들이 제대로 한다'는 생각을 했다.

그렇다고 대학에 가서 민주화운동을 하기로 일찌감치 마음을 정한 것은 전혀 아니었다. 당시 김영환은 아널드 토인비가 쓴 '역사의 연구' 2권짜리 축약판을 읽고 감명을 받아 대학에 가서 인류학을 공부하기로 마음먹은 상태였다. '역사의 연구'에는 각 문명의 발생부터 소멸까지의 과정이 잘 설명돼 있다. 이 책에 나오는 다양한 문명에 대한 공부를 하고 싶었다. 한편으로는 열심히 성당을 다녔다. 이 때문에 부모들은 공부 잘하는 아들이 신학대학에나 가지 않을까 노심초사였다.

그런데 광주사태가 터졌다. 모처럼 얻은 민주주의의 기회가 총칼을 든 군인들에 의해 짓밟히는 것을 직접 눈으로 보게 된 것이었다. 김영환도 실망에 빠져 들었다. 신문이나 방송에서는 광주에서 폭동이 일어났다고 보도했다. 자세한 내용은 알 수 없었지만 신문이나 방송이 전하는 광주사태에 대한 보도 내용이 뭔가 사태의 전모가 아니라는 사실을 어렵지 않게 직감할 수 있었다.

김영환은 한편으로는 광주의 시위사태가 전국으로 퍼져서 프랑스 대혁명 같은 민주혁명으로 발전하기를 기대했다. 광주사태가 벌어지는 동안 김영환은 거의 매일 프랑스 혁명에 참가하는 꿈을 꾸었다. 빅토르 위고의 소설 '레 미제라블' 같은 작품들을 통해 그가 알게 된 프랑스 혁명은 정의롭고 민주적인 혁명이었다. 꿈에서 혁명에 참가한 김영환은 마침내 붙잡혀 단두대에서 목이 잘렸다. 그러나 목이 잘린 육체에서 빠져나온 영혼은 시위인파로 넘치는 파리의 하늘을 배회하며 혁명을 지켜보다 잠을 깨곤 했다.

김영환의 간절한 열망과는 달리 광주항쟁은 군부에 의해 진압됐다. 김영환도 크게 실망했다. 당연히 전두환 보안사령관을 미워하게 됐다. 고교생 김영환이 생각할 때 한국의 민주화에 대한 희망은 물거품이 돼버렸다. 그러나 한국은 민주화되어야 했다. 민주화된 한국이야말로 한국이 나아갈 참된 길이라고 부모님, 선생님, 신부님들이 가르쳤다. 이 길을 가로막는 세력은 악이며, 이 악의 세력만 제거되면 한국은 민주화의 탄탄대로를 걸어갈 수 있다는 것이 당시 상식을 가진 사람들의 확신이었다.

한국을 민주주의의 길로 다시 들어서게 할 수 있는 것은 무엇일까? 한국 민주주의를 가로막는 세력을 제거하는 방법은 무엇일까? 김영환은 얼마 전 거리에서 대했던 젊고 순수한 대학생들의 거대한 시위의 물결을 떠올리고는 다시 감동했다. 이제 방향은 정해졌다. 대학에 가서 하고 싶은 인류학을 공부하는 것도 중요하지만, 한국 사회의 민주화를 위한 학생들의 노력에도 적극적으로 참여해야겠다고 다짐했다. 물론 고교생 김영환이 마음에 품고 있던 민주주의란 학교 교과서를 통해 배운 미국식 자유민주주의였다.

고전연구회

서울대 법대에 합격하고 나서 김영환이 마음속에 새겨 넣은 삶의 지표는 지식인이 되는 것이었다. 고교 2학년 때 명동성당에서 바라보던 김동길 교수 같은 사람이 되고 싶었다. 박정희 독재정권의 모진 탄압을 받고도 꿋꿋하게 일어서는 학자. 다시 전두환 보안사령관의 권력 찬탈에 맞서 일어나 민족에 올바른 길을 제시하는 지식인. 늘 깨어 있으면서 젊은이들에게 바른 길을 가라고 사자후를 토하며 나아갈 길을 밝히는 진리의 표상이자, 겨레의 등불 같은 김동길 교수가 바로 김영환이 우러러보던 지식인의 표상이었다.

서울대 법대는 서울대 내에서도 입학 커트라인이 가장 높다. 그만큼 학생들의 자부심도 강하다. 또 그런 만큼 학생들의 사명감도 크고 자신에게 대해서도 엄한 경우가 많다.

신입생 김영환은 우선은 폭넓게 공부하되 민주화운동을 위해 학생들이 나서는 경우가 있으면 절대로 마다하지 않겠다고 단단히 마음먹었다. 여학생들과 만나는 미팅은 시간낭비로 생각됐다. 당구나 바둑 같은 잡기도 하지 않았다. 이 어려운 시대에 민족의 앞날을 밝혀가야 할 지식인이 되려면 촌음을 아껴 써야 했다. 술과 담배도 하지 않았다. 그런데 민주화를 이루려면, 훌륭한 지식인이 되기 위한 길은 어떻게 찾아야 하는가. 김영환은 오로지 책 속에 길이 있다고 믿었다. 한마디로 외향적으로는 범생이 중의 범생이, 책벌레, 공부벌레가 서울 법대 신입생 김영환이었다.

그런데 대학이란 친구가 정해진 곳이 아니었다. 고교시절까지는 반이 정해지면 선생님들이 자리도 정해 주었다. 친구들도 쉽게 사귈 수가 있었다. 그런데 대학에서는 수업시간에 자리도 정해지지 않는다. 들어가는 수업마다 늘 주위에 앉는 얼굴이 바뀐다. 그러니 마음먹고 친구들과 대화하기도 힘들다. 공부를 하든 민주화운동을 하든 혼자서는 할 수 없다. 선배들 이야기도 듣고 다른 친구들이 무엇을 하는지 견주어 볼 수 있어야 한다. 그리고 어차피 친구들을 사귈 수 있어야 한다. 김영환은 이러한 문제를 해결할 수 있는 길은 서클에 가입하는 것이라고 결론내렸다.

역사, 철학, 인류학 등 다양하게 공부하고 동시에 민주화운동도 하겠다고 마음먹은 상태에서 서클을 고르던 김영환의 눈에 번쩍 뜨인 것이 바로 '역사, 철학, 그리고 인간'이라는 구호를 큼지막하게 쓴 고전연구회의 포스터였다.

전두환 정권이 출범한 5공화국 초기에는 국내에는 이렇다 할 반대세력도 없었다. 김영삼, 김대중 씨 등 야당 정치인들은 연금상태였다. 정권에 반대하는 언론인, 대학교수들은 현장을 떠나거나 두려움에 숨을 죽였다. 이들이 효율적인 정치세력을 형성하지는 못한 상태였다. 종교인들도 숨을 죽였고, 노동운동도 거의 없었다. 전두환 정권에 대한 반대의 목소리를 들을 수가 없었다. 이른바 공포의 시대였다. 그렇다고 해서 군사정권의 부도덕성과 반민주성을 비난하는 사람들의 생각 자체가 없어지지는 않았다. 다만 겉으로 말을 하지 못할 뿐이었다. 반대의 목소리가 지하로 숨어들수록 그 내용은 더욱 독해질 수밖에 없다.

대학생들의 생각도 마찬가지였다. 이제는 단순히 민주주의를 위한 투쟁을 하는 것이 목적이 아니었다. 한국 사회의 정치가 민주화되지 못하는 원인은 단순히 성격이 포악한 독재자들 탓이 아니라 한국 사회 자체에 문제가 있다는 판단을 하게 된 것이었다. 그리고 이제는 학생들만의 힘으로는 민주화를 이룰 수 없다고 결론지었다. 이러한 경향은 유신 말기부터 두드러지게 됐다. 캠퍼스나 거리에서 민주주의를 외치며 시위를 벌이는 대학생들의 대부분은 독재자 박정희나 전두환의 축출만을 생각한다. 그러나 이들의 시위를 이끄는 소수의 대학생들에게는 한국 사회의 문제는 독재자들을 축출한다고 해결되는 것은 아니었다. 이들에게는 근본적으로 한국이라는 나라의 정체성과 이를 떠받드는 자본주의 체제가 문제였다.

1980년부터 1982년 김영환이 서울 법대에 입학하기 이전까지 서울대에서는 무림과 학림이라는 두 차례의 심상치 않은 대학생 조직 사건이 있었다.

사실 유신시대 이후 학생운동에서 서울대가 차지하는 비중은 막중했다. 학생운동을 이끄는 이론이나 조직 방법 등이 서울대 운동권에서 나왔다. 학생이나 노동자들의 정치활동을 지도, 교육하는 활동가들도 서울대 출신들이 절대 다수를 차지했다. 이러한 서울대 운동권을 이끄는 것은 바로 지하서클이었다. 유신시대를 거치며 시위를 주도하던 서클들은 대부분 불법화됐다. 서클들이 불법화됐다고 해서 바로 해산돼 명맥이 끊어진 것은 아니었다. 공안기관의 감시망을 피해 후배들을 모집하고, 교육시키며, 시위를 주도하는 것은 여전했다. 서클들이 지하조직화됐던 것이었다.

1980년 초반까지 서울대의 운동권은 5개 정도의 전통 있는 지하서클들이 주도했다. 이들 서클의 대표들은 고학년이 되면 후배들 가운데 한 서클당 2명 정도의 대표자들을 뽑아 서로 연결해주었다. 그리고 이들 10여명 가운데 1명을 지도자로 임명했다. 이 지도자를 나중에는 '포스트post' 혹은 '포po'라고 불렀다. 후임 포스트는 반드시 선임 포스트가 지정했다. 이처럼 포 아래에서 형성된 10명가량의 지하서클 대표들이 시위도 기획하고, 문건이나 유인물을 만들어 뿌렸다. 그러나 행동은 서클 단위로 이루어졌다. 학생들의 반체제활동을 지도하기는 했지만 중앙위원회와 같은 통일된 조직이 있는 것도 아니고 그렇다고 조직이 아닌 것도 아니었다. 이 때문에 나중에 경찰에서 이들을 검거해 발표할 때 안개 같은 조직이라는 의미로 '무림霧林'이라고 했다는 설명이다.

그런데 1980년 '서울의 봄'이 군부의 탄압으로 참담하게 끝나자 서울대 지하서클들 사이에서는 내분이 일기 시작했다. 다수의 견해는 일단은 엄혹한 군사독재의 탄압을 피해 조직 역량을 보호하는 게 중요하다는 것이었다. 섣불리 투쟁을 하다가는 강력한 군사독재 앞에 얼마 남지 않은 조직마저 파괴된다는 주장이었다. 특히 앞으로는 학생들만이 아닌 노동자들과 연계한 투쟁이 중요하다며 조직을 확대하는 노력을 기울여야 한다는 비전을 제시했다.

그러나 전두환 정권에 대한 즉각적인 저항을 주장하던 여론이 만만치 않았다. 특히 광주항쟁의 유혈진압에 분개한 사람들이 주로 이러한 주장을 했다. 서클 지도부 내에서도 즉각적인 저항을 주장하던 인물들은 조직 보존론을 패배주의라고 비판했다. 이들은 "당장 투쟁을 해야 하며 그러다가 조직이 파괴되면 후배들이 다시 새로운 조직을 일구어 투쟁을 하게 될 것"이라고 낙관했다.

서클 지도부는 이처럼 다수와 배치되는 주장을 하는 소수의 주전파主戰派들을 지도부에서는 축출했다. 조직과 규율이 있다면 이들을 징계하거나 제명하겠지만 지하서클들 간의 연합체 성격의 모임에서는 그럴 수가 없다. 조직 보존을 주장하는 다수파는 서클 후배들에게 소수인 주전파들을 만나지 말 것, 그들의 견해를 옮기지 말 것 등, 왕따시키는 방법으로 서울대 운동권에서 사실상 제명해 버렸다.

그러나 주전파들은 자신들의 주장에 공감하는 몇몇 후배들을 모아 한밤에 서울대 건물들 벽에 '전두환 물러가라'고 페인트로 써 놓았다. 이러한 행위는 엄혹하고 심한 사찰을 받던 당시로서는 대단히 위험한 것이었다. 조직 보호를 주장하던 다수파들 사이에서도 뭔가를 보여주어야 한다는 여론이 일기 시작했다.

그러나 조직 보호를 다짐하던 다수파가 갑자기 대규모 시위를 결행할 수는 없는 노릇이었다. 당시에는 대규모 시위를 할 만한 조직 역량도 없었다. 결국 대규모 시위보다는 유인물 살포를 결행했다. 이런 과정에서 나온 유인물이 바로 1980년 12월 11일의 '반파쇼학우투쟁선언'이었다. 이 유인물은 깨알 같은 글씨로 쓰여졌다. 타자기를 칠 만한 여유가 없는 공포 분위기에서 제작된 것임을 알 수 있다.

이 선언문은 전두환 대통령을 '악랄한 살인마 전두환'이라고 규정했다. 그리고 "우리의 적은… 민중의 포위공격으로부터 기만적 수탈체제를 방어하기 위해 안간힘을 쓰고 있는 국내 매판 지배세력으로서 국내 매판 독점, 매판 관료집단, 매판 군부"들이다. 그리고 "70년대를 점철한 한국 민중의 투쟁에 절박한 위기를 느낀 결과 10·26이라는 예방조치를 취하며 한국의 지배체제를 재편성, 새로운 파쇼정권을 밀고 있는 미국이 언제까지나 영원한 우방일 수 있을까"라는 반문을 통해 미국에 대한 포문을 열었다. 그리고 "우리 운동의 궁극적 과제는… 민중이 주체가 되는 통일된 민주국가의 수립"이다. 이는 "노동자, 농민, 근로대중, 진보적이고 전위적인 지식인 세력이 스스로 조직화하여 외세와 국내 매판세력을 이 땅에서 완전히 축출하고 일체의 분단의 조건들을 분쇄하여 궁극적으로 민족의, 민중의 통일을 성취하는 위대한 민중투쟁의 승리를 의미한다." 그리고 이러한 투쟁을 주도하는 것이 학생운동의 사명이라고 주장했다.

이 유인물이 나오자 전두환 정권은 대대적인 공안캠페인을 벌였다. 학생들의 좌경화를 강조해 전두환 정권의 집권 정당성을 알리기 위한 목적이 가장 컸다. 그러나 '반파쇼학우투쟁선언'은 이전까지 학생들 사이에서 나왔던 반정부 주장과는 다른 내용이었다. 미국에 반대하고 노동자, 농민, 근로대중, 지식인까지 조직화하여 통일을 쟁취한다는 주장은 1979년 검거된 남민전, 그 이전의 통혁당 등 남한 내 공산주의 운동조직들의 통일전선전술과 너무나도 흡사했기 때문이다.

공안당국은 이 유인물 수사를 벌여 9명을 구속하고 90여명을 군대에 보냈다. 이른바 무림사건이었다. 당국은 앞으로 당분간은 대학에서의 반정부시위는 없을 것으로 안심했다고 한다.

그러나 서울대 지하운동권의 주류에서 밀려난 소수 주전파들은 밖으로 뛰쳐나가 다른 대학 학생들과 접촉해서 1981년 2월 말에 전국민주학생연맹(전민학련)을 결성했다. 때문에 이 조직은 서울대생들이 주류가 아니었다. 최고 책임자이던 이태복도 국민대 출신이고 나중에는 성균관대학 운동권이 조직의 중추가 된다. 이 조직은 최고 의사결정기관으로 중앙위원회를 두고 산하에 대학별로, 지역별로 지부를 두었다. 물론 모두 비밀조직이었다. 그럴싸한 틀을 갖춘 반정부 비합법 지하조직인 셈이었다. 그러나 전민학련의 특징은 "사회주의적인 주장을 하지만 북한에 비판적인 자세를 취했다는 점"이었다고 당시에 활동했던 사람들은 말했다. 북한을 정상적인 사회주의 국가로 인정할 수 없었다는 것이다.

전민학련은 1981년 봄부터 서울대, 성균관대, 부산대 등에서 시위를 주도했다. 그러나 6월 들어서면서 총책임자 격인 이태복이 검거되면서 전모가 드러났다. 경찰은 남민전 관련자들이 이태복과 접촉한 기록을 확보하고, 6개월 이상 기획수사를 벌여 이태복을 검거하게 된 것이었다. 전민학련은 특이하게 최고 지도자가 검거되면서 하부조직이 붕괴됐다. 30여명이 구속된 이 사건을 경찰은 무림과 대비해 학림學林이라고 이름 붙였다.

무림이든 학림이든 모두 사회주의적인 주장을 하고 있다는 점에서 유신시대까지의 학생들의 민주화운동과는 성격을 달리했다. 특히 서울대 지하서클의 주류를 이루었던 무림의 주장은 통혁당, 남민전 등 이전에 적발된 남한 내 공산혁명전위조직이나 나아가서는 북한의 남한 혁명론과 일맥 상통하는 바가 적지 않았다. 그러나 당시에 일반인들의 눈에는 이러한 점들이 들어오지 않았다. 반정부시위를 벌이는 학생들은 침묵하는 사회에서 그나마 용기 있는 소수였기 때문이었다.

이처럼 1981년에 대학가의 시위가 이미 좌경화 경향을 강하게 띠자 학교당국에서는 신입생들을 상대로 입학 전에 오리엔테이션을 실시하면서 지하서클에 들지 말라고 당부했다. 그럼에도 불구하고 지하서클들은 번창했다. 경찰이 아무리 많은 학생들을 검거해도 지하서클들이나 전민학련이나 이미 조직이 이원화되어 있어서 살아남은 학생들이 다시 조직을 재건해 나갈 수 있었기 때문이었다. 대학의 분위기도 이미 지하서클이 주도하는 운동권이 장악한 상태였다.

대학에 입학하는 학생들의 숫자도 크게 늘었다. 전두환 정권은 대학생 입학정원을 크게 늘인 데 이어 졸업정원제를 실시한다는 이유로 정원의 30%를 추가로 뽑았다. 서울대의 경우도 입학정원이 최소한 배이상 증가했다. 1백명을 뽑던 법대의 정원은 2백~3백으로 늘었고, 20명을 뽑던 정치학과 등의 정원도 60명으로 크게 늘었다. 앞으로 반정부 학생운동은 소수 엘리트의 운동이 아닌 대중운동이 될 것이었다.

김영환이 대학에 입학했을 당시에도 서울대에서 시위를 주도하는 등의 반정부활동의 핵은 이른바 5대 가문家門(패밀리라고도 불렸음), 8대 가문 등으로 불리는 '중심서클'로 불리는 지하서클들이었다. 이 서클들은 비밀리에 우수한 학생들을 회원으로 모집하며 시위와 의식화 교육활동 등을 주도했다. 대표적인 것들로는 사회과학연구회(사과, 애플), 대학문화연구회(대문, 게이트), 흥사단아카데미, 후진국경제연구회(후경), 농법연구회 등이었다.

이 중심서클들은 불법적인 지하조직인지라 아무나 가입할 수 있는 것이 아니다. 선배들이 신입생들의 언동을 주의 깊게 관찰한다. 평소 대화를 통해 나타나는 시국관은 어떤가, 시위나 세미나 등에 적극적으로 참가하는가, 혼자 있을 때에는 무슨 책을 읽는가 등을 지켜보다가 괜찮다고 판단되면 접근한다. 처음에는 조직의 이름은 이야기하지 않고 "공부하는 모임이 있는데 같이 해보자"고 권유한다. 그리고 1학년 말이나 2학년 초에 서클의 이름을 알려준다. 점조직이기 때문에 멤버들 상호 간에도 잘 모른다. 3학년 전까지는 팀별로만 안다. 전체 조직에 대해서는 모른다. 지도부는 주로 '5학년'들이 맡는다. 5학년이란 시위로 인한 구속 등 처벌을 받아 학적이 변동된 사람들이다. 학년이 올라갈수록 회원들은 구속되는 것이 부담돼 스스로 탈퇴하는 경우도 많다. 김영환과 동기인 서울대 82학번의 경우 2학년 때까지 2천명으로 추산되던 중심서클의 회원들이 4학년이 되자 4백명 정도로 줄어들었다고 한다.

김영환에게는 지하서클에 가입을 권유하는 선배가 없었다. 김영환이 선배들이 쉽게 말을 걸 수 있는 붙임성 있는 스타일이 아니었다. 또 이러한 서클들은 경찰의 단속을 전제로 하는 것이므로 믿을 만한 사람들을 물색한다. 대개는 고향 선배나 고교 선배 등을 통해 충원이 이루어진다. 김영환이 나온 마포고 출신 가운데에는 서울대 운동권은 물론 서울대에 입학한 사람 자체가 드물었다.

공부도 하고 싶고, 민주화운동도 하고 싶지만 불러주는 서클도 없던 신입생 김영환이 제 발로 찾아간 곳이 바로 '역사, 철학, 그리고, 인간'을 카피로 내세운 고전연구회였다.

고전연구회는 1970년대 중반 서울대가 관악산으로 이전하면서 생긴 본부 연합 서클이었다. 본부에 등록된 공개 서클들은 지하서클과는 달리 대학당국의 예산지원을 받는다. 고전연구회도 처음에는 말 그대로 고대 그리스의 플라톤이나 아리스토텔레스 같은 사상가들의 저작이나 고전을 연구하는 모임이었다. 그런데 유신 말기부터는 반정부운동에 참여했다. 1978년쯤부터는 운동권의 분위기가 강화됐으며 1980년대에 들어서는 등록멤버가 2백명이나 되는 운동권 서클로 변모됐다. 김영환도 입학 전 학교당국이 실시한 오리엔테이션 덕분에 고전연구회가 운동권 서클이라는 점은 어느 정도 짐작하고 가입했다. 김영환과 함께 이 서클에 가입한 법대 82학번 정대화(현재 변호사)는 "고전연구회가 지하서클은 아니지만 커리큘럼 등이 잘돼 있다는 평이 있어서 가입했다"고 말했다.[1] 그러나 사실 당시의 서클들은 대부분 지하서클들과 커리큘럼을 공유했다. 고전연구회의 경우도 학생들이 배우고 연구하는 내용이

지하서클이나 크게 다를 것이 없었다.

다만 고전연구회는 등록된 공개서클인 만큼 서울대의 다른 지하서클처럼 선배들이 이론을 강하게 권유하지는 않았다. 김영환도 선배들의 가르침에 무조건 따르는 성격은 아니었다. 김영환은 말도 별로 없고 선배들의 말이나 어떤 책을 읽어도 비판적으로 대하는 자세의 소유자였다. 세미나에서도 그는 비판을 많이 하는 편이었다. 이 때문에 주위에서는 그를 상당히 까다로운 인물이라고 판단했다. 그러나 신입생 후배가 선배들에게 비판적인 자세를 가질 수 있었던 것은 고전연구회라는 서클이 그만큼 서울대 운동권에서 틀이 잡히지 않았기 때문이기도 했다. 전통 있는 지하서클이라면 어림도 없는 일이었다. 김영환과 정대화 등의 교육을 담당한 1년 선배인 정진수(현재 판사) 역시 권위의식이 전혀 없는 인물이었다. 그래서 늘상 후배들로부터 자유주의자라고 놀림을 당하기도 했다. 분위기는 자유로웠지만 서울대 운동권 내부에서는 고전연구회를 운동권 서클로 별로 인정하지 않았다. 그만큼 고전연구회 멤버들이 운동권에서 갖는 소외감도 상대적으로 컸다.

그렇다고 해서 고전연구회에서 선배들이 가르치는 내용이나 지향하는 목표가 다른 지하서클들과 크게 다른 것은 아니었다. 사실 고전연구회의 어느 선배들도 김영환 같은 후배들에게 우리는 "사회주의 운동권이다"라고 내놓고 말하지 않는다. 그러나 차츰 어울리다 보면 추구하는 바가 무엇인지를 분명히 알게 된다. 그리고 김영환, 정대화 등도 처음부터 최소한 민주화운동에 적극 참여한다는 생각으로 서클에 가입한 것이었다. 고전연구회의 신입생환영회는 3월 말 서울대 주변의 술집인 일미집에서 막걸리를 마시면서 진행됐다. 이 자리에서 선배들이 부르는 '농민가' 등을 들으면서 김영환 등 신입생들은 고전연구회가 운동권 서클

---

1 2005년 2월 18일 필자와의 인터뷰.

이라는 점을 분명하게 인식할 수 있었다.

김영환은 고전연구회가 주 1회씩 여는 세미나에 열심히 참여했다. 법대는 주로 사범대나 가정대와 함께 세미나를 진행했다. 먼저 어떤 책을 공부하고 내용을 요약해 발표하고 토론하는 방식이었다. 처음에 읽는 책들은 '해방전후사의 인식' 같은 한글 책들이었다. 다른 지하서클들도 1학년들을 상대로 처음 교재로 사용하는 책들은 대개 같다. '해방전후사의 인식', 이영희의 '전환시대의 논리' '8억인과의 대화', 박현채의 '민족경제론', 강만길(현 친일반민족행위진상규명위원회 위원장)의 '한국현대사' 등이다.

이 가운데 '해전사'로 불리는 "해방전후사의 인식"은 1980년대 대학생들에게 가장 많은 영향을 미친 책이다. 이 책은 고교 때까지 배워온 한국 현대사에 대한 생각을 송두리째 뒤집어 놓았다.

해전사

'해전사'는 8·15해방 이후 한국의 역사에 대한 서술이다. 이 책은 해방 이후 한국사는 미국이라는 외세에 의해 왜곡돼 왔으며 이로 인해 남북한은 한국전쟁이라는 동족상잔의 비극을 맞이했고, 남한은 민주화의 좌절을 맛보고 있다고 주장했다.

송건호(한겨레신문 초대사장)는 이 책의 권두논문인 '해방의 민족사적 인식'에서 글의 목적을 다음과 같이 설명했다.

"8·15가 주어진 타율적 선물이었다는 점에서 우리 민족의 운명이 강대국에 의해 얼마나 일방적으로 요리되고 혹사당했으며 수모받았으며 이런 틈을 이용해 친일파 사대주의자들이 득세하여 애국자를 짓밟고 일신의 영달을 위해 분단의 영구화를 획책하여 민족의 비극을 가중시키려 했는가를 규명하려 한 것이다. 지난날이나 오늘날이나 자주적이 못되는 민족은 반드시 사대주의자들의 득세를 가져와 민족윤리와 민족양심을 타락시키고 민족 내분을 격화시키고 빈부격차를 확대시키며 부패와 독재를 자행하여 민중을 고난의 구렁텅이로 몰아넣게 마련이다. 민족의 참된 자주성은 광범한 민중이 주체로서 역사에 참여할 때에만 실현되며 바로 이러한 여건 하에서만 민주주의는 꽃피는 것이다.

이런 관점에서 이미 반세기가 지난 8·15가 도대체 어떻게 민족의 정도正道에서 일탈해 갔고 그로 말미암아 민중이 어떤 수난을 받게 되었는가를 냉철하게 규명해야 할 필요가 생기게 되었다."

고교시절까지 학생들은 우리 역사에 대해 자부심과 긍지를 갖도록 배운다. 특히 근·현대사는 국난극복의 역사라 하여 더욱 자랑스런 감정으로 대하게 한다. 그런데 이 자랑스런 대한민국의 역사를 친일파들이 득세한 일탈의 역사라고 한 송건호의 주장은 신입생들에게는 충격적인 역사관의 전도였다. 그의 논문에서 고교 교과서에 민족진영의 지도자로 나오는 동아일보와 고려대학의 창립자인 김성수나 송진우 등은 친일파로 가차 없이 매도됐다. 대한민국을 건국한 초대 대통령 이승만은 미국 조야에 호소하는 외교나 벌인 인물이며, 상해의 임시정부란 망명객들의 자치클럽에 지나지 않았다. 그리고 국내 지하에서 활동하던 박헌영의 토착 공산주의 세력은 해방 직전에는 '서클 운동 정도로 명맥을 유지할 뿐'이었다. 다만 좌파의 여운형만이 해방을 준비한 지도자였다. 미군정의 개입이 없었다면 여운형이 지도하는 좌경화된 인민공화국이 건설되는 것이 대세였으며 이에 대해 우파는 승산이 없어서 외세에 기댄 것이었다.

송건호에 따르면 미국도 더 이상 한국을 해방시키고 공산 침략으로부터 나라를 지켜준 고마운 우방국이 아니다. 미군정은 점령군으로서 일본의 도움을 받아가며 한국 민중에 적대적으로 행정을 집행했다. 미군정은 국내의 지지를 받던 여운형의 인민공화국과 상해의 임시정부도 부정했다. 그리고는 친일파와 민족반역자들을 등용해 이 땅의 민족정신을 타락시키고, 민주주의를 짓밟았다. 미군정은 또 일본인 소유의 재산을 처리하는 과정에서 이승만과 친일파에 특혜를 부여해 경제윤리를 파탄시키고 부패를 만연시켰다.

초대 대통령 이승만은 특히 용렬한 인물로 매도됐다. 젊어서부터 남달리 권력을 좋아하고 남의 지배를 못 참는 성격이었다. 이승만이 개화파에 가담한 것도 과거제도가 폐지된 때문이었으며, 겉으로 도덕과 민주주의를 이야기하면서도 권력을 잡기 위해서는 폭력과 모함 등을 가리지 않는 무서운 사람이었다. 이승만은 자신의 권력을 위해 미군정, 악덕 친일파 모리배들과 손잡아 시대적 요구인 각종 개혁을 좌절시킨 역사적인 죄인일 뿐이었다.

송건호는 미군정이 지배하는 당시 상황에서는 강력한 반공정책을 주장하는 이승만이 대세를 장악할 수밖에 없었다는 점은 시인한다. 그러나 이 과정에서 민족의 주체가 될 수 없는 친일파 등이 민족주의 담당세력처럼 됐다고 아쉬워한다. 송건호는 남한만의 단독정부 수립이라는 이승만과 대립했던 김구나 김규식에 대해서는 정서적으로 동정하지만 정치적인 노선에 대해서는 비판한다. 이승만의 단정單政노선을 막지 못했기 때문이다. 김구는 국제형세 오판으로, 김규식은 비민중적 성격으로 인해 이 땅의 민족자주세력을 좌절시켰다고 가혹하게 비판한다.

송건호의 논문을 보면 해방 후 한국 역사는 자랑스러울 것이 전혀 없는 좌절과 왜곡의 연속이며 지도자들도 모두 또한 반민중적이며 반민족적인 실패한 인물들이다.

'해전사'에 실린 다른 글들은 송건호의 주장을 뒷받침하는 것들이 대부분이다.

한국의 비민주적인 정치현실에 환멸을 갖게 된 당시의 학생들에게 '해전사'에 나타난 주장은 엄청난 충격을 주었다. 이 책은 김영환 같은 젊은 학생들의 마음속에 김규식, 여운형 등 중도계열이나 좌익 정치인들을 복권시키고, 초대 대통령 이승만을 파문했다. 그리고 이 책은 공개적으로 판매되는 것이기에 이러한 생각을 갖는 데 대한 부담도 없었다. 정대화는 많은 학생들이 이 책을 보고 "이승만 대통령은 단정단선을 고집해 국토를 분단시킨 나쁜 대통령이며 해방 직후 통일운동의 주역은 오히려 전평全評 같은 좌익 단체였다고 결론 내렸다"고 말했다.

이승만은 이처럼 분단의 대통령이자 말년에 독재를 하다 축출된 역사적인 죄인이다. 이승만의 뒤를 이은 박정희나 전두환에 대해서는 부정적인 측면을 익히 체험한 상태였다. 4·19로 축출된 이승만 대통령, 10·26으로 살해된 박정희 대통령에 이어 5·17로 인명을 살상하고 집권한 전두환 장군. 대한민국을 이끌고 또 현재에도 이끌어가는 지도자들은 한결같이 역사적인 정통성이 없는 인물들이 된다. 모든 잘못은 첫 단추를 잘못 꿰듯이 초대 대통령 이승만이 친일파와 미국을 업고 권력을 차지했기 때문이다. 그러면 정통성은 누구에게 있는가. 바로 민중이다. 민중이 주인이 되는 사회를 건설해 외세를 배격하고, 친일파를 제거하고, 그 후예들인 자본가를 숙청해야만 정치도 민주화되고 빈곤의 문제도 해결되는 것이었다.

그러면 민중이 주인이 되는 사회란 어떤 사회인가. 바로 사회주의 사회였다. 송건호의 글에서도 여운형이 지도하는 좌경화된 인민공화국을 건설하는 것이 대세라고 하지 않았던가. 서클의 여러 선배, 동료들도 대체로 비슷한 견해를 가지고 있었다.

학생들은 한국 사회에 대해 문제의식을 갖고 지식인으로서의 사명감에 대해 고민했다. 운동권 서클들은 이 문제에 대한 해결책을 당시의 한국 사회의 제도권에서 가졌던 고정관념을 버리고 새로운 방향에서 찾았다. 바로 사회주의였다.

김영환이 속했던 고전연구회의 선배들도 1학기 후반부가 되면 자본주의 사회를 비판하고 사회주의 사회로의 돌입이 최선이며 필연이라는 주장을 담은 이론서들을 서클의 커리큘럼에 등장시켰다. 가장 많이 읽힌 책이 바로 일본 학자가 쓴 '자본주의의 구조와 발전'이었다. 약자로 '자구발'로 불리는 이 책은 공산주의 이론을 쉽게 풀이해 쓴 입문서였다.

김영환은 고전연구회에서의 매주 한 차례의 세미나에 참석하고 서클의 친구나 선배들과 토론을 계속했다. 그리고 스스로 한국현대사에 대해 새롭게 평가한 책들을 탐독하면서 생각도 점차 바뀌기 시작했다. 입학 직후만 해도 공부가 가장 하고 싶었다. 언젠가는 사법고시도 보겠다던 김영환이었다. 그런데 이제는 사법고시를 보는 데 대한 거부감이 생겼다. 정통성이 없는 군사독재 밑에서 판사를 해서 소신대로 판결할 수 있을까, 이게 진정 민족을 위한 길인가 하는 의문이 자리 잡은 것이었다. 정의감에 불타는 신입생 김영환은 당연히 고시 합격보다는 민주화가 더 중요하다는 생각을 하게 됐다. 검사나 판사가 되는 것은 일신상의 영달을 꾀하는 길이 돼 버렸다. 그보다는 서클 선배나 동료들 말대로 민주화운동을 통해 비틀린 역사를 바로잡고 민중이 주인이 되는 희망찬 나라를 건설하겠다는 포부가 생겼다.

언론에 대해서도 마찬가지였다. 방송이야 말할 것도 없는 시절이었지만 신문도 학생운동에 대해 안 좋게 분석하고 정부 비판은 없다고 판단했다. 신문은 즐겨 보았지만 김영환은 신문기자가 되면 쓰고 싶은 기사는 못 써서 열받을 것이라는 생각을 했다.

신입생 김영환이 몇 달 만에 제도권에 대해 희망을 버리게 된 데에는 대학 강의에 대한 환멸도 컸다. 김영환이나 선배, 동료들이 갖는 시국에 대한 불만이나 문제의식에 대해 교수들은 아무런 언급이 없었다. 지도교수도 워낙 바쁜 탓인지 김영환을 만나 친근하게 대화해 본 적도 없었다. 아무리 1학년 강의라지만 교수들의 강의는 똑똑한 서울 법대생들을 만족시키기에는 너무나도 흥미를 끌지 못하는 현실과 유리된 진부한 내용들이었다.

캠퍼스에서도 강의실 밖으로만 나오면 사복경찰들이 진을 치고 학생들을 노려보았다. 누구든 소리를 지르기만 해도 최루탄이 터지고 경찰이 우르르 몰려나와 이리저리 주먹질하고 발길질하며 학생들을 두들겨 패고 끌고 갔다. 친구들 5~6명이 모여 큰 소리로 웃기만 해도 사과탄이 날아왔다. 여학생들도 머리채를 잡히고 발길질을 당하며 끌려갔다. 대학생으로 자부심이 하늘을 찌르던 학생들은 이 광경을 보기만 해도 온몸이 부르르 떨렸다. 군사독재의 문제이기 이전에 인격적인 모독이나 다름없었다. 지성에 대한 위협이었다. 하지만 아무런 대항 수단이 없었다. 강의실 안에서 교수들은 법학 교과서에 있는 대학의 자유를 강의했다. 지식인은 어떤 모습이어야 하는가. 매일 매일 독재정권이 개인과 대학의 자유를 훼손하는 현장을 바라보면서 지식인은 침묵해야 하는가. 민주와 자유를 외치는 남녀 학생들이 무참하게 얻어맞으며 끌려가는 것을 외면하며 묵묵히 책 속에만 시선을 던지는 것이 진정 지식인의 할 일인가. 사복경찰의 주먹과 발길질이 두려워 정의를 외면한다면 이는 단지 불의를 인정하고 그에 굴복하는 일이 될 뿐이었다. 폭력이 두려워 불의를 보고도 침묵으로 일관하는 나는 도대체 무엇인가. 많은 학생들이 당시 이 문제를 놓고 고민에 빠져 들었다.

그리고 김영환이나 정대화 같은 서클 멤버들을 포함한 많은 학생들이 분노에서, 지식인의 사명감에서 시위가 벌어지면 적극적으로 참가해서 전두환 군사독재와 기득권으로 뭉친 사회를 향해, 그리고 고정관념을 향해 힘껏 돌을 던졌다.

서클 멤버들끼리는 언제 어디서 시위가 있는데 참여하자는 정보가 오고가기도 했다. 이런 정보도 경찰의 정탐을 피해 비밀리에 전해졌다. 서클의 선배인 정진수 등이 시위 장소와 시간 등을 쓴 종이를 펼쳐 보여 주고는 바로 불태워 없애 버렸다. 이런 시위 계획은 앞에서 말한 대로 지하서클의 지도자 격인 '포스트' 또는 '포'의 최종 재가를 받아 나오는 것이었다.

정대화는 3월에 입학하자마자 시위에 참여했다. 처음 시위에 참여할 때 마침 그는 양복 정장 차림이었다. 그런데 시위를 벌이는 동안 이리 뛰고 저리 뛰고 하는 사이에 경찰이 정장 차림의 정대화를 주모자로 지목했는지 멀리서부터 잡으려고 쫓아오기 시작했다. 신입생 정대화는 캠퍼스 뒤의 관악산으로 달아났다. 그래도 경찰이 쫓아왔다. 산 중턱까지 올라가자 비로소 경찰을 따돌릴 수 있었다. 이처럼 캠퍼스 내에서 학생들과 '짭새'라고 불리던 경찰과의 사이에 나날이 벌어지는 싸움을 통해 당시의 학생들은 정권에 대한 적개심을 키워 갔다.

민족주의와 가톨릭

'해전사' 등으로 시작한 세미나는 여름방학을 전후해서는 모리스 돕과 폴 스위지가 쓴 '자본주의 이행논쟁', 코모부치 마사키가 쓴 '자본주의의 구조와 발전' 등을 통해 마르크스주의를 학습하게 된다. 이러한 책을 읽고 토론하면서 신입생들은 자연스럽게 사회주의 혁명가로 변신하게 된다. 대부분의 신입생들은 이러한 분위기에 별다른 거부감 없이 그냥 죽 끌려가게 마련이다. 사회주의자가 되는 일은 한 개인의 신상에서 커다란 변화를 초래하는 일이다. 그러나 당시의 학생들은 여러 가지 이유로 별 부담 없이 사회주의자로 변신했다.

사회복지학회라는 지하서클의 멤버였던 법대 82학번 원희룡(현 국회의원)은 마르크스주의라는 이론이 현실을 쉽게 설명하는 데에 매료됐다.

"마르크스주의는 현실의 불평등, 많은 사람들의 가난한 삶을 설명할 수 있는 이론이었다. 마르크스주의에 따르면 가난은 점진적으로는 극복될 수 없었다. 기득권층이 내놓으려 하지 않기 때문이었다. 그러니 힘으로 혁명을 통해 세상을 바꾸어야 한다는 이론을 자연스럽게 받아들이게 됐다. 마르크스주의는 민주화보다 한 단계 위에서 세상을 바라볼 수 있는 이론이었다. 게다가 학생들은 독재에 대한 저항의식이 강했다. 2005년 현재에 봐서는 교조적인 이론이지만 당시에는 고교시절까지 배운 반공 교육으로는 막아낼 수 없는 이론이었다."[2]

또 일부 학생들은 군사정권에 대한 강렬한 저항의식에서, 또는 선배들에 대한 신뢰에서 마르크스주의자로 변신했다.

일단 마르크스주의자가 되면 운동의 궁극적인 목표는 소련식 사회주의 국가를 건설하는 것이 된다는 것 정도는 쉽게 파악할 수 있었다. 김영환도 마찬가지였다. 서클을 나간 지 한 달이 지나면서 선배들과 동료들이 추구하는 바가 무엇인지를 분명히 알 수 있었다. 그러나 김영환의 경우는 다른 학생들처럼 사회주의 혁명의 길로 '그냥 죽 끌려갈' 수가 없었다. 5월부터 사상적인 고민이 시작된 것이었다.

김영환은 고전연구회 서클에서 세미나 등을 통해 선배들이 마르크스주의로 간다는 느낌을 뚜렷이 받았다. 당시 그는 좌경화 또는 마르크스주의에 치우치는 것에 대해 비판을 많이 했다. 고교시절부터 민족주의적인 성향이 강했기 때문이었다. 근본적으로 당시의 김영환은 스스로를

---

2 2005년 4월 26일 필자와의 인터뷰.

반미·반소·반공주의자라고 생각했다. 백범 김구 선생의 노선에 가장 가까웠다고 믿었다. 게다가 그는 독실한 가톨릭 신자였다. 민족주의와 하느님에 대한 믿음 때문에 마르크스주의를 쉽게 받아들일 수가 없었다. 서클에서 활동을 계속하면 공산주의자가 되는 것인데 과연 올바른 것인가, 아니면 이 길에서 벗어나는 게 올바른가에 대해 신입생 김영환은 고민하기 시작했다. 김영환이 만약 당시에 마르크스주의로부터 벗어났더라면 지금쯤 부장판사가 됐을지도 모른다.

김영환은 자신이 민족주의에 이끌리게 된 데에는 물론 유신시절 박정희 대통령 정권이 실시한 국가교육의 영향이 가장 크다고 인정했다. 박 대통령의 말기 유신독재에 대해서는 비판적이었다. 하지만 자주국방과 자립경제를 구호로 내세웠던 유신정권은 중·고교생들을 상대로 대단히 민족주의적인 내용의 교육을 실시했다.

정치학자들에 따르면 중·고등학생 시기인 15~20세 사이가 일생 가운데 애국심이 가장 강하게 발현되는 시기라고 한다. 이 시기의 학생들에게 유신정권은 집중적으로 민족주의적인 교육을 실시해 유신의 정당성을 전파해 나가며 체제를 안정시키려 했다.

근본적으로 박정희 대통령이 유신의 통치철학으로 내세운 한국적 민주주의는 민족주의에 바탕을 둔 이념이었다. 유신헌법은 미국식의 3권 분립 사상에서 일탈하는 점이 있었다. 그러나 당시 중·고등학교에서는 한국적인 특수상황과 민족주의를 앞세워 이 같은 일탈을 정당화하는 교육을 실시했다.

인권을 내세운 미국 정부의 비판에 대해서도 박 대통령은 내정간섭이라며 맞섰다. 유신 중반기에 한국 정부가 박동선이라는 로비스트를 앞세워 미국 정부의 한국에 대한 인권 압박을 완화시키려 한 것이 드러나 국제적으로 비판을 받았다. 그러나 당시의 한국 언론들은 이를 민족주의적인 입장에서 어느 정도 두둔했다.

유신정권은 대학생이나 미국 출신의 교수나 지식인들이 민주주의의 문제를 제기하는 데 대해서도 민족주의적인 관점에서 비판했다. 언론에서는 대학생들이 공부 안 한다는 비판이 자주 나왔다. 미국 문화를 상징하는 장발, 미니스커트, 청바지, 통기타 등 이른바 청년문화에 대해 단속의 칼을 들이댄 것도 같은 맥락이다. 일종의 민족주의적인 선동으로 체제에 대한 비판을 잠재우려 했던 것이었다.

일제의 강점을 민족 최대의 수치로 여기고, 항일독립운동을 지고의 가치로 여기며 한국사를 배운 청소년들이 이 같은 상황에서 배타적인 민족주의적 가치관을 갖는 게 이상한 일이 아니다.

김영환도 청소년기 동안에는 민족주의적인 열정에 휩싸여 지냈다.

초등학교 3학년 시절 김영환은 대구에서 기차를 타고 금오산으로 놀러 가다가 대학생들이 통기타를 치고 춤을 추며 노는 것을 보았다. 카세트테이프에서는 미국 팝송이 흘러나오기도 했다. 당시 이를 본 주위의 어른들이 매우 못마땅해했음은 물론이다. 초등학생 김영환도 역시 마찬가지였다. 미국의 타락한 유행가에 맞추어 몸을 뒤트는 행위를 부끄럽게 여기지 않는 한국의 대학생들이 문제라고 생각했다.

"우리는 민족중흥의 역사적 사명을 띠고 이 땅에 태어났다"로 시작되는 국민교육헌장도 그 내용은 매우 민족주의적이었다. 당시 지식인들은 국민교육헌장을 제정한 의도는 청소년들에게 민족주의적인 사명감을 주입시켜 유신독재에 대한 비판을 중화시키려 한 것이라고 비판하곤 했다. 국민교육헌장은 나중에 일제의 '교육칙어'를 모방한 것이라는 비난이 일었다. 그러나 유신 당시 민족주의적인 열망에 가득 찬 고교생 김영환도 국민교육헌장의 내용에는 절대적으로 공감했다. 다만 이것을 학교에서 선생님들이 외우게 하는 것만은 싫었다.

마포고 1학년 때인 1979년 발생한 이란혁명과 중국-베트남 전쟁은 김영환의 민족주의에 대한 신념을 결정적으로 강화시켰다. 동시에 이

두 사건은 당시까지 학교에서 배우던 국제관계에 대한 시각을 근본적으로 뒤흔들었다.

김영환은 신문을 볼 때 국제면을 유심히 읽는 습관이 있었다. 세상일의 변화에 호기심이 많은 성격 때문일 수도 있다. 다른 사람들이 신문을 볼 때 1면을 보고 다음에 사회면을 보지만 김영환은 다른 나라에서 무슨 일이 일어나는가에 더 관심이 많았다. 국제면 읽기를 통해 김영환은 세상의 변화를 신속하게 이해하고 자신이 배워오고 갖게 된 세계관에 대해 의심하고 수정해 나갈 수 있었다.

당시 김영환 또래의 한국 청소년들이 학교에서 배우기로는 이 세계에는 민주주의와 이를 위협하는 공산주의 간의 대결이 펼쳐지고 있었다. 이 대결은 선과 악의 대결이라는 윤리적인 대결이기도 했다. 둘 사이의 타협은 곧 부도덕한 일로 여겨졌다.

한국은 민주진영에 속한 나라였으며 미국은 민주진영의 수호자였다. 반면 공산주의 북한은 민주국가인 한국을 위협하는 집단이다. 북한이라고 하지 않고 소련의 괴뢰, 꼭두각시라는 의미에서 북괴北傀로 불렸다. 중국도 당시에는 중국공산당이라는 의미의 중공中共으로 표기했다. 소련과 중공은 북괴를 돕고 미국에 적대하는 악의 세력이었다. 미국은 한국을 북괴의 침략으로부터 지켜주었으며 현재에도 또 앞으로도 한국을 지켜줄 선한 세력이었다.

그런데 1979년 2월 이란혁명을 통해 탄생한 이슬람 정권은 공산주의도 아니면서 미국에 반대했다. 친미정권인 팔레비 왕정이 무너진 것도 김영환에게는 쇼크였다. 지고지선이며 민주주의의 화신인 미국을 따르는 정권이 붕괴하고 이를 타도한 세력이 집권했다는 사실이 충격이었다. 게다가 친미정권을 붕괴시킨 세력이 공산주의자들이 아니라는 점도 충격이었다. 이란의 이슬람혁명을 주도한 학생들이 미국 대사관에 들어가 미국인들을 인질로 잡고 미국의 사과를 요구하는 등의 시위를 장기간 벌였다. 나중에 미국의 카터 행정부는 이들을 구출하기 위해 군사 작전까지 벌이지만 실패하고 말았다. 이 인질사건은 장기간 계속됐으며 한국 신문의 국제면에도 연일 주요뉴스로 보도됐다. 고교생 김영환은 이란 학생들의 미 대사관 점거 사태를 이슬람이라는 종교적인 측면이 아닌 민족주의적인 열정의 표출이라는 측면에서 이해하고, 호의적으로 바라보았다.

같은 해 2월에 중공이 베트남을 공격해 전쟁을 벌였다.

1978년부터 공산 베트남정권은 자국 내에서 경제적인 실권을 확보하고 있는 중국 교포들인 화교華僑들을 강제로 추방했다. 이로 인해 중국과 베트남 사이에는 1978년 말부터 국경지대인 윈난(雲南)성과 광시(廣西)성 등지에서 산발적인 충돌이 있었다. 그러다가 1979년 2월 17일 중공은 베트남을 전면침공했다. 중공은 다음 날 "베트남에 대한 징벌이며 영토적인 야심은 없다"고 선언했다. 그러나 뜻밖에도 베트남군이 매우 잘 싸웠다. 중공은 다음 달에 전쟁 종료를 선언하고 병력을 철수했다. 베트남도 휴전을 선언했다. 그러나 이 전쟁에서 중공은 4만 병력을 잃었다.

고교생 김영환에게는 중공과 베트남은 같은 공산주의 국가들이었다. 베트남 전쟁 기간 동안 월맹으로 불렸던 베트남은 중공을 통해 소련으로부터 무기를 지원받아 미국을 물리친 것이 아닌가. 그렇다면 중공과 베트남은 혈맹 중의 혈맹일 텐데 이토록 피 터지게 전쟁을 한다는 것은 생각도 할 수 없던 일이었다. 게다가 김영환은 베트남이 공산화돼서 망했다고 배웠고 또 그렇게 이해하고 있었다. 그런데 망한 괴뢰국가가 큰 나라인 중공과 전쟁을 할 수 있는가. 고교생 김영환에게는 작디작은 베트남이 거대한 중공과 감히 전쟁을 하고, 나아가서는 스스로를 지켜내는 능력을 발휘하는 힘은 민족주의에서 찾을 수 있다고밖에는 생각할 수가 없었다.

이란혁명과 중국-베트남 전쟁을 통해 김영환은 민족주의가 미국의 민주주의나 소련의 공산주의보다 위대한 이념이요 자산이라는 사실을 발견했다. 민족주의의 관점에서 바라보면 이란의 미국에 대한 반항이나 작은 나라 베트남이 중국에 대해 반항하는 것이나 다 이해가 되는 것이었다. 그리고 각각의 민족들이 스스로를 지키기 위해 큰 나라들에 저항하는 일은 정의로운 일이라는 판단을 어렵지 않게 내릴 수 있었다.

또 하나 김영환에게 민족주의를 자극하는 일이 있었다. 바로 아널드 토인비의 '역사의 연구'를 탐독한 것이다.

이 책에서 토인비는 문명단위를 발생, 성장, 쇠퇴, 소멸의 단계로 나누어 설명한다. 토인비는 이를 설명하면서 다양한 문명의 예를 든다. 김영환도 한 민족의 문명은 어떻게 성장해 왔는가를 생각하게 됐다. 토인비의 설명 가운데 특히 영국의 식민지 인도의 예를 드는 것이 마음을 끌었다. 토인비는 인도에 제국주의가 어떻게 침투해가고 식민지의 지식인들이 어떻게 활용되고 문화적으로 어떻게 복종하는가, 인도 문명을 어떻게 소멸시키고 서구 문명을 이식시키는가 등을 설명했다. 김영환은 한국 상황에서도 이러한 예가 많이 적용된다는 생각이 들었다. 서구의 침식으로 인도 문명이 소멸된 것처럼 한국 문명도 일제를 통해 서구의 침식을 받았고, 이어서는 미국을 통한 문명의 침식이 이루어진다고 생각했다. 물론 이는 당시 김영환의 민족주의적인 확신에서 나온 결론이었다.

고교생 김영환에게는 외세의 침탈에 맞서서 고유의 문명과 가치를 수호하는 민족주의야말로 국민이 취할 수 있는 지고지선의 이념이 되는 것이었다. 이처럼 민족주의적인 자세를 굳히면 공산주의에도 친미주의에도 반대하게 되는 것은 당연하다.

대학에 들어서자마자 고전연구회의 세미나와 선배들의 교육을 통해 눈뜨기 시작한 마르크스주의는 민족을 넘어서는 이론이다. 민족보다는 계급이 중요하다고 가르친다. 마르크스주의를 다른 말로 하면 사회주의 또는 공산주의가 된다. 고교 때까지 김영환은 학교에서 배우는 민주주의 그리고 민족주의적인 입장에서 확고한 반공주의자였다. 당시의 반공은 공산주의 패권국가인 소련과 그 하수인인 북괴의 침략에 저항해 민족과 나라를 지킨다는 의미가 강했다. 그런데 대학에 들어서 보니 해방 후 한국의 역사는 미국을 등에 업은 친일파에 의해 뒤틀리고 말았다는 것이었다. 원래는 사회주의 정권이 들어섰어야 제대로 된 나라가 세워질 수 있었던 것이라는 주장이 대세였다. 민중이 주인이 되는 사회주의 국가를 세워 친일파를 처단하고 외세를 내몰았으면 제대로 된 통일 민족국가를 세울 수 있었다는 것이었다. 사회주의는 민족주의를 위한 가장 유력한 방편이었고 민중의 소망이었다. 당시 학생들의 생각에는 한국에서 사회주의는 민족주의와 충돌하지 않았다.

그러나 사회주의는 김영환의 마음속에 있던 하느님과는 공존할 수 없었다.

김영환은 중학생 때에 가톨릭에 입교했다. 가톨릭에서는 하느님이 세상을 창조했다고 가르친다. 모든 사물의 이름과 가치는 하느님이 정한 바에 따라 생긴다. 그런데 마르크스주의를 배우면서 눈을 뜨게 된 유물론에서는 물질이 있는데 인간이 이를 인식함으로써 그 존재를 알게 된다. 하느님이 안 계시더라도 물질은 존재한다는 것이다. 하느님에 앞서 물질의 존재를 인정하는 유물철학을 김영환은 받아들이기가 어려웠다.

무엇보다도 하느님은 사랑을 가르친다. 부자든 가난한 자든 하느님 앞에 서면 똑같은 하느님의 형상으로 빚어진 자손이다. 하느님은 부모, 자식, 형제, 자매, 이웃부터 원수까지도 사랑하고, 활의 줄을 끊어버리라고 가르친다. 하느님은 누구도 미워해서는 안 된다고 가르친다. 오직 서로 사랑하고 하느님을 믿어야만이 구원을 받을 수 있다.

그런데 마르크스주의는 반대다. 부자와 가난한 자는 엄연히 다른 계급이다. 가난한 자들이 부자들을 상대로 계급투쟁을 해야만 이상적인 사회인 공산주의 사회를 건설할 수 있다. 그래야만 인류의 이상인 평등 사회를 구현할 수 있다. 한국에서도 민중이 자본가들을 타도하고 단호한 보복을 해야 한다는 것이다.

김영환이 볼 때 서울대 학생운동권에서 제시한 한국 사회의 구원방법은 마르크스주의에 기초한 사회주의 국가 건설이었다. 이는 김영환이 가진 사랑의 종교인 가톨릭 신앙과는 정면으로 배치되는 것이었다.

포이어바흐

김영환은 첫 여름 방학 동안 마르크스주의와 하느님에 대한 신앙을 놓고 번민하느라 서클에서 가는 농촌활동도 가지 않았다. 이 고민이 해결되지 않으면 마르크스주의를 전제로 하는 활동을 할 수 없는 노릇이었기 때문이다. 내심으로는 서클의 선배나 동료들과 함께 마르크스주의로 줄달음치고 싶었다. 하지만 가톨릭 교리가 제시하는 신학적 장애를 뛰어넘을 수가 없었다. 이를 해결하기 위해 기독교 관련 서적을 10권 이상 읽었다. 그러나 명쾌한 결론을 내릴 수가 없었다.

5월 어느 날 종로서적에서 그는 신학 서적을 뒤적거리다가 독일의 철학자 포이어바흐(1775~1833)가 지은 '기독교의 본질'이란 책을 집어 들었다. 이 책의 서문을 읽던 김영환은 '신이 인간을 창조한 것이 아니라 인간이 신을 창조했다'는 구절을 대하고 눈이 번쩍 뜨였다. 자신이 믿던 하느님을 넘어 마르크스주의로 다가갈 수 있는 근거가 되는 말이었다.

포이어바흐는 독일 관념철학을 비판하고 유물론을 창시한 학자로 평가되는 인물이다. 그는 마르크스에게 가장 큰 영향을 준 철학자이기도 하다. '기독교의 본질'은 포이어바흐가 신神이라는 관념의 기원을 밝히고, 인간을 이 관념에서 해방시킨다는 의도에서 쓴 책이었다. 김영환이 읽은 책은 이화여대 교수였던 박순경(현 민노당 고문)이 번역한 것이었다.

포이어바흐는 "종교는 무無이며, 무의미하다"는 명제에서 출발한다. 대학 신입생이 포이어바흐의 철학을 이해하기는 쉽지 않다. 그러나 이 책 서문에 나타나는 신에 대한 그의 주장은 파격적이다.

"'신은 인간이며, 인간은 신이다'라고 말하는 것은 나뿐만 아니라 종교 자체이다."

"나는 단지 기독교의 비밀을 누설하려 했을 뿐이며 신학의 모순이 가득 찬 망상을 제거하였을 뿐이다. 그렇게 함으로써 나는 물론 참된 의미의 신성모독을 범했다."

"무신론은 종교 그 자체의 비밀이라는 것을 우리는 생각해 보아야 한다."

"신이나 삼위일체나 신의 말씀은 신학의 환상이 만들어낸 것이 아니라는 것, 그것들은 외래의 비밀이 아니라 토착의 비밀, 인간성의 비밀이라는 것을 보여줄 뿐이다."

"나는 신학을 인간학으로 끌어내림으로써 오히려 인간학을 신학으로 고양시키려는 것이다. 이는 기독교가 신을 인간으로 격하시키는 것에 의해 인간을 신으로 만든 것과 같은 것이다."

"현대에 들어서도 종교는 소멸했고 프로테스탄트들 사이에서조차도 종교 대신에 종교의 외관인 교회가 나타나서 적어도 무지하며 판단력 없는 대중에게 신앙을 갖게 하려 하는 것이다."

"현대의 신앙은 나와 또 다른 사람들에 의해 충분히 증명된 바와 같이 단지 겉치레의 신앙, 자기가 믿고 있다고 상상하는 것을 믿고 있지 않는 신앙, 결단하지 못하는 소심한 불신앙에 지나지 않는다."

"나는 효력이 없는 세례의 물 대신에 실재의 물의 선행을 존중한다. 그것이 얼마나 물다운가! 그것이 얼마나 평범한 것인가!"

"나는 이 초인간적 존재자(그리스도)는 초자연적인 인간적 심정의 산물이나 목적물 이외의 아무것도 아니라는 것을 보여준다."

"기독교는 단지 인류의 이성으로부터 사라졌을 뿐 아니라 인류의 삶으로부터도 역시 사라졌다."

서문에 나타난 이러한 주장은 믿음이 깊은 신앙인들에게는 하나하나가 신성모독적인 내용들이기도 하지만 그만큼 주의를 끄는 파격적인 내용이기도 하다. 김영환은 이 책의 의미를 이해하기 위해 도서관에서 한여름을 지냈다.

포이어바흐의 논리에 따르면 인간에게 절대자는 인간 자신의 본질이다. 때문에 인간은 인간의 형태보다도 더 아름답고 더 숭고한 형태를 표상할 수 없다. 인간은 무한성을 사유할 수 있으므로 인간의 본질은 무한까지 연장될 수 있다. 그리고 인간의 사유를 통해 인간의 이성이 전달되는 무한까지 인간은 신神이 된다. 인간은 상상을 통해 자기보다 더 높은 종류의 개인을 생각해 낼 수도 있지만 인간의 본성에서는 결코 벗어날 수 없다. 인간은 다만 자신의 모습을 투사하고 그려 낼 수 있을 뿐이다.

포이어바흐에 따르면 종교적 대상이란 신神적인 것과 비非신적인 것, 즉 숭배할 만한 것과 숭배할 만한 가치가 없는 것의 구별을 전제로 한다. 신은 인간이 가진 만큼만의 가치를 가지고 있다. 그러니 인간과 인간의 신은 동일하다. 인간에게 신인 것은 단지 인간의 정신(Geist)이며, 인간의 정신, 인간의 마음, 인간의 심정은 인간의 신이 된다. 신은 인간의 내면이 나타난 것이며 인간 자신이 말로 표현된 것에 불과하다.

기독교는 인간과 인간 자신의 관계, 혹은 좀 더 정확하게 말하면 인간과 자기의 본성, 즉 자기의 주관적인 본성과의 관계이다. 인간이 신의 성질로 사랑을 믿는 것은 인간이 스스로를 사랑하기 때문이다. 하느님이 존재한다고 믿는 것도 인간 스스로 실존하기 때문이며 인간의 본질이기 때문이다. 인간이 죄를 죄로 느낄 수 있는 것도 그렇다. 오직 내가 죄를 나와 나 자신과의 모순으로, 즉 나의 인격성과 나의 본질성의 모순으로 느낄 때에만 죄를 죄로 감지할 수 있다. 다른 존재로 생각되는 하느님의 본질과의 모순으로 죄악감은 증명불가능하며 또한 무의미한 것이다.

포이어바흐는 '하느님이 이성의 계시'라고 주장한다. 그러니 '이성에 모순되는 것은 하느님에게도 모순된다.' 이처럼 절대적인 '이성은 스스로를 하느님에게 의존시키는 것이 아니라 하느님을 이성에 의존시키는 것이다.'

도덕적으로 완전한 본질로서의 하느님은 또한 인간 자신의 양심일 뿐이다. 이성은 율법의 엄격함에 따라 판단한다. 율법은 벌하지만 사랑은 죄인도 불쌍히 여긴다. 율법은 단지 추상적인 본질로서 긍정할 뿐이며 사랑은 나를 현실적인 본질로서 긍정한다. 사랑은 내게 내가 인간이라는 의식을 부여한다. 율법은 인간을 복종시키고 사랑은 인간을 자유롭게 한다.

이처럼 인간을 자유롭게 하는 사랑의 의식을 통하여 인간은 하느님 혹은 자기자신과 화해한다. 이로써 하느님은 육체를 가진 인간으로 육화肉化한다. 하느님이 예수 그리스도가 된 것은 인간의 필요와 욕구에 따른 것이다. 그러나 하느님이 인간으로 격하된다는 것은 인간이 신으로 고양된다는 것을 전제로 한다. 즉 인간은 스스로 하느님이 되기 위해 하느님을 인간으로 육화했다는 것이 포이어바흐의 추론이다.

그렇다면 누가 인간을 구원하는가? 신인가, 사랑인가? 포이어바흐는 사랑이라고 단언한다. 신적인 인격성과 인간적인 인격성과의 구별을 초월한 사랑이 인간을 구원하기 때문이다. 하느님이 사랑을 위하여 자기 자신을 포기한 것과 같이 우리도 역시 사랑을 위하여 하느님을 포기해야 한다는 것이다.

포이어바흐는 이성을 가진 사랑, 사랑을 가진 이성만이 정신이며 전인全人이라고 말한다. 다만 협동생활만이 진정한 자기 안에 있어서의 만족된 하느님의 생활이다. "하느님은 협동생활이며 사랑과 우정의 생활이며 본질이다."

우리가 서로 사랑하는 것은 그리스도가 우리를 사랑하셨기 때문이 아니다. 이러한 사랑은 꾸며진 사랑이며 모방이다. 우리는 인간을 위해 사랑해야 한다. 인간은 자기 목적이라는 것에 의해 그리고 이성과 사랑의 능력을 가진 본질이라는 것에 의해 사랑의 대상이다. 그리스도는 인류의 자기자신에 대한 사랑이 민중의식에 파고들어 나타난 하나의 형상에 지나지 않는다. 따라서 인간을 사랑하는 일을 행하는 것은 그리스도가 행한 일을 하는 것이며 이러한 의식이 발생하는 곳에서는 그리스도는 소멸한다.

포이어바흐는 하느님으로부터 인간을 해방하려 했다.[3] 그리고 그가 인간을 자유롭게 만드는 목적은 인간을 '하느님을 사랑하는 자에서 인간을 사랑하는 자로, 저승의 후보자에서 이승을 공부하는 학도로, 천상의 왕국과 귀족정치 그리고 지상의 왕국과 귀족정치의 종교적·정치적 노예상태에서 인간을 해방하여 지상의 자각 있는 시민으로 만들려' 했던 것이다. 이를 위해 인간을 '하느님의 벗에서 인간의 벗으로, 신자에서 사상가로, 기도하는 자에서 노동하는 자로, 자기의 고백에 따라 반半

3 구스타프 베터 지음, 강재윤 번역 '변증법적 유물론 비판' 1983년 태양사 발행 16쪽.

동물이 되고 반半천사가 되는 기독교인에서 인간으로, 완전한 인간으로' 만들려 했다.

포이어바흐는 마르크스에게 절대적인 영향을 주었다.

체코의 철학자 마사리크Masaryk(1850~1937)는 "포이어바흐의 이 소론을 이해한 사람은 '자본론' 제1권의 소화되지 않은 강의를 듣는 것보다 더 많은 마르크스주의를 이해하게 된다"고 말했다. 또 소련의 작가 불가코프(1891~1940)는 마사리크의 이러한 판단에 동의하며 "'자본론' 전 3권을 잘 소화한 강의도 포이어바흐에 대하여 정통하는 것만큼 마르크스주의의 근본 입장을 잘 전달할 수는 없을 것이다"라고 말했다.

무엇보다도 마르크스는 포이어바흐에게서 인간주의의 사상을 이어 받았다. 이 인간주의가 마르크스를 사회주의로 유도했다.

기독교의 가르침 때문에 마르크스주의의 문턱에서 고민하던 김영환으로서는 기독교의 가르침을 일거에 무력화할 수 있는 제대로 된 책을 고른 것이었다. 마르크스보다 더 마르크스주의적인 책을 읽고는 마르크스주의자가 되지 않을 수가 없는 노릇이었다.

잘못된 한국 사회를 고쳐야 한다는 사명감에 불타던 김영환에게 인간이 공동선을 위해 신을 창조했다는 포이어바흐의 말은 복음 그 자체였다. 김영환은 기독교의 울타리를 뛰어넘어 마르크스주의를 영접했다. 김영환은 올바른 마르크스주의를 제대로, 보다 구체적으로 배우고 연구하기로 마음을 다잡았다. 비로소 마르크스주의로 매진하게 된다.

김영환은 포이어바흐를 읽고 마르크스주의를 받아들인 후에도 성당을 나가긴 했다. 그러나 이는 인간적인 관계나, 반정부 사회주의 활동의 거점으로서의 성당의 중요성, 또 성당에 나오는 사람들을 의식화시켜야 한다는 생각 때문이었다.

이성주의

김영환이 포이어바흐를 읽고 마르크스주의자가 되기로 작정했다는 것이 지극히 자연스런 과정처럼 보인다. 고민하던 그때, 마침 그곳 종로서적에서, 그 책 포이어바흐의 '기독교의 본질'을 손에 쥐었다는 점이 절묘한 타이밍에 맞아떨어진 우연이라는 생각이 들 수도 있다. 하지만 사실 마르크스주의 철학에 관심이 많은 대학생이라면 포이어바흐의 이 책은 언제 보아도 보았을 것이다.

그러나 한 가지 이해할 수 없는 점이 생긴다. 독실한 가톨릭 신자라면 마음속에서 믿음이 흔들릴 때에 그 해결책을 성당에 나가 신부와 상의하지 않을까, 아니면 최소한 성경을 읽거나 기도를 통해 해결책을 찾아야 하는 것이 아닐까 하는 점이다. 처음부터 책을 통해 자신의 신앙의 문제를 해결하려 했다는 사실은 독실한 가톨릭으로 자부했던 김영환의 특이함이 느껴지는 대목이다. 하지만 김영환의 어린 시절을 깊이 들여다보면 김영환의 내부에는 하느님에 대한 믿음을 깊이 뿌리박지 못하게 하는 민족주의적 전통가치와 이성 제일주의가 지배하고 있다는 인상을 받는다.

김영환이 가톨릭에 입교한 것은 친할머니 덕분이었다.[4]

할머니는 경북 안동 농촌에서 살았다. 가톨릭에 입교하기 전에는 무슨 일을 당하면 무당을 불러 굿판을 여는 미신에 사로잡힌 전통적인 아낙이었다. 김영환의 할머니는 아들 중의 하나가 몸이 아프자 남산댁이라고 불리는 무당을 찾아가 물었다. 이 무당은 할머니에게 "(김영환의 어머니인) 며느리가 아들을 낳으면 아들이 계속 아플 것이요, 딸을 낳으

---

4 2005년 3월 8일 김영환의 어머니 인터뷰.

면 병이 낳을 것"이라는 '처방'을 내려 주었다.

김영환의 어머니가 아들을 낳자 할머니는 매우 낙담했다. 김영환의 어머니는 시어머니의 이러한 태도에 매우 실망했다. 그래서 하루는 시어머니에게 가서 "어머니, 기왕 신을 믿으시려면 큰 신을 믿어야 하지 않겠습니까. 그까짓 남산댁에 기대면 되겠습니까? 교회나 성당에 나가는 것이 안 좋겠습니까?"하고 권유했다.

시어머니도 무당의 다른 처방들이 효험이 없자 며느리의 제안을 받아들였다. 그런데 교회는 제사를 지내지 못하게 하므로 나갈 수가 없었다. 그래서 선택한 것이 성당이었다. 며느리와 함께 성당에 나가려 했으나 이번에는 아들인 김영환의 아버지가 반대했다. 성당에서 '하느님 아버지'에게 기도하는 것을 받아들일 수가 없었던 것. 아버지는 "아버지가 엄연히 계신데 왜 아버지를 또 모시냐. 성당에 가려면 어머니 혼자 가시라"고 했다. 김영환의 아버지는 아내에게 "내 종교는 바를 정正자이다. 성당을 나가려면 이혼을 하자"고 고집했다. 결국 김영환의 할머니는 15년간 혼자 성당을 다녔다.

김영환이 중학 2학년 때 할머니가 자리에 누웠다. 할머니는 자식들에게 "내가 내 자식에게 전교를 못하고 가니 나중에 예수님을 무슨 면목으로 보겠느냐?"고 탄식했다. 이번에는 김영환의 아버지도 성당을 나가겠다고 했다. 그러자 할머니는 아들에게 "내 손바닥에 성당을 열심히 나가겠다고 써라. 그러면 내가 이 다음에 하느님한테 증표로 보여드릴 수 있다"고 했다. 아들은 그렇게 했다.

할머니가 돌아가시자 김영환은 아버지, 어머니와 함께 성당에 나가기 시작했다. 한 달쯤 지나자 아버지가 다시 어머니에게 성당을 나가지 말라고 했다. 어머니가 할머니에게 약속하지 않았느냐고 했지만 아버지는 "그거야 돌아가시는 분 편히 보내 드리려고 한 것"이라며 "성당 나가려면 이혼하고 나가라"고 또다시 고집했다. 어머니는 결국 성당 나가기를 다시 단념할 수밖에 없었다. 그러나 중학생 김영환은 "기왕에 선택한 종교를 회의를 느끼기 전까지는 계속 나가겠습니다"라고 버텼다. 하지만 김영환에게 아버지의 '바를 정正자'에 대한 믿음도 하느님의 가르침 못지않게 가치 있는 것이었다.

김영환은 서울에 와서도 집 근처의 노량진성당에 나갔다. 중학 3학년 때에는 세례도 받았다. 세례명은 '요한'. 고등부 회장도 했다.

김영환은 착실하게 성당에 나갔다. 고교 1학년 때 노량진성당에서 열린 서울시내 예비 신학생들의 모임에 나간 적이 있다. 당시 서울시내 전역에서 모인 예비 신학생들은 8명에 불과했다. 예비 신학생이란 신학대학을 가겠다는 사람들이다. 그러자 이번에는 어머니가 넌지시 물었다. "너 아버지가 성당 나가는 것을 반대하는데 신학대학 갈 수 있겠냐?" 김영환은 어머니의 말을 충분히 이해했다. 김영환은 아버지의 반발을 무릅쓰면서까지 신학생이 되고 싶은 생각은 없었다.

근본적으로 김영환의 신앙심에는 가톨릭의 입장에서 볼 때 반신앙적인 도전이 일고 있었다. 김영환은 어머니가 성당에 나가지 못하게 하는 아버지의 태도를 못마땅하게 여긴 것은 아니었다. 당시 민족주의에 대한 열망이 가득했던 고교생으로서는 외래 종교인 가톨릭에 대한 아버지의 태도를 이해할 수 있었다. 성당에 나가면서 가톨릭을 배척하는 아버지의 논리를 인정한다는 점은 나중에라도 하느님을 부정하는 포이어바흐의 철학이 김영환의 신앙심 사이로 틈입할 여지를 남겨둔 것이 아니었을까.

또 하나 공부 잘하는 학생인 김영환은 하느님에 대한 믿음보다는 객관적으로 증명되는 과학을 신봉했다. 어린 나이에 접한 데카르트의 철학의 내용은 잘 알지 못했지만 이성으로 확인할 수 있는 것이 아니면 옳다고 판단할 수 없다는 생각을 갖게 됐다.

김영환은 중학교 2학년 때 쉽게 풀어 쓴 데카르트의 '방법서설' 축약본을 읽었다. 하지만 이 짧은 축약본을 가지고도 김영환은 진리를 파악하기 위한 방법적 회의가 무엇인지 대충 알게 됐다. 모든 존재에 대해 끊임없이 의심한다. 인정할 수 있는 것은 의심하는 내가 존재한다는 것뿐이다. 그래서 "나는 생각한다. 고로 존재한다"고 하지 않았던가. 그 뒤부터 모든 것을 의심하는 경향이 생겼다.

한국 학교에서는 모두 이성과 과학이 가장 중요하다고 가르쳤다. 근대화를 추진하던 당시 한국의 학교교육에서는 과학을 통한 물질적인 업적을 가장 중시한 때문이기도 했다. 인간의 이성에 대한 확신은 하느님에 대한 믿음을 이미 능가하고 있었다. 김영환은 하느님도 이성을 통해 확인하려 했다. 우상숭배나 미신과 종교와의 차이는 이성이라고 믿었다.

김영환은 성경의 가르침 가운데 도덕적인 측면에 대해서는 긍정했지만 기적에 대해서는 믿지 않았다. 하느님과 예수님이 행한 각종 기적과 예수님이 죽은 지 3일 만에 부활했다든지 하는 성경의 기록을 그는 처음부터 믿지 않았다. 이러한 것들은 다른 어떤 의미를 전하기 위한 수사라고 생각하고 그 진정한 의미가 무엇인지 고민했다. 신학대학에 가려 했던 것도 믿음 때문이 아니라 이성을 통해서 신학을 해석하려는 야망에서 비롯된 것이었다. 즉 신부와 같은 성직자가 되기 위해서 신학대학을 가려는 것이 아니라 신학에 대한 열정 때문이었다.

고등학교 시절 성당으로 신학대학생들이 가끔 찾아와 고등학생들과 신학 논쟁을 벌이는 경우가 있었다. 김영환은 성경이라도 우주의 기본 원리나 현대물리학과 충돌해서는 안 된다는 주장을 폈다. 이성적, 과학적으로 증명되는 현대과학과 신학이 충돌해서는 안 된다는 것이었다. 신학대학생들은 그럴 때면 비교적 개방적인 태도로 토론에 임했다. 김영환은 이런 형들의 자세가 좋다고 생각했다. 그러나 고등학생인 김영환이 신부님들 앞에서는 이러한 토론을 벌이는 일이 없었다.

이처럼 김영환은 하느님에 대한 믿음보다는 이성을 중시했다. 그에게 성경에 나타난 기적에 관한 기록들을 곧이곧대로 믿는 것은 미신이 나 다름없었다. 포이어바흐가 이성과 논리로써 하느님을 부정하는 것을 대하면서 김영환은 곧바로 유물론에 빠져들었다.

대학 1학년 때 유물론을 받아들이면서 김영환은 종교는 문화현상의 하나로 우리가 문화의 다양성을 인정하듯 종교도 포용해야 한다는 생각 을 갖게 됐다.

일본의 교과서 왜곡 사건

김영환이 신입생이 되던 1982년 3월 1980년대 운동권의 방 향을 가늠할 수 있는 의미심장한 사건이 터졌다. 바로 부산 미문화원 방화사건(부미방사건)이었다. 광주항쟁이 진행되는 동안 위컴 한미연합사령관이 연합사 소속 병력의 광주시위 진압에 동의하고 전두 환의 집권을 지원하고 인정했다며 부산의 대학생들이 부산에 있는 미국 문화원에 불을 지른 것이었다. 방화로 인해 안에 있던 동아대생 3명이 사망했다. 이 사건으로 주범 문부식, 김현장 등 10여명이 구속됐다. 최 기식 신부 등도 범인 은닉 등의 혐의로 구속됐다.

그러나 부미방사건은 당시로서는 생소하게 미국에 반대했다는 점, 방화라는 점, 그리고 사람이 죽었다는 점에서 당시 서울의 대학 운동권 에서 즉각적인 호응을 받기는 어려웠다. 김영환의 서클 선배들도 1학년 들을 상대로 무거운 주제를 놓고 토론하는 일은 거의 없었다. 후배들이 놀라서 서클에서 탈퇴할 것을 우려한 때문이었다. 선배들은 매우 조심 했다.

대학에 갓 입학한 김영환이 이 사건을 나름대로 해석하기는 어려운 일이었다. 그러나 이란의 이슬람혁명 직후 이란의 대학생들이 미국 대사관에 들어가 미국인들을 장기간 인질로 잡고 반미 시위를 벌인 것을 생각해 본다면 민족주의적인 입장에서는 반미시위도 가능하다는 어렴풋한 생각은 들었다.

원풍모방이나 콘트롤데이터 사건 등, 여성 노동자들의 투쟁에 대해서도 관심이 많았다. 이미 운동권에 발을 들여놓은 상태이므로 노동자의 편에 서서 이야기하고 생각하게 되었다. 노동자들이 착취당한다고 생각하는 것은 당연했다. 그러나 이 사건들도 2학년에 들어서서 자료로써 공부하는 경우가 더 많았다.

운동권 학생들은 수업도 잘 안 들어간다. 당시 교수들 강의가 실망스러운 때문이기도 했다. 학생들이 생각하기에 시국의 급박함에 대한 해결책이나 고민을 보여주기는커녕 십년째 똑같은 강의 내용, 심지어는 똑같은 시험문제를 내는 강의도 적지 않았다. 그러나 김영환이 빠지지 않는 강의가 있었다. 경제학과 안병직 교수의 '경제사' 강의였다. 안 교수는 늘 학생좌석에 앉아 있다가 수업이 시작되면 강단에 오르는 시간을 정확히 지키는 성실한 교수였다. 그는 안 교수의 식민지 반봉건제에 대한 강의를 귀담아들었다.

안 교수 강의 이외의 강의는 거의 들어가지 않았다. 수업 시간에는 서클룸 등에 모여 시국 문제에 대한 토론을 벌였다. 이철희, 장영자 사건은 대표적인 토론 주제였다. 이장사건이란 사채시장의 큰손이던 두 사람이 어음 사기 등의 수법으로 수천억원을 편취한 사건이다.

학생들은 사건의 배후가 결국은 전두환 대통령과 부인인 이순자 여사이다, 한국 사회 전체가 위로부터 아래까지 다 썩었다, 그러니 결론은 갈아버려야 한다는 데 쉽게 뜻을 모으게 된다. 한미연합사령부의 위컴 사령관이 한국인들은 들쥐 같다고 한 적이 있다. 이것도 토론 때는 단골 메뉴였다. 하지만 당시까지만 해도 한국의 민주주의를 위해 미국이 전두환 정권에 어느 정도 압력을 행사해야 한다는 생각도 있었기 때문에 위컴 발언으로 미국에 대한 인식이 바뀐 것은 아니었다. 단지 기분이 나빴다는 정도였다는 것이다.

운동권 선배들은 반미反美 주장에 대해서는 조심했다. 반미는 북한과 함께 대화의 주제로 등장하기 가장 어려운 터부였다. 광주사태도 술자리에서나 얘기했다. 이런 주제들은 세미나에서는 나오지 않았다. 그러나 노래로 반미 분위기에 젖어들었다. "미국 놈 대사관에 불이 붙었다. 잘 탄다. 잘 탄다. 물이 있어도 안 끈다"로 끝나는 '바람이 분다'라는 노래는 대표적인 반미운동가였다.

그리고 1982년에는 전국적으로 일본의 교과서 왜곡 사태에 대한 항의가 일었다.

일본 문부성은 1983년도용 고교 사회과 교과서를 검정하면서 교과서 내용을 상당 부분 수정했다. 특히 식민지 시대 한국과 중국에 대한 부분은 과거의 역사적 사실을 왜곡하고 일본 제국주의의 잘못을 미화하거나 변조한 것이었다. 수정된 내용 8가지 중 7가지가 한국에 대한 내용이었다. 주요 내용은 다음과 같다.[5]

1) 1876년 정한征韓에 대하여 종래에는 "일본 측이 충돌을 유인해서 그것을 구실로 개국을 강요했다"고 했는데 "한국 측이 일본의 운양호에 포격을 해왔기 때문에 충돌이 일어나 한국을 개항시켰다"로

2) 을사보호조약 이후 한국을 "침략했다"에서 "진출했다"로

3) 3 · 1운동에 관해 "독립을 위한 저항운동"을 "폭동"으로

4) "일제가 한국인의 토지를 수탈했다"를 "한국인이 토지에 대한 권리를 잃었다"로

5) 중국에 대한 "침략"을 "진출"로

---

5 조선일보 1982년 7월 25일자, 신용하 교수 좌담.

6) 신사참배가 "강제되었다"를 "장려되었다"로

7) "한국어의 사용이 금지되고 일본어의 사용이 강제되었다"를 "한국
어와 일본어가 병용되었다"로

8) "강제연행 하에 징용"을 "동원"으로 표현했다.

이에 대해 한국과 중국 정부가 항의하면서 일본 교과서 왜곡사태는
국제문제로 비화됐다. 국내의 주요 일간지나 방송 등도 일본의 교과서
왜곡은 제2의 침략이라며 일제히 반일 캠페인을 실시했다.

일본 정부는 결국 8월 26일 한국과 중국 등 아시아 여러 나라의 비판
에 귀를 기울여 정부 책임하에 시정 조치를 해 나가겠다고 발표했다.
그러나 일본 정부는 이미 검정이 끝난 교과서에 대하여는 어쩔 수 없이
1985년부터 시정해나가고 그 대신 학교 교육 현장에서 왜곡된 부분에
대한 보완을 실시하겠다고 했다.

한국 정부는 다음 날 일본 정부의 발표는 한국 정부의 의견을 반영한
것으로 보고 더 이상 문제 삼지 않겠다는 입장을 발표했다. 그러나 야당
은 일본 정부가 사실상 왜곡 교과서를 즉각 시정하지 않은 것은 과거에
대한 반성이 없다는 뜻이라며 맹비난했다. 특히 한국 정부가 일본의 시
정안을 너무 쉽게 받아들였다며 불만을 제기하는 사람들도 많았다. 그
러자 정부는 일제의 만행을 기억한다는 의미에서 목천에 독립기념관을
짓기로 했다.

서울대 학생운동권에서는 2학기 개강을 하면서 일본 교과서 왜곡에
대한 격렬한 반대 시위가 발생했다. 어찌 보면 대학생들이 일본의 교과
서 왜곡을 반대하는 시위를 벌인다는 것이 당연해 보이지만 운동권에서
이 사태를 시위의 모멘텀으로 이용한 측면도 있다.

1982년 1학기 동안에는 서울대 교내에서 시위가 많이 일어나지 않았
다. 다만 운동권으로 쏟아져 들어오는 신입생들을 받아 의식화교육을

시키는 데에 중점을 두었다. 만약 처음부터 이들을 반정부시위에 동원해 신입생들이 구속되는 사태가 빈발했더라면 많은 신입생들이 운동권을 외면했을 것이다. 그래서 1학기 동안에는 의식화 교육에 중점을 두고 운동권의 양적 확대에 중점을 두었다. 그러다가 2학기가 되자 운동권에서는 일본의 교과서 왜곡이라는 모든 국민들이 공감할 수 있는 계기를 잡아 시위를 벌여 나가기 시작한 것이었다.

구류

1982년 9월 초 개강한 지 열흘쯤 지난 날. 한낮의 서울대 관악캠퍼스 중앙도서관과 공대 건물 사이의 계단으로는 평소처럼 많은 학생들이 오가고 있었다. 바로 앞에는 학생식당도 있어서 강의실과 도서관 식당을 오가는 학생들로 늘 붐비는 지역이다. 늘상 그렇듯이 계단 옆의 잔디밭에는 검거나 회색 면바지와 점퍼 차림에 흰 운동화를 신은 '짭새'들이 학생들의 시위에 대비해 삼삼오오 짝을 지어 앉아 있었다. 짭새들은 손으로 뜯은 잔디풀을 입으로 가져가 잘근잘근 씹기도 하면서 지나가는 학생들을 가늘게 뜬 눈으로 노려보고 있었다.

김영환도 친구들과 함께 이곳을 지나가는 중이었다. 어딘가 학생들 틈에서 유인물이 뿌려졌다. 그리고 '일본은 교과서 왜곡 사태를 중단하라'는 구호가 터져 나왔다. 약간의 학생들이 시위를 준비한 듯 구호가 뒤따랐다. 즉각 잔디밭에 있던 짭새들이 몰려 나와 학생들 사이로 사과탄을 던졌다. 메캐한 냄새에 학생들이 눈물을 흘리고 기침을 하며 주춤거리는 사이에 짭새들은 맹수처럼 학생들 사이로 돌진했다. 이들 중 몇이 김영환의 양팔을 잡았다. 김영환은 두 팔이 뒤로 꺾인 채로 질질 끌려갔다. 따라오던 다른 짭새들이 연신 뒤에서 김영환에게 발길질을 해댔다. 김영환은 시위의 발생과 함께 새빨리 교내로 진입한 경찰의 닭장차에 던져진 채 관악경찰서로 이송됐다.

김영환과 몇몇 학생들이 개처럼 끌려 나간 다음 캠퍼스는 다시 아무 일 없었던 것처럼 평온을 유지했다. 학생들은 다시 계단을 오르내리고, 짭새들은 다시 주머니의 사과탄을 만지작거리며 잔디밭에서 초가을의 따가운 햇살을 받으며 저희들끼리 히히덕거렸다.

김영환은 관악경찰서 지하에 있는 커다란 방에 수용됐다. 어느 틈에 이처럼 많이 잡았는지 무려 1백여명의 학생들이 함께 붙잡혀 와 있었다. 가장 나이 어린 전투경찰이 학생들에게 원산폭격, 좌로 굴러, 우로 굴러 등의 단체 기합을 주었다. 한 전투경찰은 나이가 들어 보이는 김영환을 앞에 세워놓고 주먹으로 가슴을 때리고 무릎을 걸어차기도 했다. 김영환으로서는 어디서든 맞아보기는 처음이었다. 김영환은 한편으로는 땀을 흘리고 한편으로는 아픈 가슴을 달래며 생각했다.

'역시 군사독재이다. 이 독재체제를 타도해야 한다.'

모든 부조리한 폭력의 원인이 전두환 군사독재의 지시에 따른 것이라는 데에 생각이 이르자 김영환은 자신을 때리고 괴롭히는 같은 또래의 전경들에게 특별히 원한을 가질 일도 없다고 생각했다. 굴러도 맞아도 굴욕감은 들지 않았다. 다만 이제 나가면 더욱 열심히 이 정권과 투쟁해야 한다는 결론을 쉽게 굳힐 수 있었다.

김영환이 경찰서에 잡혀간 날, 어머니도 경찰에서 연락을 받았다. 어머니로서는 하늘이 무너지는 듯한 충격이었다. 큰아들 김영환의 학력고사 성적은 전국의 60만명 가운데 27등이었다. 그리고 큰아들은 어릴 때부터 한 번도 거짓말을 하거나 잘못된 행동을 한 적이 없었다. 김영환의 동생들은 다들 어머니로부터 호되게 매를 맞은 적이 있지만 큰아들만은 한 번도 때린 적이 없었다. 그처럼 똑바른 내 아들이 경찰서에 들어갔다는 데 대해 우선 경찰에 대한 분노가 치밀었다. 어머니는 즉각 관악경찰서로 찾아가 보안과장을 만나 다짜고짜 따졌다.

"내 아들이 왜 여기에 있습니까?"

보안과장이 답했다.

"영환이가 주머니에 돌을 넣고 다니다가 시위가 벌어지니까 주머니에서 돌을 꺼내 집어던져서 온 것입니다."

어머니가 다시 따졌다.

"말도 안 되는 소리 하지 마세요. 수천명이 데모를 했다는데 왜 하필 1학년이고 공부 잘하고 성실한 내 아들이 주동자라고 잡혀왔습니까? 그럴 리가 없습니다."

어머니는 고함을 치고 나서 아들을 보러 갔다. 유치장 쇠창살 뒤에 아들이 갇혀 있는 현실을 어머니는 믿을 수가 없었다. 어릴 때부터 온 마을에 우등생이고 모범생으로 소문난 성실한 아들이 감옥에 들어가다니… 어머니는 하늘이 무너지는 느낌이었다. 그러나 아들을 나무랄 수 없었다.

"영환아, 힘내라."

자신도 모르게 튀어나온 말이었다. 그리고 어머니는 아들을 위로했다.

"영환아, 정의는 어떤 힘보다 강하니까 너 기죽지 말아라."

생각해 보면 일본 교과서 왜곡에 반대하는 시위를 벌였다는 게 뭐가 잘못된 일인가. 어머니는 다시 말을 이었다.

"영환이 너 사식私食 넣었다."

그리고 돌아서서 가려는데 마침내 눈에서 눈물이 흐르기 시작했다.

김영환은 즉심에 넘겨져 구류 15일 판결을 받았다.

어머니는 엊그제 고교를 졸업한 아들이 감옥에 간다는 사실이 믿어지지 않았다. 그리고 일본 교과서 왜곡에 반대한 것이 뭐가 잘못됐단 말인가. 그리고 설사 시위를 했다 해도 주모자들은 분명히 고학년들일 텐데 1학년인 아들이 잡혀 구류를 산다는 것이 너무 억울했다. 어머니는 다시 학교로 가서 교수들을 만나 아들의 억울함을 호소했다. 그러니 교수들은 "억울하면 정식 재판을 청구하라"고 답할 뿐이었다. 어머니는 교수들도 너무나도 야속하다는 생각이 들었다.

아버지는 큰아들이 붙잡혀 갔다는 데 대해 더욱 실망했다. 사실 큰아들 김영환이 서울대 법대에 합격한 순간이 아버지에게는 인생 최고의 순간이었다. 아버지는 당연히 큰아들이 법관이 되리라는 점을 믿어 의심치 않았다. 그런데 그 믿었던 아들이 경찰서에 있다고 연락이 온 것이었다. 아버지는 전두환 정권을 지지한 사람은 아니었다. 고향에서 국회의원 선거가 실시됐을 때 마을 사람들은 대개 민정당의 권정달을 지지했다. 하지만 아버지는 농촌 출신으로서는 드물게 서울에서 증권투자를 할 정도로 경제적으로도 여유가 있었고, 근대적인 생각도 하는 사람이었다. 게다가 "바를 정正자가 내 종교"라는 신념으로 사는 아버지에게는 전두환은 쿠데타를 일으킨 독재자였다. 그래도 아들이 데모를 하다가 전과자가 된다는 사실은 실망을 넘어 절망적인 사태였다. 아들에 대한 모든 기대가 물거품이 되는 것이었다. 아버지는 안 하던 술을 매일 마셨다.

어머니는 매일 구류 사는 아들을 면회 갔다. 어머니가 아들을 면회하는 시간에 맞추어 아들의 친구들도 함께 면회를 했다. 친구라 해야 대개는 고전연구회 멤버들이었다. 하지만 어머니는 서클이라는 것에 대해서는 전혀 알지 못했다. 면회시간이래 봐야 5~10분에 불과했다. 아들 친구들은 하나같이 아들에게 '힘내라'고 격려했다. 어머니도 결국은 '힘내라'는 말밖에 할 수 없었다.

15일간 유치장 속에서 김영환은 생각을 정리했다.

먼저 일본 교과서 왜곡에 반대했던 자신의 행위가 잘못됐다는 생각은 전혀 들지 않았다. 잘못은 군사독재에 있었다. 그러나 자신에게 구류 15일의 판결을 내린 판사, 나아가서는 군사독재에 굴복해 있던 당시의 사법부에 대한 반감은 들지 않았다. 군사독재의 폭압적인 상황에서 일개 판사가 무슨 힘이 있겠는가. 그 시스템 속에 들어가면 웬만한 사람은 결국 저런 식으로 되고 만다는 결론에 도달했다. 김영환은 군사독재에 복속될 수밖에 없는 제도권에 편입돼서는 안 된다는 생각이 확고해졌다. 한 개인이 기성의 시스템에 들어가면 힘을 발휘하기가 어렵다는 생각이 더욱 굳어졌기 때문이었다. 결론적으로 사법고시와 같은 세속적인 출세의 길과는 완전히 결별할 수밖에 없었다. 돌이켜 보면 김영환은 어릴 때부터 세속적으로 출세를 해야 한다는 생각과는 거리를 두고 자랐다. 중학교 3학년 때 천주교에 입교할 때에도 순교할 수 있다는 생각으로 했다. 대의를 위해서는 목숨을 내놓을 수 있다는 생각으로 천주교에 입교했기 때문에 세속적인 출세라는 관념은 별로 없었다. 한때 신학대학을 가겠다고 한 것도 이러한 바탕에서 가능했다.

그렇다면 무엇을 해야 하는가. 김영환은 앞으로 마르크스주의를 더욱 열심히 깊이 연구해야 한다는 결론을 얻었다.

10월 2일 15일간의 구류를 마치고 출소했을 때에는 세상이 달라 보였다. 김영환은 경찰서 문을 나서며 마음속으로는 공산주의 혁명가로서의 힘찬 발걸음을 내디뎠다. 김영환은 또 마르크스주의 혁명가가 되는 것이 노동자를 위하고 군사독재에 저항하는 것인 만큼 올바르게 살라는 부모님의 바람에도 어긋나지 않는 일이라고 생각했다. 그러나 큰아들이 마음속에서 공산주의 혁명가가 되기로 작정한 사실을 어머니나 아버지나 당시로는 상상조차 할 수 없었다.

아들이 집으로 돌아온 날 밤 아버지와 어머니가 아들을 불러 앉혔다. 아버지가 먼저 말문을 열었다.

"너 공부하러 대학에 들어갔는데 경찰서에 들락날락하지 않았으면 좋겠다. 이제 그런 것 하지 마라." 그러나 큰아들은 단호하게 말했다. "안 할 수는 없습니다." 큰아들의 단호함에 부모가 놀라자 큰아들은 안심을 시키려는 듯이 말을 이있다.

"하지만 다시 들어가는 일은 없도록 하겠습니다."

김일성

경찰서를 나선 김영환이 마르크스주의 혁명가가 돼야겠다고 결심한 것은 사실이지만 그 즉시 한국을 공산주의 국가로 만들기 위한 혁명에 착수한 것은 아니었다. 당시의 생각은 역시 전두환 군사독재를 빨리 종식시켜야 한다는 차원에 머물렀다. 마르크스주의 혁명이라는 것은 아직도 머릿속에서의 사색과 도서관에서 읽는 책자, 그리고 세미나에서의 토론에만 나오는 이론에 불과했다.

김영환과 같은 서울대 82학번, 1학년 운동권 학생들 사이에서도 마찬가지였다. 서클의 커리큘럼을 따라가든, 본인의 경험과 사색의 결과이든 사회주의 혁명이 필요하다는 결론에 도달하기는 하지만 구체적인 방법이 있을 수는 없다. 당시의 전두환 체제는 너무나도 강했다. 아무리 열심히 싸워도 십년 이상 지속될 것이라고 대부분의 학생들은 판단했다. 공산주의 혁명이 이루어지리라고 기대하기는 어려운 일이었다. 이러한 절망감을 학생들은 실제 공산주의 혁명의 사례를 연구하면서 극복해 나갔다.

고전연구회에서도 마르크스주의 이론만이 아니라 소련, 중국의 공산혁명, 남미의 혁명사례 등을 공부했다. 우선적으로 러시아의 볼셰비키 혁명과 중국의 공산혁명이 세미나 교재가 됐다.

공산주의 혁명 사례를 연구하면서 학생들은 사회주의 혁명 운동이 뜬구름 잡는 허황된 일이 아니라 역사 속에서 살아 움직이는 사건이라는 점을 깨우쳤다. 즉 중·고교 때 부정적으로 배웠던 사회주의 혁명에 대한 시각을 교정하면서 동시에 사회주의 혁명가로서의 정당성과 자부심을 다져 나갔다. 그리고 사회주의 혁명을 위해 함께 투쟁하는 동료들 사이에 끈끈한 인간적인 유대를 형성했다.

김영환도 출소 후 공산주의 혁명사 학습을 통해 소련과 중국의 공산주의 혁명을 매우 긍정적으로 보게 됐다. 이론적으로는 혁명을 통해 소련을 건설한 볼세비키의 노선이 올바른 길이라고 믿게 됐다. 그러나 정서적으로는 중국혁명이 어필한다는 생각을 했다. 그 이유는 소련이라는 초강대국의 이미지가 위압적으로 느껴졌기 때문이다. 또 당시 리영희가 쓴 중국의 문화혁명을 미화한 여러 글의 영향도 컸다. 당시는 아직 문혁의 폐해에 대해서는 알려지기 전이었다.

이처럼 서울대 운동권 학생들의 가장 강력한 우상이자 스승은 러시아 혁명을 성공한 레닌(1870~1924), 그리고 중국의 공산주의 혁명을 성공시킨 모택동(1893~1976)이었다. 한국의 혁명을 꿈꾸게 된 김영환도 당연히 레닌과 모택동을 존경하고 그들의 저작들을 탐독해 나갔다. 그러나 학생들은 스탈린(1879~1953)에 대해서는 거의 이야기하지 않았다. 스탈린은 혁명을 성공시킨 사람도 아니었던 데다 독재자라는 인식이 강했기 때문이었다. 아무리 사회주의를 강화시키고 완성시킨 인물이었지만 국내에서 정적들을 처형하느라 손바닥에 가득 피를 묻혔다는 측면에서는 어딘지 전두환과 일맥상통하는 느낌도 강했다. 그리고 무엇보다 당시 학생들은 스탈린에 대해서는 거의 알지 못했다.

모택동에 대한 연구는 이전에도 이미 국내 정치학자들에 의해 많이 보급돼 있었다. 고려대 총장과 국무총리를 지낸 김상협의 '모택동 사상'은 1970년대에 이미 출간됐다. 그리고 동양사를 연구하는 학생들은 일본 학자들의 연구를 통해 모택동에 대해서는 얼마든지 알 수 있었다.

레닌의 저작들도 이미 한국말로 번역된 것들이 보급되기 시작했다. 처음 레닌의 제국주의론은 일본어 번역판이 복사된 채로 돌아다녔지만 곧이어 한글 번역판이 보급됐다. 이것들은 주로 1945년 직후 한국의 좌파 학자들에 의해 번역된 것이었다. 때문에 한글 표현들이 옛날 식이었다. 처음 레닌 저작 번역판의 복사판들이 나왔을 때는 전집이 10만원을 호가했다. 운동권 학생들뿐 아니라 대학원생 등 연구자들도 앞을 다투어 구매했다. 그리고 1980년대 중반이 되면 서울대 운동권 출신들이 직접 레닌의 저작들을 번역해 돌렸다.

김영환이 공산주의 혁명사를 공부하면서 가장 이상하게 생각한 것은 바로 북한에 대한 언급이 운동권 학생들 사이에서 거의 없다는 점이었다. 서클에서 세미나를 할 때나 술자리에서 선배들은 남한의 사회주의 혁명을 이야기했다. 그런데 소련과 중공의 사회주의 혁명에 대해서는 공부하면서 정작 같은 민족인 북한에 대해서는 왜 이야기하지 않는가. 김영환에게는 소련이나 중공보다는 혈연적으로나 역사적으로 북한이 더 중요하다는 생각이 들었다. 그래서 한번은 선배에게 북한의 사회주의 혁명에 대해서는 왜 연구하지 않느냐고 물었다. 그러자 그 선배는 아무런 대답을 하지 않았다. 또 몇 차례 이 문제를 술자리에서 제기할 때마다 선배들은 한결같이 아예 그 이야기는 꺼내지도 말라는 투로 반응했다.

당시 전두환 정권은 학생운동을 좌경용공이라고 불온시했다. 학생들에게 가장 두려운 것은 북한과 연계되거나 북한을 찬양하는 것으로 걸리는 것이었다. 당시는 정부의 공식 표현도 북한이 아니라 북괴였다. 김영환은 선배들이 이러한 강력한 탄압을 두려워하기 때문에 북한에 대해 언급하는 것을 두려워한다고 판단했다. 그러나 이러한 두려움은 오히려 진실이 무엇인가에 대한 호기심을 자극할 뿐이었다. 김영환은 이미 스스로의 노력으로 민족주의나 기독교적인 장애를 넘어 마르크스주의를 받아들인 사람이었다. 선배들이 걱정하는 북한에 대한 터부 정도는 이에 비하면 아무것도 아니었다.

그 당시까지 대학교 지도교수들이 박정희 대통령 시대 때부터 정부에 불만을 품고 데모를 벌이는 학생들을 설득하는 논리는 크게 두 가지였다.

하나는 대학에 다닐 동안에는 공부를 열심히 해서 실력을 쌓고 운동은 사회에 나가서 하라는 논리이다. 학생 때 운동하다 구속되고 처벌받으면 꺾인다, 그러면 취직도 안 되고 사회에 나가서도 학생 때 가졌던 이상이나 꿈을 실현할 수 없다, 그러니 학생 때는 불만이 있더라도 좀 참고 졸업한 다음에 사회에 나가서 마음껏 뜻을 펼치라는 논리였다.

교수들이 자주 사용하는 두 번째 설득논리는 그래도 북한보다는 한국이 낫지 않느냐 하는 것이었다. 남한 사회가 아무리 독재사회라고 하지만 그래도 북한 김일성 체제보다는 살기도 낫고, 인권도 더 보장되지 않느냐는 것이었다. 한국이 아무리 독재라곤 하지만 북한처럼 '김일성 만세'를 불러야 하는 것도 아니고 대학생들이 국군의 날에 열병을 하는 것도 아니지 않느냐. 또 졸업하면 어디든 취직을 하든 유학을 가든 자유이고 돈을 벌고 싶으면 얼마든지 돈을 벌 수 있는 상대적으로 자유로운 체제가 한국 사회라는 논리였다. 이러한 논리의 근저에는 북한은 가난한 나라이고 김일성을 신으로 떠받드는 유일사상의 나라라는 정부의 홍보가 깔려 있었다.

그러나 김영환은 북한에 대한 이러한 통상적인 지식을 믿지 않았다. 김영환은 하느님도 자신의 이성으로 옳다고 판단한 연후에만 받아들여야 한다는 생각을 가진 젊은이였다. 정부가 아무런 자료제시 없이 북한을 비난하는 것은 믿을 수 없다고 판단했다. 김영환이 이처럼 북한에 대한 정부의 선전에 대한 판단을 유보한 것은 고교시절부터 비롯된 것이기도 하다.

고교시절 학교에서는 반공 사진 전시회가 있었다. 전시된 사진 중에는 6·25 때 서울로 밀고 내려온 북한군 탱크를 찍어놓은 것이 있었다. 강력한 북한군이 한국을 유린한 적이 있으니 학생들은 늘 경계하고 대비하라는 의미이다. 그러나 김영환은 사진 속에 북한군 탱크를 보러 나온 서울시민들의 표정을 살폈다. 북한군의 강요에 의해 동원된 군중이라는 설명과는 달리 일부는 밝은 표정이라는 점에 주목했다. 어쩌면 이들은 북한군을 환영한 것은 아니었을까 하는 의문이 마음 한구석에 자리 잡았다.

또 고교시절에 학교에서는 반공교육용으로 북한에 대한 필름들을 상영해 주기도 했다. 그 내용 가운데에는 1960년대 말 김일성이 공장을 돌면서 전쟁준비를 독려하는 것들도 있었다. 여성 근로자들이 일하다 말고 총을 꺼내 분해 조립하는 것을 지켜보는 김일성이 만족스런 웃음을 띠면서 박수를 치는 것이었다. 여공들도 조립을 마친 뒤 함께 웃고 만세를 외친다. 이런 필름은 당연히 북한이 얼마나 열심히 전쟁에 대비하는 호전적인 체제인가를 보여주기 위한 것이었다.

그런데 고교생 김영환은 오히려 북한 사회가 매우 생동감이 있다는 느낌을 지울 수 없었다. 늘상 TV 뉴스에 나올 때 근엄한 표정으로 군림하는 박정희 대통령에 비해 김일성은 밝은 표정으로 주민들과 함께 잘 어우러진다는 생각이 들었다. 이러한 생각은 전두환 대통령 시절에도 이어졌다. 전두환도 박정희 못지않게 군림하는 독재적인 대통령이었다. 어디서든지 주민들로부터 환영받는 모습은 보이지 않았다.

당시까지 한국 정부가 북한을 괴뢰집단이라 가르치고 김일성을 피에 굶주린 독재자라고 가르쳤지만, 정부의 홍보에 대한 이런 정도의 의구심들은 누구나 마음 한 편에서는 키우고 있던 것들이었다. 김영환이라고 특별히 북한을 호의적으로 본 것이라고는 말할 수 없다. 다만 좀 더 호기심을 갖고 사진을 관찰했던 것이다.

대학에 들어가 사회주의자가 되기로 작심한 김영환에게 고교시절부터 가졌던 북한에 대한 정부의 선전에 대한 의구심이 다시 발동한 것은 당연한 일이다. 그리고 북한에 대해서는 사회주의 혁명을 다짐한 선배나 동기들 가운데 그 누구도 묵묵부답이었다. 한국 사회를 혁명한다고 하면서 북한 혁명을 말하지 않는 것은 문제가 아닐까. 사회주의 혁명가 라면 당연히 가져야 할 의문이었다.

김영환은 북한과 김일성의 실상을 파악해야겠다고 결심했다. 다른 모든 문제들처럼 우선 책을 통한 노력을 할 수밖에 없었다. 마침 김영환 은 9월에 구류 15일을 사는 바람에 유기정학을 맞은 상태였다. 학교에 나올 수는 있었지만 수업을 참여해 봐야 학점은 나오지 않았다. 그렇다 고 달리 갈 곳도 없었다. 김영환은 중앙도서관으로 등교했다. 아침 9시 면 어김없이 도서관으로 등교해서 저녁 6시까지 책을 읽었다.

주로 읽은 것은 한국 독립운동사와 공산주의 운동에 대한 것들이었 다. 김영환은 특히 김일성의 항일운동 부분을 집중적으로 연구했다. 한 국 출신 학자들이 쓴 책들이었다. 김일성의 항일운동을 전면 부정한 책 들도 있었지만 대부분은 항일운동을 인정하는 쪽이었다. 다만 김일성의 항일운동이 별것 아닌데 너무 부풀려졌다거나, 북한이 선전의 목적으로 과장한다거나, 아니면 나중에 소련 편향으로 흘렀다는 등의 이유로 비 판하는 것들이었다. 김영환은 김일성이 항일운동을 한 것만큼은 틀림없 는 사실이라고 결론을 내렸다.

2. 갈등

■ *대학은 감옥이다.* —서울대 민주학우

대중화

"여기 이곳은 누구의 땅인가?

바야흐로 4월, 관악에도 철모르는 봄기운이 가득 찼다. 아직 때 묻지 않은 새 식구들과 침묵이 미덕이다라고 믿어 버린 많은 식구들이 여기저기를 메운다. 이 거대한 진리 탐구의 장에서 우리는 온갖 편리함을 만끽(?)하고 있다.

그러나 우리들, 너무나 오랫동안 손님으로 길들여진 우리들은 혹시나 '우리가 주인이다'라는 아주 단순한 사실조차 잊고 있는 것은 아닌지? 그리고 혹시 이런 게 모두 주인 행세 아니냐고 반문할지 모르는 우리 식구일지라도 자, 이제 눈을 부릅떠보자.

오늘 이 땅에 유령처럼 떠도는 새들! 어느 날 사이렌 소리에 벌떼같이 몰려들어 주먹을 휘두른다. 어디 그뿐인가? 더 무시무시하고 뼈아픈 폭력은 눈에 보이지 않게 점점 더 깊숙이 우리의 목을 조여 오고 있다. 학원사찰의 횡행으로 우리의 몸뚱이는 물론 머리와 가슴 속으로도 폭력은 파고들어 '대학은 감옥이다'를 실감케 하고 있지 않은가? 캠퍼스에서 검문이라, 하기야 저 높으신 분에게는 자기 외에 모두 불순분자 아닐까라는 대범하게 지나치는 아량조차 잊고 있다니 확실히 시절이 하 수상하긴 한 모양이다. '문제를 느낄 줄 아는 학생'이 '문제 학생'으로 되어 버린 오늘, 국민의 신성한 병역의무를 학생처벌에 도용한 '지도휴학', 법률 서적 어디에도 박혀 있지 않은 '예비검속'이라는 제도 아닌 제도들, 게다가 요즘에는 춘흥에 덩달아 캠퍼스에 흥흥하고 있는 춘행 아닌 추행 소문에 이르기까지, 아니 이곳은 대체 누구의 땅이란 말인가?"

1983년 4월에 서울대 관악캠퍼스에서 민주학우 명의로 나온 지하신문 '민주광장'에 실린 글이다. 이 글은 캠퍼스 내에 들어와 많은 학생들을 상대로 시위를 진압하고 불심검문도 하는, 짭새 즉 경찰에 대한 풍자를 담고 있다.

이 글은 '독도는 우리 땅'이라는 노래의 가사를 바꾸어 '서울대는 우리 땅'이라는 제목으로 만든 가사를 실었다. 그중에는 "민주학우 삼천 명, 어용교수 오백명, 짭새는 오천마리"라는 대목도 있다.

과거 박정희 대통령 시절만 해도 대학생들의 데모를 비난할 때 '일부 극소수 과격학생'들의 행위라는 점을 부각시키려 했다. 그러나 전두환 대통령이 집권한 뒤에는 경찰이 대학에 대규모로 상주하며 대학생들을 24시간 감시했다. 그리고 도서관에서 강의실로 가는 대학생들의 가방을 뒤지고 핸드백을 뒤지며 낄낄거렸다. 위 글에도 나타났지만 이러한 많은 경찰에 의한 대학 전체의 감시체제로 인해 '대학은 이제 감옥'이 돼버렸다. 또 지도휴학이나 예비검속 등은 대학생들의 징계가 대규모로 행해졌음을 의미한다. '민주학우 삼천명'이라는 대목도 이제는 시위가 열렸다 하면 이전보다는 훨씬 많은 인원이 모이고 있음을 반영한다.

이처럼 서울대에 학생들이 많아진 이유는 모집정원을 늘린 때문이다. 게다가 졸업정원제로 인해 모집정원의 130%를 뽑으면서 대학은 학생들로 만원이 됐다. 도서관에 자리를 잡으려면 아침 8시까지 나와야 했다. 학생식당에서 식권을 구입하려면 1백m씩 줄을 서야 했다. 강의실에도 학생들이 넘쳤다. 1, 2학년들의 경우 강의를 서서 들어야 하는 학생들이 전체 수강생의 3분의 1이나 됐다. 졸업정원제 실시 초기에는 학생들이 너무 학업경쟁에 몰두하느라 동료들과의 대화도 잘 안 한다는 지적도 나왔지만 상당수의 학생들은 운동권에 빠져들었다.

지하서클 등 운동권에서 사회주의 사상을 연마하는 학생들의 숫자도 이미 1천명을 넘어섰다. 교내에서의 끊이지 않는 '짭새'들과의 일상적인 투쟁으로 학생들은 전두환 정권에 대한 적개심을 키워길 수 있었다.

법대에 수석입학한 원희룡도 서울대 여학생 추행사건에 항의하는 시위를 벌이다 연행됐다. 그리고 나서는 바로 노동운동에 투신하게 됐다.

가난한 학생들도 많았다. 검은 고무신을 신고 학교에 나오는 시골 출신의 학생들도 흔히 눈에 띄었다. 김영환의 서클 친구들 가운데에도 운동화 신고 다니다 운동화 빨면 시골에서 가져온 고무신을 신고 학교에 나오는 아이들이 많았다. 서울대의 한 교직원은 "80년대 초반까지도 심지어는 수세식 변기의 사용법을 모르는 학생들이 많아 학교당국이 화장실에 수세식 변기 사용법을 써 붙이던 때였다"고 회상했다.

1970년대 대학생들은 학교 배지를 가슴에 붙이고 다녔다. 명문대학생들만이 아니라 대학생이면 누구나 다 배지를 달았다. 각 단과대학이나 과별로 배지에 학과의 이름을 써 넣기도 했다. 연세대나 고려대 등에서도 의대나 법대 같은 인기학과 학생들은 학교 배지에 별도로 학과의 이름을 써 넣었다. 이화여대의 경우는 각 단과대학별로 배지 색깔이 달랐다. 자랑이기도 했고 프라이드이기도 했다. 그런데 유신 말기부터는 배지를 다는 행위가 사라졌다. 가장 큰 이유는 대학생들의 시위가 잦아지다 보니 경찰이 배지를 달고 다니는 학생들을 검문하는 경우가 많아졌기 때문이었다. 거리를 가면서 늘 경찰의 눈초리를 의식해야 하는 불편함과 두려움에서 학생들은 배지를 떼었다. 1980년대 전두환 장군이 집권한 이후 대학생들에 대한 감시는 더욱 심해졌다. 거리에서 대학생처럼 보이기만 해도 경찰들은 검문을 하고 가방을 뒤졌다. 배지를 달고는 시내를 다닐 수 없는 지경이었다.

대학 축제라고 해봐야 평소에 하지 못했던 의식화학습이나 시위를 모처럼 내놓고 할 수 있는 기회일 뿐이었다. 1970년대만 해도 쌍쌍파티도 있고 해서 남녀학생들이 함께 어우러져 데이트도 하고 그룹사운드의 생음악 반주에 맞추어 춤도 출 수 있는 낭만적인 행사가 가능했다. 그런데 80년대에 들어서면서 이러한 낭만적인 분위기는 완전히 사라졌다. 축제의 명칭 자체가 '축전'에서 '학예제' '민속제' 등으로 변경됐다. 학술발표회, 마당극, 탈춤, 길놀이 등이 고작이었다. 축제를 통해 젊음을 발산한다는 생각을 가질 여유가 없었다. 학생들은 전두환 군사독재 아래에서는 잠시라도 즐기고 싶은 생각이 들지 않았다. 그러한 행동은 군사독재에 대한 타협으로, 추잡한 행동으로 여겨졌다.

축제 때에는 학교에 짭새가 더 많이 들어올 뿐이었다. 평소에는 구호소리만 나도 전경이 타격하지만 축제 때만은 학생들이 스크럼을 짜고 돌아도 전경이 즉각 타격하지는 않았다. 학생들이 스크럼 짜고 돌아다니면 나중에는 전경들이 좌우에 일렬로 서서 에스코트하는 것처럼 된다. 평소에 짭새들에게 감시를 당하며 강의실을 드나들던 학생들에게는 어찌 보면 스릴만점의 축제이기도 했다. 스크럼 짜고 좀 더 가다가 구호의 수위가 높아지면 전경들이 치고 들어오지만 축제 기간 동안에는 학생들을 잘 잡아가지 않았다. 대학 축제의 낭만이란 이처럼 단지 경찰이 허용하는 반정부 구호의 수위 안에서만 보장됐다.

이런 분위기가 계속되면서 학생들은 대학생이라는 자신의 처지에 대해 자괴감을 느낄 정도가 됐다. 이제 대학생들은 배지를 달고 서로를 구분하는 상대적으로 우쭐해하는 소수 엘리트의 개별 집단에서 정권에 불만을 갖고 지배를 당한다는 생각을 공유하는 거대한 하나의 피압박 대중으로 변해 있었다.

혁명은 혁명가와 대중이 힘을 합해 이룩한다. 혁명가가 대중을 이끄는 지식인이라면 대중은 현 사회에 불만을 갖고 혁명가의 비전제시에 공감하는 다수이다. 대중이 혁명에 나서는 것은 소수의 혁명가들이 제시하는 사상에 공감하기 때문이다. 즉 혁명가의 무기는 사상이다. 혁명가는 대중에게 현 사회가 급진적으로 개조될 수 있다는 분명한 가능성을 심어 준다. 대중은 혁명가의 지시에 따라 사상을 개조하고 자신이 살고 있는 체제를 무너뜨린다. 대중을 혁명에 나서게 하기 위해서는 먼저 대중의 사상을 개조해야 한다.

1980년대 서울대를 하나의 사회라고 보면 현재의 모습에 불만을 갖고 사회주의 이념을 전파하려는 혁명가들도, 대중도 이미 형성돼 가고 있었다. 어느 모로 보나 혁명을 지향하는 대중이 형성되는 분위기였다.

김영환이 2학년 때인 5월 전방입소훈련은 학생운동이 대중화되고 있음을 확인할 수 있는 기회였다. 군부대에서 학생들이 행군을 하는데 부르는 노래가 '농민가' '님을 위한 행진곡' 등 운동권 노래였다. 이런 가요들을 대부분의 학생들이 다 알고 따라 할 수 있다는 것은 그만큼 학생들의 의식이 혁명 대중으로 전화되고 있는 증거였다. 뿐만 아니라 학생들은 이 전방입소훈련이 옳은 것이라서 하는 것이 아니라 군사독재가 강요하는 것이고, 안 하면 졸업 못 하게 만드니까 억지로 하는 것이라는 생각을 했다. 그래서 싸워야 한다고 믿었다. 인문대의 경우는 사단장이 사열할 때에 스크럼 짜고 군사독재 타도 시위를 벌여 현장에서 30명이 강제징집으로 입영했다.

김영환도 행군할 때 계속 운동권 노래를 불러 분위기를 주도했다. 또 토론 시간에는 군에 비판적인 내용의 발표를 했다. 군의 역사적인 형성과정이 미국에 예속된 군대로서의 성격을 갖는다는 점, 일제시대에 복무한 사람들이 군의 중심이 됐다는 점 등이 그가 전방에 가서 토론시간에 한 이야기들이었다. 일반 학생들은 김영환 같은 운동권 학생들이 주도하는 분위기로 끌려갔다.

사실 김영환을 담당한 소대장이었던 담당 장교가 좋은 사람이었지만 김영환의 입장은 이미 정해져 있는 것이었다. 입소가 끝나고 나올 때 학생들은 담당 교관과 조교를 행가레 칠 정도로 인기 있었다. 김영환은 교련점수 D학점을 받게 됐다.

학생이라면 학점에 신경을 쓰기 마련이지만 김영환이나 서클 친구들은 모두 학점이 나빠서 서로 위로가 됐다.

그해 3월 정치학과에 입학한 조유식(현 인터넷서점 알라딘 사장)도 신입생 환영회에 참가하고 깜짝 놀랐다.[1] 정치학과 교수들이 모두 참가한 가운데 선배들이 이 모임에서 노래를 부르는데 모두 운동권 노래였다. 데모할 때나 부르는 노래였다. 특별히 지하서클 멤버가 아니더라도 학생들 대부분의 의식은 운동권이나 다름없었다.

한미일 삼각 안보체제

1983년 5월 김영삼 씨가 단식했다. 김영삼은 전두환 정권의 출범 이후 줄곧 가택연금 상태였다. 그런데 광주항쟁 3주년을 맞아 5월 18일부터 23일간 단식투쟁을 했다. 당시 이 소식은 신문에는 보도되지 않았지만 학생들은 다 알고 있었다. 학생들은 1명만 알면 다 안다. 김영삼의 단식이 학생들에게 주는 영향이 컸다.

김영삼의 단식 이전까지 많은 학생들은 광주문제에 대해 잘 몰랐다. 운동권이라 하더라도 당시에는 광주문제의 해결보다는 사회주의 혁명을 염두에 두고 있었다. 그런데 김영삼이라는 거물 정치인이 단식을 하고 강력했던 전두환 체제가 흔들리는 모습을 보였다. 운동권에서는 광주문제에 포커스를 맞추는 일이 긴요하다는 판단을 내리게 된 것이었다.

계엄군의 광주진압 모습을 담은 비디오가 학생들을 상대로 은밀히 상영되기 시작한 것도 이즈음이다. 학생들은 「해전사」에 광주비디오만 보면 의식화는 끝난다고들 했다. 하지만 당시에 운동권이 김영삼의 단식

---

1 2005년 1월 17일 인터뷰.

에 즉각적인 동조를 하고 나서지는 않았다. 당시의 운동권에서는 이미 김영삼은 보수정치인이라는 인식이 심어져 있었다. 사회주의를 지향하는 운동권이 거물 보수정치인과 적극적으로 결합하고 나서기는 껄끄러운 일이었다. 그리고 서울대 운동권과 김영삼과는 연결도 되지 않았다.

김영환은 김영삼에 대해서는 매우 좋은 인상을 가지고 있었다. 1979년 부마사태 등을 촉발시킨 것도 김영삼이었기 때문이다. 당시 김영환은 김영삼의 이념이 운동권과는 다르지만 깨끗한 정치인이라는 생각을 했다. 민주화를 위해 투쟁하는 판에는 김영삼과 같은 대중적인 지지가 있는 거물 정치인과는 손을 잡아야 한다는 판단이었다.

김영환은 그러나 아직 대학 2학년생에 불과했다. 게다가 서울대 운동권 내부에서 아무런 영향력도 없는 고전연구회 소속이었다. 서울대 운동권에서 사회주의 혁명을 도모한다고 할 경우 김영환은 지도부가 아닌 대중에 속하는 학생일 뿐이었다.

그런데 서울대 사회주의 운동권에 충격을 줄 만한 사건이 그해 하반기에 발생했다. 바로 소련의 대한항공 007기 격추사건과 북한의 아웅산 테러였다.

1983년 9월 1일 대한한공 소속 KAL007기가 부주의로 소련의 영공을 비행하다 소련 전투기의 미사일 공격을 받고 추락했다. 이 사고로 탑승자 2백69명 전원이 사망했다.

사회주의를 지향하는 학생들의 입장에서 볼 때 소련은 순수한 사회주의 혁명가들이 만든 나라이다. 학생들은 소련 혁명을 혁명의 전범으로 삼아 공부했다. 그런데 가슴속에 이상으로 담고 있는 사회주의의 선진국인 소련이 어떻게 민간항공기를 격추해 죄 없는 사람들을 죽일 수 있는가. 대다수의 운동권 학생들에게는 커다란 충격이었다.

김영환이 가입한 고전연구회에서도 멤버들 간에 토론이 벌어지기도 했다. 한 여학생은 "어떻게 사회주의 이상을 말하는 소련이 인간을 무참하게 죽일 수 있는가"라고 울먹이며 한 시간을 말했다. 극소수였지만 이 사건에 충격을 받아 운동권을 떠나는 학생들도 있었다. 김영환은 그러나 소련군이 민간항공기를 군사정찰용 비행기로 잘못 알았을 것이다, 극단적으로 해석할 것은 없다는 결론을 내렸다. 운동권 대다수도 그러했다.

1983년 10월 9일 미얀마를 친선 방문 중이던 전두환 대통령의 수행원들이 국부國父인 아웅산 장군의 묘역을 참배하는 동안 천장에 설치된 원격조종 폭탄이 터져 서석준 부총리, 이범석 외무장관 등 17명의 고위 인사가 사망했다. 전두환 대통령은 당시 행사장에 늦게 도착해 화를 면했다. 국제외교사상 전례가 없는 일대 참사였다. 미얀마 당국의 조사결과 이 사건은 김정일의 친필 지령을 받은 북한군 정찰국 특공대 소속인 진모 소좌, 강민철 대위, 신기철 대위의 소행으로 밝혀졌다. 미얀마 정부는 11월 4일 북한과의 외교관계를 단절하고 수도 양곤에 있는 북한 대사관 직원들을 추방했다. 그리고 미얀마 법원은 체포된 북한 공작원들에게 사형을 선고했다. 미국, 일본 등 69개국이 북한을 규탄하는 성명을 발표했으며 코스타리카 등은 북한과 단교했다. 11월 13일에는 로널드 레이건 미국 대통령이 한국을 방문해 최전방을 시찰하면서 북한의 침략에 대해 한국을 방어한다는 의지를 확고히 과시했다.

그러나 북한의 테러가 분명한 이 사건에 대해 서울대 운동권 내부에서는 논쟁이 분분했다.

처음에는 북한이 한 것이다, 아니다 남한 내부의 권력투쟁의 산물이다, 하는 등의 논의가 그치지 않았다. 전두환 측의 자작극이라는 설부터 전두환 반대파라는 노태우 주도설, 김복동 음모설까지 나왔다. 김영환은 처음에는 자작극이 아닌가 의심했지만 미얀마가 북한과 단교하는 것을 보고 북한의 짓이라는 결론을 내렸다. 그렇다고 해도 당시 운동권 분위기는 광주항쟁을 딛고 집권한 전두환이 죽었으면 하는 것이었다.

왜 애꿎은 사람들만 죽고 전두환만 살았나 하는 것이있다. 전두환에 대한 미움은 그토록 컸다.

근본적으로 대한항공기 격추사건이나 아웅산 사건은 모두 운동권이 지향하는 사회주의 국가들이 저지른 것이었다. 때문에 운동권 학생들이 공식적으로 논의의 대상으로 삼기에는 껄끄러울 수밖에 없었다. 학생들의 사회주의 혁명에 대한 열망은 그토록 강했다.

서울대 운동권에서는 오히려 KAL기 격추 사건과 아웅산 사건을 나카소네 야스히로 일본 총리와 레이건 미국 대통령의 방한과 엮어 한국, 미국, 일본 간의 이른바 3각동맹에 대한 문제를 제기하는 기회로 삼았다.

1983년 10월 말 고전연구회 등 서클들이 합동으로 개최한 '미국 주도의 세계 체제와 한반도'라는 연구발표회가 대표적인 경우이다. 여기서 공동으로 정리한 자료에 따르면 KAL기 격추나 아웅산 사건과 같은 "민족적 비극"의 근본적인 문제 해결은 "2차대전 후 한국의 위치와 역할에 대한 올바른 방향설정에서 찾아야 한다"는 것이었다.

이 문건에서는 미국의 세계전략의 기조를 1) 사회주의권의 확대저지를 위한 봉쇄정책, 2) 급진적 혁명운동 저지를 위한 원조와 자본진출을 2개 축으로 아시아, 아프리카, 라틴아메리카에서의 냉전체제구축, 3) 선진 자본주의 체제의 재편 강화를 위해 미국 주도 아래 서구 일본과의 동맹 관계를 강화하고 일본 독일독점자본의 부활 재군비 추진으로 규정했다. 따라서 한국전쟁도 "사회주의권에 대한 미국의 총력 반격전쟁"일 뿐이다. 1965년 6월의 한일협정 조인은 한미 상호방위조약(1953), 미일 안보조약(1960)과 함께 한미일 관계를 구체적인 삼각관계로 진행하도록 한 계기가 된다. 그리고 미국은 아시아에서 가장 안보가 취약한 한국의 방어를 일본에 분담케 하면서 일본의 재무장을 용인했다는 논리이다.

일본의 교과서 왜곡문제도 "일본이 아시아에서 미국의 방위 역할을 분담하게 되는 경우 그 막강한 군사력과 경제력을 배경으로 하여 아시아의 보호국을 자처, 인근 제국에 대한 지배를 초래할 것이라는 제국주의적 대외팽창 정책의 성격이 보다 본질적인 문제"가 된다.

그리고 당시의 미국 레이건 대통령은 소련의 서태평양지역에서의 전략증강에 대응하기 위해 한미일 삼각안보체제를 추진하고 있다고 결론짓고 있다. 또 "한국은 일본의 안전에 중요한 정도가 아니라 미국의 대소련 공격에 있어서 전진적 보루로서 인식"되는 단계이다. "한미일 삼각안보체제는 동북아시아의 평화와 안전을 추구하려는 것이 아닌 군비확대의 경쟁에 의한 긴장의 고조를 결과할 뿐"이다.

근본적으로 학생들은 당시의 세계를 자본주의 체제의 위기상황으로 인식했다. 이러한 교조적인 인식을 바탕으로 운동권에서는 한국의 미국, 일본 등과의 관계를 사실관계에 대한 깊은 연구 없이 단순한 군사동맹의 성격으로 파악했다.

그러나 이 세미나에 나타난 학생들의 시각은 당시 서울대 운동권 전반의 입장을 반영하는 것으로 보아도 큰 무리는 없어 보인다.

남민전

"〈서울=內外〉 한국 측의 합리적이고 실천지향주의적인 일련의 민족화합민주통일 방안을 일체 외면한 채 대화의 문을 굳게 닫고 있는 북괴 김일성은 1일 북한 주민에게 육성으로 방송하는 소위 '신년사'에 6천만 민족의 염원인 통일문제에 대해서는 한마디의 언급도 없이 북괴가 당면한 제반 경제난과 이의 해소를 위한 북한 주민들의 노력 투쟁만을 독려한 것으로 알려졌다.

김은 이날 27분간의 신년사에서 '남조선에서 투쟁하는 혁명가들과 청년학생들에게 전투적 인사를 보낸다' 운운으로 대남 선동 어구만을 늘어놓은 채 통일과 남북대화 문제에 대해서는 단 한마디의 언급도 없이 대부분의 연설을 북괴의 경제문제에 할애한 가운데 북괴가 새해에 당면한 과업은 '매우 어렵고 방대하다'고 전제, 경제난을 실토하면서 채취, 전력, 화학, 금속, 경공업, 농업생산 등에서 주민들은 노력을 배가, 생산을 정상화할 것과 이와 같은 과업을 달성키 위해 소위 사상, 기술, 문화의 3대 혁명투쟁을 강화할 것을 촉구한 것으로 북괴 보도기관들이 전했다."

1983년 1월 5일 조선일보 국제면에 단신으로 처리된 기사이다. 당시 국가안전기획부에서 운영하는 북한 전문통신사인 내외통신이 전하는 북한 뉴스였다. 당시에는 북한에 대해 쓸 때에는 호칭이 정부는 북괴, 주민에 대해 쓸 때에만 북한으로 표기했다. 북한에 대한 기사는 단순히 사실을 전달하는 것조차도 쓰기 어려웠다. 일단 북한을 비판하는 내용을 먼저 앞에 쓴 다음에야 약간의 사실을 전달할 수 있었다. 이 기사도 내용으로 보면 북한을 비난할 목적인지 사실 전달용인지 알기가 어렵다.

보통 사람 같으면 이 기사를 읽고 북한이 한국의 대화제의에 응하지도 않고 주민들에게 강제노동만 시킨다는 이전의 북한관을 강화시킬 것이다. 그러나 김영환은 이미 사회주의 혁명가가 됐고, 이어서 김일성이 항일운동을 한 사람이라는 확신을 내린 상태였다. 게다가 김영환은 일본 교과서 왜곡 반대라는 민족주의에 입각한 정의를 위한 시위를 벌이다가 붙잡혀 가서 치도거니를 당하고 구류 15일에 유기정학을 받았다. 김영환의 눈으로 보면 안기부에서 제공하는 이 평범한 북한 기사도 행간에서 어떤 숨겨진 내용을 파악할 수 있는 반가운 메시지가 된다. 특히 김일성이 '남조선에서 투쟁하는 혁명가들과 청년학생들에게 전투적 인사를 보낸다'는 대목이 인상적이었다. 김영환은 친한 친구들에게 이 기사가 "매우 흥미롭다"고 말했다. 하지만 반응은 여전히 없었다. 북한에 대한 발언은 아직도 터부였다.

김영환은 이 같은 북한에 대한 최소한의 언급조차도 터부시하고 두려워하는 운동권의 분위기가 불만스럽고 갑갑했다. 사회주의 혁명을 한다며 소련혁명이나 중국의 공산혁명을 연구하고 당시 지도자들의 사상이나 구호를 달달 외우면서 진정 한반도 이북에서 일어난 사회주의 혁명을 외면할 수 있는가 하는 게 김영환의 불만이었다. 그렇다고 해서 김영환이 우리 모두 북한 사회주의 혁명을 연구하자는 말은 입 밖에도 낼 수 없었다. 선배들이 북한에 대해서는 입도 뻥끗 하지 못하게 하던 시절이었다. 김영환도 사실 공개된 역사책에서 김일성의 일대기를 약간씩 읽었을 뿐 북한이 어떤 모습으로 살아가는지 어떤 과정을 통해 사회주의 체제를 건설했는지는 전혀 알지 못한 상태였다.

김영환은 그럴수록 북한의 사정이 궁금했다. 그러나 사실 주의를 기울이면 신문을 통해서도 북한의 사정에 대해 조금씩 눈을 뜰 수가 있었다. 그리고 김영환이 볼 때 전두환 정권이 그렇게 강조하는 남북한 간의 경제력 격차가 일반인들이 생각하는 것만큼 당시에는 그리 대단하지 않았다.[2]

당시 조선일보에 보도된 남북한의 대학생 비율을 보면 11대 7이었다. 그런데 이를 남북한의 인구수로 비교해 보면 북한의 대학생수가 남한보다 훨씬 많게 된다. 또 1984년 발표된 유엔 GNP통계도 김영환이 인구수로 나누어 보니 남한이 1인당 2030달러, 북한이 2010달러라는 결과가 나왔다. 김영환은 북한에 대한 금기를 조금씩 깨 나갔다. 김영환은

---

[2] 실제 당시 안기부에서 북한에 대한 실무를 총괄하던 한 인사는 2005년 2월 28일 필자와 만나 "80년대 초반까지도 남북한 간의 경제적 격차가 별로 없었다"고 말했다.

자기가 한 이런 계산 결과를 토대로 본격적으로 세미나 주제를 삼을 수는 없었다. 그랬다가는 무조건 잡혀간다는 두려움이 컸다. 그래서 세미나 전후나 술자리에서 지나가는 투로 말하곤 했다. 그러면 대다수는 침묵으로 반응했다. 동조하는 사람은 거의 없었다. 하지만 북한에 대해 부정적으로 말하는 사람 또한 전혀 없었다.

서울대 운동권에서 김일성에 대해 말하지 않는다고 해서 김일성을 부정한다는 것은 아니었다. 운동권 학생들이라면 북한에 대해 김영환 정도의 지식은 가지고 있었다. 이들의 공통된 인식은 김일성은 일제 시대 때 독립운동을 했으며 같은 사회주의자라는 것이다. 반면 전두환은 깊게 생각할 것도 없는 군사독재자였다. 전두환과의 비교는 김일성에 대한 모독이라는 생각이 당시 운동권에 암암리에 형성된 인식이었다.

그러나 운동권에서는 북한과 연계되면 크게 얻어맞는다는 두려움을 가지고 있었다. 북한에 대해 함부로 이야기할 수 있는 분위기가 아니었다. 전두환 대통령에 대한 비판은 나가서는 못 해도 학교 안 서클룸에서는 자유롭게 할 수 있었다. 하지만 북한에 대해서는 이야기만 해도 신고만 들어가면 막바로 붙잡혀 가는 때였다. 그래서 북한에서 쓰는 용어나 김일성에 대한 언급을 하지 않았을 뿐이었다.

또 하나 당시 이미 서울대 운동권에서는 1970년대 검거된 사회주의 혁명조직인 남민전에 대해 대단히 긍정적으로 평가하는 분위기였다는 점이 중요하다.

남민전이란 남조선민족해방전선의 약자이다. 남민전은 남한의 공산혁명 지하조직이다. 1979년 10·26으로 박정희 대통령이 사망하기 직전에 적발됐다. 그해 11월 13일 경찰은 남민전 관련자 84명을 검거하고, 이들이 '사회주의 국가건설을 위해 폭력적인 방법으로 적화통일을 기도한 대규모 반국가 단체의 구성원'이며 무장 남파간첩과 관계는 없으나 '자생적 공산혁명 세력'이라고 발표했다. 그러나 당시에는 부산과 마산에서 발생한 반정부시위사태인 이른바 '부마釜馬사태' 등으로 시국이 혼란스러워 이 또한 민주화운동에 대한 용공조작이라는 의심을 받기도 했다.

남민전이 어떤 조직인지를 알려면 우선 공산주의 운동에서의 전위당이 무엇인지를 이해할 필요가 있다.

북한은 공산주의 체제이지만 형식상 공산당이 집권하는 일당체제는 아니다. 중국에는 중국공산당만이 있고, 과거 소련에는 소련 공산당만 있었다. 이는 레닌의 지도원칙에 따라 일국일당제를 채택했기 때문이다. 한국에도 해방 직후에는 조선공산당이 있었다. 그러나 아직 한반도 전역이 공산화가 되지 않은 관계로 다른 정당, 사회단체와의 통일전선 전술을 구사하기 위해 조선노동당으로 명칭을 바꾸었다. 북한에는 현재에도 천도교청우당 등의 정당이 형식상으로는 존재한다. 아직도 통일전선전술을 구사한다는 의미이다. 그리고 남한의 공산혁명을 위해서는 남한 내부에 노동당의 전위당이 있다. 북한에서 공식적으로 인정하는 남한 내 전위당은 한국민족민주전선(한민전)이다. 그리고 한민전은 '구국의 소리'라는 방송을 한다. 북한은 한민전이 남한에서 활동한다고 주장한다. 북한을 추종하는 사람들은 한민전이 실제로 있다고 믿기도 한다. '구국의 소리' 방송은 개성에서 나오는 것으로 알려지고 있다.

남한에서 사회주의 혁명을 하려는 사람들은 늘 혁명을 이끌어갈 전위조직을 꿈꾼다. 물론 남한의 사법감시망을 피해 지하에서 건설돼야 한다. 남한에서의 지하당 건설은 1964년에 나온 김일성의 남조선 혁명론과 관련이 있다.[3]

---

3 백학순, 「대남전략」, 163~176쪽, 세종연구소 북한연구센터 엮음 '북한의 국가전략' 한울 아카데미 2003년.

김일성은 남조선혁명의 기본 임무로 "남조선에서 미제국주의 침략세력을 내쫓고 그 식민지 통치를 없애며 군사파쑈 독재를 뒤집어엎고 선진적인 사회제도를 세움으로써 남조선 사회의 민주주의 발전을 이룩"하는 것이라고 제시했다.

김일성은 남한을 식민지로 본 것이다. 그러니 당장 급한 것은 식민지 해방투쟁이며 사회주의 건설을 위한 민주주의 발전을 이룩해야 한다는 것이다. 이러한 견해는 당장 소련식 볼셰비키 혁명을 일으켜 노동자가 주인이 되는 사회주의 국가를 만들자는 정통 공산혁명가들의 견해와는 다른 것이었다.

북한은 "북조선을 혁명기지로 인정하고 그것을 정치, 경제, 군사적으로 끊임없이 강화하는 것과 함께 남조선 인민들의 혁명투쟁을 지원하여 남조선혁명을 완수하고 나라의 통일을 실현하며 전국적으로 혁명을 끝까지 완수하기 위하여 투쟁하는 원칙적 입장"을 강조했다.

김일성은 1960년대 중반의 조선혁명의 성격은 한마디로 말해 "사회주의 혁명의 단계가 아니다"라고 규정했다. 만일 당시의 조선혁명의 현단계를 사회주의 혁명으로 규정한다면 "많은 혁명역량, 특히 남반부의 소자산 계급을 비롯한 광범한 반제 반봉건 민주역량을 잃어버리게 될 것이며, 따라서 전반적 조선혁명을 성과적으로 추진시키는 데 커다란 지장을 받게 될 것"이라는 주장이었다. 즉 북한에서는 사회주의 혁명과 사회주의 건설이 당면한 혁명과업이지만 남한에서는 반제반봉건적 민주주의 혁명과 조국통일이 당면과업으로 된다는 것이다. 따라서 "남조선혁명이 전 조선혁명의 중요한 구성부분이라는 것과 남북조선이 서로 다른 혁명단계에 있다는 점을 염두에 두고 우리 혁명의 성격을 규정하여야" 한다. 김일성은 남한에서 혁명역량이 준비되지 않고는 혁명이 성공할 수 없다는 것을 이미 체험했다는 것을 강조하고 "문제의 중심은 남조선 인민 자체가 혁명을 하기 위하여 투쟁의 불길을 높이는 데 있다"

고 했다. 동시에 남조선 혁명을 위해서는 두 가지, 즉 남한 내 혁명세력 스스로의 성장 노력과 이들에 대한 북한의 원조를 강조했다.

북한은 "남조선혁명의 주인은 남조선 인민"이며 "조국통일의 주인은 전체 조선 인민"이므로 남한 사람들은 당연히 자신들의 지역혁명을 위해 노력해야 하지만 남한혁명이 완수되어야 한반도 전체의 혁명이 완성되고 통일이 되는 것이므로 북한 사람들은 북한에 혁명기지를 강화하여 남한에서 혁명이 일어나도록 도와주고 성공시킴으로써 전국적인 혁명을 완수하고 조국을 통일해야 한다는 것이다.

김일성에게는 "남조선혁명을 완수하는 것은 남조선 인민들에게만 나서는 과업이 아닌 전체 조선 인민의 숭고한 민족적 임무"이다. 때문에 남한 출신 인물들을 유능한 혁명간부로 키워 "이 동무들이 앞으로 남조선에 나가 정치, 경제, 문화의 모든 분야에서 선봉적인 역할을 할 수 있도록 그들을 체계적으로 교양 육성하여야"겠다는 생각을 갖고 있었다.

1960년대 후반에 남한에서 통일혁명당이 결성된 것도 이러한 배경에서 보면 쉽게 이해되는 일이다. 한국 공안당국은 통일혁명당과 그 뒤의 인혁당, 남민전 등을 남한 내 공산혁명의 전위조직으로 파악했다. 1980년대 대학을 다닌 사람들에게 통혁당과 인혁당은 가물가물한 과거의 일이었지만 남민전은 불과 한두 해 전에 발생했던 기억에도 생생한 사건이었다.

　남민전을 주도한 이재문, 신향식, 김병권, 안재구 등은 대구를 지역기반으로 성장한 사람들이다. 경찰 발표에 따르면 이들은 1975년 미국의 베트남전쟁 패배 이후 국제적으로 제3세계의 민족자주운동이 고양되고, 국내적으로도 민주회복국민회의가 결성되는 등 각계의 반유신운동이 일고 있는 데에 고무됐다. 이들은 반제국주의 민족해방운동과 반유신 민주화운동을 지도하는 전국적 범위의 지도조직의 필요성을 절감하고 1976년 2월 남민전 준비위원회 중앙조직을 발족하고 강령과 규약을 확정했다.

남민전은 사상 정견 신앙의 차이를 넘어 반제 반유신의 광범위한 통일전선 조직을 목표로 하고, 조직을 보존할 수 있도록 철저한 비합법, 비공개로 조직을 꾸리는 것을 원칙으로 삼았다. 산하에 한국민주투쟁위원회, 교양선전선동부, 통일선전부, 무력부, 대외연락부, 재정부, 민주구국교원연맹, 민주구국학생연맹, 민주구국농민연맹, 민주구국노동연맹 등을 결성하고 지하에서 기관지 '민중의 소리'를 발간했다.

당시 경찰은 남민전은 우리에게는 베트공이라고 알려진 남베트남의 공산조직인 '베트남해방전선'에서 명칭을 본뜬 것이라며 데모, 테러, 게릴라 활동의 방식으로 국가변란을 기도한 적색집단이라고 발표했다. 남민전은 공산당식으로 서열을 정해 조직원에게 고유번호를 주고 가명을 사용케 해 점조직으로 운용됐다. 또 조직원을 일본에 보내 북한으로 입국시켜 연락했으며 유럽에도 파견하는 등 해외활동을 벌였다. 남민전이 유럽에 파견한 것으로 알려져 수배됐던 인물이 바로 '나는 빠리의 택시운전사'라는 책을 써 유명해진 홍세화(현 한겨레신문 기획위원)였다.

경찰이 발표한 남민전의 기본 전략은 다음과 같다.

1) 반정부적인 학생, 지식인, 근로자를 선동해 대규모 민중봉기를 일으킨다.
2) 봉기한 민중과 남민전 무장 전위대로 인민해방군을 조직, 전국 각지에서 국가 전복 투쟁을 전개한다.
3) 혁명 시기가 성숙되면 김일성에게 북괴군의 지원을 요청, 남한의 혁명세력과 북괴군의 배합으로 투쟁을 강화한다.
4) 공산민족혁명이 성취되면 모든 용공세력을 규합, 사회주의 국가체제로 남북연합정부를 수립한다.

경찰은 남민전이 한국 사회를 특권층(장성 고급공무원), 재벌, 자본가,

중산층(의사, 변호사, 교수, 자유업, 건축설계사, 세무사, 계리사, 약사), 서민층(상인, 영세기업인, 노동자, 외판원, 수금원, 교사, 사무원, 일용근로자), 농민, 실업자 등 7개 층으로 구분했다고 발표했다. 당면 투쟁 계획으로 중산층까지를 부르주아 계급으로 규정 짓고 이들을 제거함으로써 계급혁명을 성취시키려 했다는 것.

남민전은 혁명이 성공할 경우 중앙청에 게양할 가로 1.5m, 세로 1.1m의 대형 남민전 깃발을 만들어 보관했다. 특이한 점은 사형당한 인민혁명당원 도예종 등 8명이 입던 옷으로 만든 것이었다. 또 남민전은 무장조직인 혜성대를 조직, 자금 마련을 위해 동아건설 최원석 회장 집 등에 들어가 강도행각을 벌였다.

남민전은 이처럼 규모 있는 사회주의 혁명조직이었던 데다 강령에서도 나타나듯이 한국을 사회주의화하기 위해서는 반제국주의 투쟁이 중요하다는 주장을 했다. 이러한 주장은 1980년대 중반 이후에 서울대 운동권에서 다시 대두되는 이론으로 당시로서는 매우 선구적인 것이었다. 하지만 1964년에 나온 김일성의 남조선혁명론과는 일맥상통하며 통혁당이나 인혁당의 맥을 이을 정도로 흡사했다. 그리고 이러한 전위당의 활동을 뛰어넘는 과감한 조직과 활동을 했으며 증거도 충분했다. 그야말로 정부 입장에서는 뚝 떨어지는 친북한 지하조직이었다. 2003년 대통령 직속 의문사진상규명위원회 보고서에서도 남민전이 "권위주의 통치에 항거한 민주화운동단체로서의 면모를 갖추고 있다"고 인정하면서도 "무력부나 혜성대의 편성 목적, 남조선민족해방전선이라는 조직명칭의 취지, 조직원 일부의 북한 방송 청취 사실, 김일성에 대한 보고문의 존재 등은 남민전을 북한 정권과 유사한 정치노선의 '헌법외 단체'로 간주할 수 있게 한다"고 평가했다.

그런데 김영환이 대학 저학년 시절에 이미 서울대 운동권 내부에서는 남민전에 대해서는 긍정적인 평가가 주류였다. 물론 드러내놓고 말하지는 않았다. 그러나 김영환도 선배들로부터 "남민전이 있었으면 광주항쟁이 다르게 전개됐을 수도 있다"는 말을 들었다. 이는 바꿔 말하면 남민전의 조직이 있었으면 광주항쟁이 성공했을 수도 있다는 평가였다. 많은 선배들이 사석에서는 남민전이 진정한 혁명조직이었다는 평가를 후배들에게 들려주었다. 사회주의 혁명을 하려면 남민전과 같은 조직이 필요하지 않겠는가 하는 공감대가 있었다.

운동권 학생들에게 남민전 공소장은 인기 있는 교재였다. 검찰에서 만든 남민전 공소장의 핵심적인 내용만을 추려서 복사해 판매되기도 했다.

현재 고위 공직에 있는 82학번의 한 인사는 이렇게 말했다.

"당시 우리는 사회주의 혁명을 추구한다고 했지만 구체적으로 어떻게 해야 하는지를 알 수 없었다. 생경한 이념이나 용어에 매몰돼 치열한 토론만 벌이는 데에 심각한 반성을 했다. 그런 과정에서 새삼 중요하게 떠오른 혁명운동의 사례가 바로 남민전이었다. 과거의 프로 혁명가들은 어떻게 행동했는가를 알기 위해서였다. 4학년 초가 되면 웬만한 운동권 학생들은 남민전 공소장을 달달 외우는 정도가 됐다."

김영환은 그러나 구로동에서 야학을 하느라 학교에서는 떨어져 있었기 때문에 남민전 공소장을 비교적 늦게 읽었다. 김영환은 2학년 말 정독도서관에 가서 남민전 피고인들의 공소장을 대출받아 읽었다. 당시 학생들에게 정독도서관은 대출절차가 간소하다는 점이 알려져 자주 이용됐다. 이전부터 김영환은 남민전의 공산주의 이념이나 노선에 공감했다. 김영환도 남민전이 어떤 방식으로 활동했는지 참고하고 싶었다. 당시 통혁당, 인혁당 등에도 관심이 많았지만 구체적인 자료를 구하지는 못하던 때였다.

이처럼 1980년대 초반부터 서울대 운동권 내부에서 친북의 토양은 이미 마련돼 있었다.

MC와 MT

2학년 말인 1983년 11월 8일 고전연구회의 선배인 정진수가
김영환을 조용히 찾았다. 그리고 비밀리에 시위계획을 알렸
다. 당시 이러한 시위 소식은 학생들 사이에는 비밀리에 전달됐다. 사
복경찰들이 교내 곳곳에 진을 치고 있어서 자칫하면 적발돼 시위도 벌
이기 전에 붙잡혀가는 일이 다반사였기 때문이다. 정진수는 김영환에
게 도서관 열람실에서 시위가 있을 테니 미리 가서 대기하라고 지시했
다. 누군가가 구호를 외치고 일어나면 막바로 전경들이 덮칠 것이므로
김영환에게 전경들을 가로막고 시위를 주도하는 사람을 엄호하라는 지
시였다.

김영환은 지시대로 도서관 6층 열람실로 가서 한가운데에 자리 잡았
다. 잠시 후 한 학생이 창문으로 다가가 급히 방충망을 뜯어냈다. 시위
를 벌이려 하는 것이 틀림없었다. 그런데 이 학생은 창문 밖 난간으로
나가더니 사라졌다. 사복경찰들도 일제히 창문 쪽으로 다가가더니 난감
한 표정을 짓고 멍청하게 서 있는 것이었다. 시위주도자의 보디가드역
을 수행해야 했던 김영환으로서는 무슨 행동을 벌이기 전에 너무 순식
간에 일이 끝나버린 것이었다. 김영환은 창문과 20m 정도 떨어져 있었
다. 창문 밖으로 나간 학생이 구호를 외치며 시위를 선동하면 김영환은
열람실 안에서 짭새들과 몸싸움을 벌이다가 구호를 외치고, 다시 도서
관 밖으로 나가 구호를 외쳐대며 시위를 끌어가야 하는 것이 그의 역할
이었다. 그러나 열람실 안에서 몸싸움은 벌어지지도 않았다. 밖으로 나
와보니 시위를 벌이던 학생이 추락해 사망했다는 것이었다.

김영환은 제대로 부여된 역할을 하지 못했다는 자책감이 들었다. 김
영환이 뭔가 좀 더 잘했더라면 그 학생이 시위를 잘할 수 있지 않았을까

하는 생각이었다. 하지만 사실 경찰이 창문 가까이 붙어 있었고 김영환은 떨어져 있는 상태에서 할 수 있는 일은 별로 없었다. 어쨌든 김영환은 전두환 군사독재는 타도돼야 한다는 생각을 더욱 굳히게 됐다.

이날 사망한 공대생 황정하 군은 전두환 정권 퇴진과 미국 레이건 대통령의 방한을 저지한다는 취지로 시위를 주도할 계획이었다. 학생들은 황 군이 시위를 주도하기 위해 도서관 6층에서 밧줄을 타고 5층 베란다로 내려오는 도중에 전투경찰과 수위가 밧줄을 흔들어대는 바람에 추락 사망했다고 주장했다. 그러나 당시 황 군 주위에 있던 사람들의 증언에 따르면 황 군은 실수로 추락했다. 그러나 황 군 사망의 근본원인은 어쨌든 군사독재정권의 엄혹한 탄압이었다. 황 군은 즉각 열사로 추앙됐다.

황 군의 추락사에 분노한 학생들은 대규모 추모시위를 계획했다. 당시 학생들은 매우 격앙된 상태였다. 학생들이 볼 때 황 군은 시위를 하려고 난간에 줄을 매달고 몸을 묶고 나갔는데 경찰이 줄을 흔들어 떨어져 죽은 것이었다. 경찰이 학우를 죽였다는 데까지 생각이 이른 학생들은 경찰과 육탄전이라도 벌일 준비가 돼 있었다. 또 많은 학생들이 호응할 것으로 예상됐다.

그런데 갑자기 시위를 그만두라는 지시가 지도부로부터 내려왔다. 시위의 결행여부는 지하서클들의 연합체로 형성된 지도부를 이끄는 '포'(po=post)가 최종 결정한다. 앞서 무림사건 때에 설명했듯이 이 '포' 시스템은 서울대 지하서클 운영의 전통이었다.

그러나 학생들이 벌이려 하는 정당한 시위를 갑작스레 중단하라는 지시가 떨어지자 학생들의 불만이 들끓었다. 운동권 내부에서도 이 포 시스템에 따른 운동양태를 기능적 운동관이라며 비판이 제기됐다.

기능적 운동관이란 4·19, 5·18 등 민주화운동 기념일에 맞추어 스케줄에 따라 시위를 계획하고 징역 가고 하는 것만 반복하는 것이었다.

그 다음이 없다. 도대체 황정하 추락사망 사건같이 분노가 들끓을 때 시위를 하지 않는다는 게 말이 되는가. 1, 2학년 등 저학년일수록 선배들의 지시에 대한 불만은 컸다.

서울대 운동권 내부에서는 이 사건을 계기로 갈등이 일어났다. 운동권 내부에서만 은밀히 지속돼 왔던 노선 갈등이 수면 위로 떠오르게 된 것이었다. 이른바 MC와 MT의 갈등이 표면화되기 시작한 것이다.

MC는 주류를 뜻하는 Main Current의 약자로 그동안 서울대 운동권의 주류를 이끌어온 그룹이다. 이 그룹은 전통적으로 마르크스주의적인 분위기가 강했다. MT는 민투民鬪의 약자를 영어로 쓴 것이라고 이해하는 사람도 있고, 역시 주류를 뜻하는 Main Trend의 두문자라는 설도 있다. MT는 레닌주의의 정통성을 강조했다. 레닌의 고전인 '무엇을 할 것인가' '사회민주주의로의 두 가지 전술' 등의 저작을 복사해서 돌려 보곤 했다.

MC는 포 시스템 등 전통방식을 따랐다. 반면 MT는 뭔가 새로운 단일 조직을 만들어 운동을 본격적으로 벌이자는 것이었다. MT는 레닌주의에 입각한 강화된 혁명운동을 추구했다. MT는 보다 급진적이었다. 당시 운동권에서는 '군사독재 타도하자'는 구호를 내걸 것인가를 놓고 토론을 벌이기도 했다. 워낙 탄압이 심했기 때문이다. MC는 학원자율화만 주장하자고 했고, MT는 군사독재타도를 앞세우자고 했다. 지하에서 대표적인 MT 서클은 대학문화연구회, MC의 대표적인 서클은 농법연구회였다. 김영환이 속한 고전연구회는 노선상으로는 MC계열이었다. 그러나 한 서클에서도 사람에 따라 MT와 MC 노선 차이가 있는 경우가 많다. 김영환은 보다 강경한 혁명운동이 필요하다는 MT로 기울었다.

MT의 대두는 MC에 대한 비판에서 출발했다. 서울대의 학생운동권이 대중화되는 상황에서 각 서클 간의 독자성과 전통을 강조하다 보니 분파주의로 흐른다는 것이었다. 또 소수 지도부와 최종 지도자인 '포'가 모든 것을 결정하는 시스템이 과연 거대해진 서울대 운동권의 역량을 담아낼 수 있는가 하는 것이었다. 비밀주의적인 '포' 시스템은 과거 소수의 학생들이 단속을 피해 데모를 하고 운동의 역량을 보존하는 데는 필요했다. 하지만 '포'를 맡은 사람이 후임 '포'를 지명하고 나가고 '포'의 말에는 누구든 복종해야 하는 '포'의 일인독재체제나 다름없었다. MT의 지적은 운동권 학생이 수천명을 헤아리는 상황에서 MC가 고집하는 이러한 포의 독재체제가 과연 다수의 뜻을 담아낼 수 있는가 하는 것이었다. 과거에는 4·19 때처럼 기념일마다 데모를 해서 정권에 학생들이 저항하고 있음을 보여주는 데 만족했다면 이제는 거대한 운동권을 가지고 뭔가 더 큰 일을 도모해야 한다는 게 MT의 시각이었다.

황정하 군 사망사건 당시 추모 시위를 저지시킨 것은 MC였다. 그러나 MT는 학생 대중의 시위 참여로 경찰의 기세를 꺾을 수 있다는 생각이었다. 황 군의 사망에 분노한 일반 학생들도 MT의 입장을 지지했다. 황군 사건은 서울대 운동권에서 MT가 우세를 차지하는 계기로 작용했다.

MC, MT 간의 분파 갈등은 점차 심화됐다. 양자 간에는 저급한 싸움이 전개됐다. 서로 유인물을 통해 소아병적이다, 급진적이다 하면서 비난을 퍼부었다. 두 그룹 간의 학내 운동권 내부에서의 주도권 싸움이 대단했다. 사상적인 비판을 넘어서서 정보도 공유하지 않았다. 나중에는 시위도 따로 했다. 4·19 때 MC는 수유리에서, MT는 종각에서 따로 데모했다. 심지어 상대진영의 조직원 명단을 경찰에 넘겼다는 주장도 나왔다. 학생운동권 하부에서는 당연히 이러한 분파주의에 대한 불만이 쌓여갔다.

구로동

김영환은 서울대 운동권에서 벌어지는 격심한 MC/MT 논쟁에서 비켜서 있게 됐다. 구로동에서 활동하기 시작했기 때문이다.

김영환은 2학년 말인 1983년 12월에 구로동의 구로삼동성당 일을 맡게 되면서 학내 운동권에서는 배제됐다.

서울대 운동권의 각 서클은 2학년 말이면 자리배치를 한다. 운동권에서 인정을 받으면 단대나 과의 시스템(체계)에서 일하게 된다. 지하서클 멤버들을 중심으로 선배들이 언더책임자와 오픈 영역에서의 학생회장 등을 정해준다. 언더는 단대 책임자와 서클 책임자 등으로 갈리는데 단대 책임자들이 체계를 만든다. 대체로 과책임자는 3학년, 단대 책임자는 4학년이 한다. 물론 지하서클이 모태가 된다. 운동권 학생들이 어린이회장이라고 부르는 총학생회장 등 오픈 영역은 별 볼일 없는 직이다.

사회주의 운동은 대체로 합법, 반합법, 비합법의 세 가지 차원에서 전개된다. 이를 서울대에 적용하면 합법조직은 공개적으로 인정받는 총학생회이다. 반합법조직은 총학생회에 속해 있으면서 위법적인 투쟁을 지도하는 각종 투쟁위원회이다. 비합법조직은 절대로 전면에 나서지 않고 공개조직인 학생회를 배후 조종하는 지하의 실세들이다.

사회주의 운동가들에게 가장 중요한 것은 지하의 비합법 조직이다. 총학생회장이 반정부시위를 이끌다 구속되면 다시 지명하면 된다, 언제든 재건이 가능하다. 그러나 지하지도부가 무너지면 공개조직인 총학생회의 활동노선을 정해줄 수 없고 대다수 학생들을 반체제 투쟁 전선에 세울 수 없다. 그러므로 사회주의 혁명이론에 정통한 이론가나 조직가, 학생활동을 전반적으로 조종하는 전략전술에 능한 인물들은 철저하게 지하에 숨어 있어야 한다. 그러나 이 같은 원칙은 반정부 투쟁이나 사회주의 운동에는 유용할지는 몰라도 자유민주주의의 원칙을 능멸하는 행위였다.

김영환이 몸담은 고전연구회는 서울대 운동권 내부에서 일어나는 이러한 주요한 보직 경쟁에는 명함을 내밀 수가 없을 정도로 운동권에서는 인정을 받지 못하는 서클이었다. 해서 운동권에서 뚜렷한 일자리를 얻지 못한 김영환이 한직으로 밀려나 구로동 성당으로 가게 된 것이다.

82학번의 운동권이 폭발적으로 늘어난 것도 그가 학내에서 밀려나게 된 원인이었다. 81학번들의 경우 이들을 교육시킬 만한 선배들이나 시스템이 갖추어지지 않았다. 82학번부터는 선배들이나 시스템이 갖추어진 첫 해였다. 그리고 81년에는 시위가 거의 없었다. 시위가 일어나면 분위기가 과격해진다. 하지만 82년의 경우 상반기(1학기)에는 교육 위주로 운영되고 2학기 들어서는 누구나 공감하는 일본 교과서 왜곡 사건으로 시위가 일어났다. 상반기 교육과 하반기 시위가 자연스럽게 연결됐다. 이로 인해 일반 학생들의 운동권에 대한 친화력이 높아지게 됐다. 운동에 참가하는 학생들의 숫자가 급격히 늘어나면서 학내에서 자리를 얻기가 어려워진 것이었다.

김영환이 가게 된 구로삼동성당에는 서울대 이외의 각 대학의 운동권 학생들이 나오고 있었다. 이곳의 운동권 책임자는 물리학과 80학번이었는데 운동의 이론이나 전략전술과는 거리가 아주 먼 사람이었다. 그리고 그마저도 입대해 김영환은 곧 스스로 전략과 전술을 제시해야 하는 입장에 처하게 됐다. 이곳의 대학생들을 상대로 방향을 제시해야 한다는 입장이었기 때문에 김영환은 처음 전략과 전술을 정리하기 시작했다.

이곳 운동권 책임자인 선배의 소개로 김영환은 노동자 심진구를 만나게 됐다. 심진구는 당시 군에서 제대한 상태였다. 그는 해직 노동자도 아니고 노동판에 특별히 아는 사람들이 있는 것도 아니었다. 인텔리라는 인상이 드는 인물이었다. 심진구는 이후 노동운동으로 빠져들었다.

김영환은 서울대 운동권 내부에서 일어나는 노선투쟁에서 일정하게 비켜나 있으면서 1984년 3학년 1학기 동안에는 야학에 전념했다.

김영환은 2학년 말부터 노동자들을 가르치는 야학을 하려고 했다. 누구의 지시를 받은 것은 아니었다. 공산혁명을 위해서는 노동자들과 손을 잡아야 하는데 대학생으로서 가장 손쉽게 노동자를 만날 수 있는 길은 노동자를 가르치는 야학이라는 결론에 도달했기 때문이다. 당시에는 또 '야학비판'이라는 소책자의 영향도 컸다.

한국의 대학생운동에서 야학은 큰 비중을 차지했다. 대학생들이 노동자들을 가르치는 야학은 처음에는 노동자들의 상급학교 진학을 위한 검정고시 야학이었다. 그러나 공장의 어린 근로자들을 대학생들이 가르쳐 봐야 검정고시에 합격하는 사례는 극히 드물었다. 그럴 경우 야학이란 공장에서 일하고 퇴근한 근로자들을 공부시킨다고 고생만 시키는 꼴이 됐다. 그래서 야학들이 많이 시도한 것이 생활야학이었다. 입시공부를 가르치지 않고 실제 생활에 도움이 되도록 하자는 것이었다. 수업도 대개는 대학생인 교사와 노동자들 간의 대화 방식으로 진행됐다. 야학교사와의 대화를 통해 사회를 보는 눈을 개발하고 사회 속에서 노동자가 자신의 위치를 찾아본다는 취지였다. 입시를 준비하는 검정고시 야학에서는 국정교과서가 교재로 쓰이지만 생활야학에서는 야학교사들이 만든 역사에 대한 것들이 쓰였다.

1970년대 후반부터는 노동자들에게 노동법이나 노동운동 방법을 가르치는 '노동야학'으로 변화발전했다. 교재도 근로기준법이나 노동운동의 방법에 대한 것들이 동원됐다. 사회의 모순이 해소되고 노동자가 주체적인 인간으로 성장해서 야학이 소멸될 수 있는 사회를 만드는 것이 야학이 가야 할 길이 노동야학의 목표였다.

1980년대에 들어서면서 여러 군데에서 소규모로 행해지던 개별 야학들이 고립분산성과 수공업성을 극복한다는 명분으로 통합을 추진했다. 지역별로는 야학운동이 많았던 성수지역, 구로지역, 청계지역 등에서 지역별 야학모임이 시도되고 상호 간 자료교환, 교재 공동연구 등의 유대를 마련해 갔다. 이후 기독교야학연합회, 가톨릭야학연합회 등 교회를 기반으로 한 야학운동이 일어났다. 그리고 대부분의 야학이 노동야학이었음은 물론이다.

김영환이 처음 소개를 받아서 간 곳이 구로삼동성당 바로 옆에 있는 남서울직업학교였다. 성당 신부의 소개였다. 정부에서 정식으로 인가를 받은 남서울직업학교는 노동야학과는 거리가 먼 검정고시야학이었다. 학생들이 3백~4백명가량 됐지만 주로 구로동 공단에서 일하는 여성근로자들이었다. 교사들은 대부분 군장교 출신이거나 직장인이었다. 대학생 교사는 2명뿐이었다. 김영환은 이곳에서 수학을 가르쳤다. 내심으로는 똑똑한 청소년들을 모아 뭔가 사회주의 혁명을 위해 일해 보려는 것이었음은 물론이다. 하지만 쉬운 일이 아니었다. 야학의 학생들인 어린 여성 근로자들은 직장인들 틈에서 가르치는 명문대학생 교사인 김영환에 대한 관심이 컸다. 김영환이 뭔가 조직을 하려면 먼저 학생들과 친해져야 하고 그러려면 일부 학생들을 따로 만나야 했다. 그런데 김영환이 누구를 사적으로 만났다 하면 여성 근로자들 사이에서 금방 소문이 돌았다. 비밀스런 조직활동을 하기는 애초에 불가능했다. 하지만 김영환은 성실하게 수학을 가르쳤다.

구로지역에서 야학 멤버들끼리는 야학의 방법론, 즉 노동자를 의식화, 조직화시키는 방법, 교재 만드는 방법 등을 토론했다. 말하자면 노동야학을 준비한 것이었다. 이 자리에서 원희룡을 만났다. 원희룡은 82학번 학력고사 전국수석을 차지해 모르는 학생이 없었다. 원희룡은 법대 지하서클인 사회복지연구회 멤버였다. 나중에 학생회장을 한 이정우(현 변호사)가 이 서클 출신이다. 원희룡도 경찰의 서울대 여학생 추행

사건 항의시위를 벌이다 정학을 맞은 다음부터는 구로동에서 야학을
하고 있었다.

하루는 원희룡과 함께 살던 노동자가 길에서 죽은 개를 주워왔다.
옆집 아줌마가 쥐약을 먹고 죽었을 수가 있다며 내장을 꺼내 버리고
보신탕을 끓여 주었다. 아줌마가 반은 가져가고 나머지 반은 원희룡의
자취방에서 나누어 먹었다.

원희룡은 자신이 어렵게 살았다는 등의 이야기를 많이 했다. 하루
세끼를 미국이 원조한 밀가루로 수제비를 만들어 먹었다고 했다. 장래
노동운동가가 되는 것이 희망이라고 했고 의지도 매우 강했다.

그러던 중 6월에 원희룡과 가리봉동을 가다가 경찰의 불신검문에 걸
려 남부서에 연행됐다. 원희룡의 가방에서 유인물이 나왔던 것이다. 이
유인물은 노동운동이 발생한 어느 회사 제품에 대한 불매운동을 벌이자
는 내용으로 학생운동과는 무관한 것이었다. 그런데 원희룡의 자취방을
수색한 경찰이 유인물을 만드는 데 쓰이던 등사기와 유인물들을 압수했
다. 그러나 반체제활동과 관련된 내용은 아니었기 때문이었는지 결국
10일 만에 훈방됐다. 이때에도 어머니가 경찰서에 출두했다. 어머니는
이번에도 몹시 걱정했다. 하지만 아들은 한번 결심하면 생각을 바꾸지
않는 남편과 같은 고집스런 어른으로 성장했다. 어머니가 아들에게 운
동을 그만하라고 다시 말해봐야 들을 사람이 아니었다. 어머니는 남서
울직업학교에 찾아가 교장, 교감에게 "아들이 공부해야 하니 야학을 그
만두게 하라. 다른 교사를 구하라"고 부탁했다.

김영환은 이로써 야학은 중단했지만 성당일은 계속했다.

김영환은 앞에서도 말했지만 신앙심은 전혀 없었다. 다만 신도 5천명
가운데 1천명이 구로공단 근로자들인 이 성당을 발판으로 뭔가 사회주
의 혁명을 도모할 심산이었다.

김영환은 이를 위해 우선 청년 신도들 사이에서 성실성을 인정받아

야 했다. 어릴 때부터 성당을 다녔기 때문에 가톨릭 신도로서의 자세는 확립된 상태였다. 누구도 그의 신앙심이나 성실성을 의심하지 않았다.

1984년 하반기는 성당일로 바빴다. 청년회에서 교육부장을 맡아서 연 청년문화제가 문제가 됐다. 특히 연극이 크게 문제가 됐다. 원래 80학번이 기획했는데 철거민을 소재로 한 것이었다. 폭력배를 동원한 강제 철거 등의 장면이 나온다. 보수적인 성당에서 이러한 공연을 하게 되자 신도들이 문제를 제기했다. 그런데 그 성당의 청년연합회장은 어릴 때부터 그 성당에 다니던 사람이었으므로 모든 혐의는 갑자기 들어온 교육부장인 김영환에게 씌워졌다. 신도들은 청년연합회를 해체하라고 압력을 행사할 정도였다. 하지만 청년 신도들은 김영환을 의심하지 않았다. 어릴 때부터 성당을 다닌 김영환의 신도로서의 자세나 기도 등을 보면 그의 신앙심을 의심할 수가 없는 것이었다.

1984년 하반기는 이 성당일로 지냈다. 또 학교에서는 대학자율화조치 이후, 81학번 이정우 학생회장의 검거 이후 수업거부, 시험거부 등이 이어져 학교 갈 일도 별로 없었다.

대학자율화

 1984년 정부의 대학자율화 조치는 서울대 학생운동권에 근본적인 변화를 촉진했다.

정부는 1천4백여명의 제적생의 복교를 허용했으며 경찰을 대학에서 철수시켰다. 수배학생들도 이제는 학교 안에 머물면 경찰이 들어와 잡아가기 어려웠다. 학내 분위기도 눈에 띄게 자유로워졌다. 집회도 마음대로 할 수 있었다. 물론 집회에서 전두환 대통령을 비난하는 구호가 나오거나 반정부시위로 발전하면 문밖에 대기하던 전투경찰이 진입했다. 하지만 학내에서 경찰에 쫓기고 잡혀가며 시위를 벌이던 시절과는 달랐다.

학내에서 대자보문화도 발달했다. 학생들은 시국에 대한 견해나 운동의 이론 등을 커다란 모조지에 매직펜 등으로 써서 게시판에 붙였다. 나중에는 게시판이 모자라자 건물 벽에 마구 붙였다. 대개는 운동권 학생들이 비운동권 학생들에게 의식화교육을 할 목적으로 제작했다. 나중에 운동권 내부의 노선 갈등이 첨예화되자 대자보를 통해 상호 비방전을 벌이기도 했다.

당시 운동권은 학원자율화를 정권이 학생과 국민을 기만하기 위한 호도술책이라고 판단했지만 다른 한편으로는 학생들의 역량을 결집시켜 군부독재를 타도할 수 있는 기회도 된다고 판단했다. 김영환 주변에서는 학원자율화가 미국의 요구에 따른 것이라는 분석도 했다. 학생운동권에서는 자율화를 더욱 강력하게 추구하자는 방향으로 갔다. 학생회 부활, 강제징집 철폐 등 10여 가지의 요구는 자율화를 더욱 철저하게 추구하자는 의도에서 나온 것이었다.

고전연구회는 1984년 3학년들끼리만 공부를 했다. 4학년 대표가 지도했다. 당시 멤버는 김영환, 정대화, 하영옥 그리고 사회대·인문대·사범대 학생들 약간이었다. 당시의 교재는 마르크스와 레닌의 원전, 종속이론, 전략전술론 등이었다. 멤버들은 사회주의 혁명을 위한 공부를 매우 열심히 했다. 1주일간 합숙하면서 하루에 3시간도 안 자고 공부에 토론을 거듭했다. 하루에 12시간 책 읽고, 세미나 준비하고, 식사하고, 바로 세미나 토론하는 게 일과였다. 원래는 밤 12시에 자고 아침 6시에 일어나는 것이었지만 대개는 새벽 3시까지 토론이었다.

2학년 여름에는 충청도 야산에서 합숙했다. 남학생들이 텐트를 가져오지 않아 여학생들만 텐트에서 자고 나머지는 노숙했다. 겨울에는 양평의 농가에서 합숙했다. 3학년 때에는 신림동 자취방에서 합숙하며 공부했다.

한국을 사회주의 국가로 만들려는 학생들의 열정은 이처럼 매우 뜨

거웠다. 당시 학생들은 사법 시험을 위한 법학공부에서는 손을 완전히 뗀 상태였다. 김영환 등은 모두 대학을 나오면 노동운동가가 될 작정이었다.

김영환은 그해 여름 서울대에서 새로운 조직에 가입했다. 여름방학을 앞두고 김영환에게 운동권 선배들이 노동문제연구회(노문)를 만들었다며 가입을 권유했다. 고전연구회 서클 선배들이 도와주라고 한 일이라 김영환은 별 고민 없이 가입했다. 노문에는 운동권 2학년생 10명, 3학년생 8명이 함께했다.

노문을 주도한 선배들이 가입하기 전에 노동문제를 잘 알기 위해 우선 공장에 취업하자고 제의했다. 김영환도 이에 동의해 김포에 있는 가방공장에 취업해 3주일간 일했다. 길에 나붙은 벽보를 보고 찾아간 인력 회사에서 소개해 준 공장이었다.

15명 규모의 이 공장에서 김영환이 한 일은 가죽을 자르는 시다였다. 공장 기숙사에서 숙식하며 월급은 7만원이었다. 김영환은 일과시간에는 제봉사를 보조하기도 하고 공장 안에서 돌아다니며 일손이 모자라는 사람들을 도왔다. 그런데 공장 노동자 중의 한 명이 김영환이 똑똑해 보였는지 공무원 시험 공부를 하라고 충고하기도 했다. 이때가 김영환이 작업장에서 노동자를 본 것은 처음이었다. 같은 노동자로 노동자를 만난 것도 처음이었다. 일은 당연히 힘들었다. 오전 8시부터 밤 9시까지 일의 연속이다. 점심시간 빼면 11시간 이상 일을 하는 것이다. 이 오랜 시간 동안 단순한 작업을 하는 것이 힘들었다. 김영환은 학교에 가야 했으므로 3주 만에 공장을 그만두었다. 그런데 회사 측에서는 소개비를 미리 주었고, 예고 없이 그만둔다며 임금을 주지 않았다. 김영환은 액수도 적고, 멀어서 다시 찾아가기도 어려워 받지 않았다.

김영환이 공장에 취업한 것은 노동자의 심리상태나 작업 방법 등을 알려는 의도였다. 노동자들이 평소 어떤 문제에 관심이 있고 지향성이나 단결성 등이 있는가, 자신의 감정을 조절, 통제하는 능력은 어느 정도인가 등을 연구하는 목적이었다.

당시 운동권 학생들 사이에서는 이런 공장 취직이 유행이었다. 그래서 농담으로 "농활 6학점, 공활 6학점을 따야 졸업시킨다"는 말을 하곤 했다. 6학점이란 한 과목이 대개는 3학점이니까 최소한 두 번씩은 해야 한다는 의미였다.

1984년 10월에 들어서면서 김영환은 '노문' 선배들의 지시에 따라 잦은 가두시위(가투)를 벌였다. 사실 시내에서 하는 시위가 달아나기는 더 쉬웠다. 교내 시위는 전경들이 어디서 뛰쳐나오는지 예상할 수 없지만 시내에서의 시위는 시위대와 경찰이 마주 보고 서 있는 상태에서 경찰이 잡으러 오는 것이므로 반대편으로 달리기만 잘하면 잡힐 가능성이 별로 없다.

하루는 가리봉동 5거리에서 야간시위에 참여했다. 당시 노동자들의 퇴근시간에 맞추어 가투를 벌인다는 취지로 저녁 7시 30분에 횃불을 들고 시위를 벌였다. 그런데 불을 들고 있는 게 무서워 보였기 때문인지 동조자가 오히려 적었다. 5백명 정도의 시위대가 완전 고립된 상태에서 전투경찰이 포위 공격을 해왔다. 김영환은 공장 3~4곳의 담을 넘어 달아났다.

며칠 뒤에도 같은 장소에서 시위를 벌였다. 이번에는 출근시간에 맞추어 아침에 했다. 그런데 시위 시간에 맞추어 학생들이 모여들었는데 시위를 주도하기로 한 여학생 선배가 구호를 외치지 않아서 다들 머뭇거리고 있었다. 이를 보고 김영환이 나섰다. 당연히 경찰은 김영환을 시위 주동자로 찍었다. 가리봉역에서 나와 스크럼 짜고 시위를 벌이다 달아나는데 광명시까지 뛰었다. 그런데도 경찰이 계속 쫓아왔다. 당시 철산동 산동네까지 경찰이 따라왔다. 그곳에서 이전에 알던 법대 친구 자취방으로 뛰어 들어갔다. 그린데도 경찰이 몇 시간을 서성거리며 있었나. 한참 후에 나왔다. 그런데 나중에 알고 보니 법대 친구는 이미 그 집에서 이사 간 상태였다. 그러니 모르는 사람 집에서 피해 있던 것이었다. 그리고 그 여자 선배는 뛰기가 힘들어 걸어갔는데 경찰들이 저만치 뛰는 남학생들 잡으러 자기 옆으로 그냥 스쳐 지나가기만 했다는 것이었다.

청계천에서 벌어지는 대학 연합 시위에도 나가는 등 김영환은 시위라면 교내외를 가리지 않고 참가했다. 이처럼 시위에 적극 참가하게 되면서 붙잡히는 데 대한 두려움도 거의 없어졌다.

깃발

대학자율화조치로 인해 서울대 운동권에 초래된 가장 중요한 점은 대학에 경찰이 들어오지 못하므로 더 이상 지하서클처럼 비밀스러운 조직활동은 점차 무의미해졌다는 것이다. 서클은 이제 서서히 무너지고 과와 단과대학으로 학생운동의 중심이 바뀌어가게 된 것이다.

또 서울대 내부에서는 레닌주의를 앞세운 MT가 학생운동을 장악하면서 시위현장은 과격해지는 양상을 보였다. 앞에서도 말했지만 MT는 전통적으로 지하서클들이 주도하는 단순한 대학자율화 등을 주장하는 차원을 넘어서 뭔가 더 큰 일을 하자는 견해가 강했다.

MT가 시위를 주도하면 전두환 타도, 군사독재 타도 등 강경한 구호가 나왔다. 전두환 대통령의 허수아비를 만들어 불에 태우는 화형식도 자주 벌어졌다.

경찰은 이러한 시위를 상부에 보고할 때 "학생들이 '전두환 물러가라'고 외쳤다"고 쓸 수가 없었다. '전두환 화형식을 했다'고 할 수도 없었다.

단지 '○○○ 물러가라' '○○○ 화형식을 벌였다'고 보고하는 게 고작이었다. 그러니 학생들이 강경한 정치적 구호를 내세울 때마다 경찰은 물밀듯 교내로 진입해 난처한 구호가 나오지 못하도록 초기에 시위를 진압해야 했다. 그럴수록 학생들도 더욱 강경해졌다. 학생들은 화염병을 던지고 각목을 휘둘렀으며 경찰이 나간 뒤에는 건물에서 점거농성을 벌였다.

그러나 이러한 강경한 대치 상태가 빈발하면서 서울대 학생운동권 지하지도부에서는 커다란 우려가 제기됐다. 대학자율화 조치로 인해 학생들의 시위나 집회가 활발해지는 것은 반가운 현상이었지만 자칫하면 뚜렷한 목표를 찾지 못하고 무력하게 시들고 말 수도 있다는 것이었다. 게다가 5월 김영삼, 김대중 씨 등이 민주화추진협의회를 구성하면서 전두환 정권에 본격적으로 도전하고 있었다. 이에 따라 반정부의 핵은 그동안의 학생들로부터 양 김씨를 축으로 하는 정치인들로 옮겨가고 있었다.

운동권 학생들의 입장에서는 학생들이 거대한 해일처럼 일어나 민주화를 요구하다가 군부에 참담하게 패퇴했던 1980년 서울의 봄의 악몽이 떠오른 것이었다. 같은 실패를 되풀이해서는 안 된다는 강력한 경고가 서울대 운동권으로부터 나왔다. 바로 '깃발'이라는 문건이었다.

1984년 10월 4일자 '깃발' 2호에서는 1980년 서울의 봄이 실패한 이유를 다음과 같이 분석했다.

"80년 투쟁의 한계는 정확한 상황인식과 지도노선이 결여되었다는 점에 있다. 구체적으로 보면 첫째 군부를 견제하고 자유주의적인 정치가를 자극하여 정치적 압력을 통해 민주적 개혁이 가능하다는 개량주의적 사고방식이 만연하였다. 둘째, 힘의 과시에 의해 미국과 국내 파쇼세력 간의 갈등을 유도함으로써 민주화의 압력과 파쇼세력의 내부 분열을 기대한다는 외교론적 발상도 존재하였다. 셋째, 막연한 총력전을 주장하면서 본격적 투쟁을 위해서는 노동운동의 활성화를 기다려야 한다는 무책임한 대기주의가 등장하였다."

김영삼, 김대중 같은 야당정치인, 집권당의 내부갈등, 미국의 민주화 압력, 노동자들의 투쟁 등에 기대하다가는 또다시 실패한다는 것이었다. '깃발'은 이어 대책으로 다음과 같은 주장을 폈다.

"이상의 오류들은 우리 운동에 다음과 같은 과제를 역사적 교훈으로 남겨주었다. 첫째 운동의 주도권은 결코 기회주의적인 정치가에게 맡겨서는 안 되고 민주운동의 주도체가 장악해야 한다는 점. 이는 투쟁을 통일적으로 수행할 수 있는 전위조직의 부재不在를 어떠한 방식으로 극복해야 하는가라는 과제를 제기하였다."

직업적인 혁명가들로 구성된 전위조직의 지도가 필요하다는 주장이었다. 나중에 깃발 사건의 책임자로 구속된 문용식도 당시 가장 시급하게 생각한 것이 전위조직이었다고 술회했다.

"당시 우리 문제의식의 초점은 80년 광주항쟁의 패배에서 무엇을 배울 것이며, 이를 어떻게 극복할 것인가라는 문제였다. 우리는 개량적인 사고를 극복하고서 과학적 이론으로 스스로를 구별정립한 민중운동의 주도집단이 전체운동을 통일적으로 지도해야 한다고 생각했다. 따라서 투쟁을 통일적으로 수행할 수 있는 전위조직의 건설이 시급히 요청되었다. 더욱이 유화국면으로 운동의 합법적 공간이 확대되었으나, 대중운동이 계속되면 이것은 필연적으로 유화국면의 존립근거 자체를 무너뜨리게 될 것이고 이건 대탄압으로 귀결될 것이다. 이때를 대비해서라도 운동을 질적으로 발전시킬 수 있는 비합법 전위조직 역량을 건설하는 것이 필요하다고 보았다."[4]

한국 사회의 사회주의 혁명을 지도할 수 있는 비합법 전위조직을 건

82들의 혁명놀음

설해야 한다는 것이 '깃발' 제작팀의 주장이었다. 이들은 실제로 지하 지도부 격인 민주화추진위원회를 조직했다.

그런데 깃발이 나오면서 운동권에서 대논쟁이 점화됐다. 77~79학번들로부터 '깃발'에 대한 반박이 나오고 다시 재반박이 나오는 등 격렬한 논쟁이 벌어졌다. 갈수록 논쟁은 격화돼 운동권 내부의 분열이 심화됐다. 82학번까지도 분열됐다. 그러나 고전연구회는 표면적으로는 여전히 정통의 MC노선을 고수했다. 주요 서클들은 깃발을 검토하고 지지하거나 반발했다. 그러나 고전연구회는 그런 것조차 없었다.

학생들은 깃발을 영어로 플래그flag라고 불렀다. 깃발에 반대되는 이론을 가진 그룹을 안티플래그라고 했다. 그런데 당시 안티플라그 치약 광고에 나온 여배우가 '뽀드득' 소리를 내면서 이를 가는 장면이 있었다. 이를 본떠 깃발에 반대하는 그룹을 '뽀드득'이라고 불렀다. 깃발은 영어 flag가 개구리의 frog와 비슷하기 때문에 '개구리'로 불렸다. 당시 서울대 운동권은 깃발의 '개구리'와 이에 반대하는 '뽀드득'으로 갈렸던 셈이다.

운동권 하부에서는 이러한 분파주의에 대한 불만이 팽배했다. 운동권에서는 관료주의나 이런 폐해들이 결국 마르크스-레닌주의 자체에서 나오는 것이 아닌가 하는 분위기였다. 그러나 '깃발'이라는 이름을 가지고 1, 2호가 계속 나오니까 학생들은 배후에 뭔가 조직이 있구나 하는 생각을 가지게 됐다. 이것이 운동권에는 상당한 심리적 영향을 주었다. 그러나 아직 민추위라는 조직이 드러나지는 않은 상태였다. 이 조직은 10월 7일 결성됐다. 김영환이 가입한 노동문제연구회는 민추위의 하부조직이다. 노문은 검찰이 다음 해 발표한 민추위 조직체계도에도 나오지 않는다. 김영환 스스로도 자신이 가입한 조직의 상부에서 문제의 '깃발'을 만들었는지를 전혀 알지 못했다.

4 10대조직사건, 1989년 아침, 100쪽.

라디오 방송

서울대 운동권 학생들은 대부분 김일성의 항일투쟁을 사실로 받아들였다. 그리고 남민전의 활동을 긍정하고 이를 모범으로 삼기도 했다. 그러나 사실 서울대 학생들에게 아무리 운동권이라 하더라도 법에 크게 위반하는 것은 두렵기 마련이다. 데모를 하다가 붙잡혀 국가보안법으로 구속돼 실형판결을 받더라도 북한의 노선에 따라 운동을 했다는 평가를 받고 싶은 사람은 거의 없다. 졸업 후에 이 사회에서 공무원이든 교수든 회사원이든 뭐든 취직해 살려 할 경우에 기피대상 1호가 바로 친북인사라고 낙인찍히는 것이기 때문이다. 마르크스나 레닌 노선에 따른 운동은 국제적인 것이고 경우에 따라서는 빈민을 위한 노력을 했다는 평가를 받을 수도 있다. 그러나 북한의 경우는 전혀 다르다. 북한은 한국을 침략했으며 그 전쟁의 여파로 이념문제로 인한 수많은 무고한 살상이 저질러졌다. 그리고 전쟁 이후에도 북한이 남한을 끊임없이 흔들어 온 것은 피할 수 없는 사실이다. 근본적으로 서울대의 정통사회주의 운동권에서는 북한이 과연 진정한 사회주의 국가인가에 대한 깊은 회의가 자리하고 있었다.

그러나 김영환은 달랐다. 김영환에게 북한에 대한 각종 터부는 객관적으로 증명할 수 없는 것이었다. 정부에서 언론을 통해 제공하는 북한에 대한 정보는 믿을 수가 없다는 결론을 내렸다. 1984년만 해도 북한에서는 한국이 수재水災를 당하자 상당량의 쌀을 보내주었다. 이에 대해 뭐라고 의견을 갖고 싶어도 북한에 대해서 아는 것이 아무것도 없기 때문에 견해를 가질 수가 없었다.

사회주의 혁명에 대한 신념을 같이하는 운동권 선후배, 동료들이 북한을 정식 사회주의 국가라고 인정하지 못하는 이유는 북한이 독재국가라는 것이었다. 그러나 김영환의 생각에 사회주의가 일정하게 자리를 잡기 이전까지는 과도기적으로 독재적인 통치를 할 수도 있는 것 아닌가 하는 의문도 들었다. 그리고 그 독재국가의 실상이란 무엇인가. 한국은 자유민주주의를 한다면서 매일같이 캠퍼스에서 최루탄이 터지고 폭력이 난무하고 매일같이 정치인, 학생, 노동자, 성직자들이 잡혀가지 않는가. 이들의 주장은 단지 사람답게 살아보자, 부패정권을 응징하자는 것뿐 아닌가. 그리고 김영환 자신만 보더라도 일본의 교과서 왜곡을 시정하라는 정당한 요구로 인해 구류를 살았고, 민주주의와 노동자의 권리를 보장하라는 정당한 요구를 제기한다는 이유로 시위현장에서 늘 쫓겨다니지 않는가. 김영환에게 한국은 말로만 자유민주주의였고 실상은 군사독재체제였다. 반면 북한은 주체사상을 한다면서 제대로 나아가는 것 아닌가 하는 생각이 들었다. 그러나 북한 사람들이 어떤 모습으로 살고 있는지는 알 수 없는 노릇이었다. 북한의 실상에 대한 정보에 목말라하던 김영환은 북한 방송을 들으면 북한 실상을 어느 정도 알 수 있지 않을까 하는 생각이 들었다.

대학교 3학년 때 김영환은 처음 라디오로 북한 방송을 들으려 했다. 그러나 당시까지만 해도 남한의 방해전파 때문에 잘 들을 수가 없었다. 그런데 소련 모스크바에서 나오는 조선어 방송과 중국이 하는 베이징 조선어 방송은 들을 수가 있었다. 주로 심진구의 집에서였다. 소련과 중국의 조선어 방송은 방해전파가 없었던 때문인지 깨끗하게 잘 잡혔다. 게다가 당시까지만 해도 소련과 중국에 대한 정보가 통제됐던 때라 호기심도 발동해 이 두 방송을 여러 차례 들었다.

그런데 이 두 방송을 듣다 보니 베이징 방송은 방송 내용의 절반을 소련 비난에, 모스크바 방송도 상당한 정도를 중국을 비난하는 데 사용하는 것을 파악할 수 있었다.

가령 모스크바 방송은 캄보디아에서 외부와 연결된 세력이 사람들을 학살했다고 비난하는 네 이는 물론 중국을 겨냥한 것이었다. 중국을 업고 집권한 크메르 루즈 정권이 1백만 이상의 주민을 학살한 것을 맹비난했다. 베이징 방송도 사회패권주의, 사회제국주의 등의 용어를 구사하며 소련을 직설적으로 비난했다. 소련과 중국은 같은 공산주의 국가이면서도 오히려 자유주의를 표방하는 나라들보다 더 심하게 상호 간에 비난전을 벌이고 있었다.

김영환은 이러한 두 나라의 방송 태도가 공산주의의 기본원칙인 국제주의나 공산주의자들 간의 연대성을 무시하는 것이라고 판단했다. 마르크스주의자인 김영환에게는 커다란 실망이었다.

당시 서울대 운동권에서는 볼셰비키혁명이 한국 사회주의 혁명의 모델이었다. 김영환도 역시 볼셰비키혁명을 이상으로 삼는 사회주의자였다. 그러나 볼셰비키혁명으로 세워진 소련과 문화혁명 등으로 미화된 중국공산당 간의 중단 없는 비난전을 듣게 되자 소련식, 중국식 공산혁명에 대한 김영환의 열정은 차갑게 식어들었다. 그렇지만 사회주의 사상이나 이론 그리고 혁명에 대한 열정은 조금도 줄지 않았다.

김영환은 북한은 소련이나 중국의 공산주의와는 다르지 않겠는가 하는 막연한 기대를 갖게 됐다. 신문을 아무리 뒤져봐도 북한이 다른 공산주의 국가를 비난했다는 기사를 찾을 수가 없었다. 그렇다면 북한은 소련이나 중공과는 달리 공산주의자의 기본인 국제적인 연대성을 잘 지키는 것이 아닌가 하는 생각이 들기 시작했다. 막상 이러한 호의적인 관심을 갖고 보면 모든 것이 좋아 보이기 마련이다. 북한이 비동맹운동에 적극적으로 참여하는 것도 김영환이 고교시절부터 가졌던 민족주의적인 성향과 잘 맞아떨어진다는 생각이었다.

무엇보다도 김영환은 북한식 사회주의의 운영원칙인 주체사상의 실체가 무엇인지 가장 궁금했다.

3.
혁신

■ 혁명과 건설에서 인민대중의 창조력을 발양시키려면 혁신을 방해하는 온갖
낡은 것에 반대하여 투쟁해야 한다. —김정일

예속과 함성

　　김영환은 주로 구로동에서 운동을 계속했다. 서울대생이었지만 서울대 내 운동권에서는 일정하게 배제된 상태였다. 하지만 고전연구회 서클은 계속했다. 1주일에 한 차례씩 하는 세미나에서 멤버들과 사회주의 혁명에 대한 이론을 학습하고 토론했다. 그러나 멤버들 가운데 사회주의 운동이란 것이 무엇인가를 알게 되고, 운동을 계속하려고 결심한 2학년이 되면 대개는 고전연구회를 탈퇴해 다른 지하서클로 옮겨갔다. 고전연구회가 워낙 운동권에서 힘을 쓰지 못하는 공개 서클이었기 때문이다.

　　고전연구회가 얼마나 무력한 서클이었나 하면 하루는 원희룡이 김영환에게 어느 서클이냐고 물었다. 김영환이 '고연'이라고 답하자 원희룡은 '언더는 어디냐'고 다시 물었다. 당시 운동권 학생들은 공개 서클과 비공개 지하서클을 동시에 가입해 활동하는 경우가 많았다. 원희룡은 김영환도 고전연구회 말고 다른 지하서클에 가입한 것으로 생각했다. 김영환이 '나는 고연밖에 안 한다'고 하지 원희룡은 매우 의아해했다. 구로동에서 보니 김영환이 운동을 열심히 하는 것 같은데 고연밖에 안 한다니까 이상하게 여겼던 것이다.

　　김영환의 동료들은 고전연구회에서 운동을 계속하려는 후배들이 빠져나가는 것을 방지하기 위해 1983년에 '고연 언더'라는 지하서클을 결성했다. 멤버는 고전연구회 회원들이었다. '고연 언더'를 1985년부터는 단재사상연구회로 불렀다.

　　단재丹齋 신채호申采浩(1880~1936)는 민족주의 성향이 강한 독립운동가로 역사학자이자 언론인이기도 했다. 그는 1925년부터는 무정부주의 투쟁을 벌이다 붙잡혀 중국 뤼순(旅順) 감옥에서 옥사했다. 단재는 한국인들 사이에서 상당한 존경을 받는 인물이다. 김영환은 신채호가 추구했던 무정부주의도 넓은 의미의 사회주의라고 판단했다. 또 단재가 대중적으로도 존경받는다는 이유로 고연 언더에 '단재사상연구회'라는 이름을 붙였다. 그러나 실제로 단재의 사상을 연구하지는 않았다.

단재사상연구회에서는 후배들에게 종속이론으로부터 제3세계 관련 학자들의 이론과 마르크스주의 등을 가르쳤다. 다른 지하서클과의 차이는 반제국주의 투쟁에 대한 이론을 많이 연구했다는 점이었다. 1984년에 나온 소책자인 '예속과 함성'도 멤버들이 많이 읽었다.

1980년대 초반에는 운동권 학자들을 중심으로 한국 사회의 분석을 둘러싼 이른바 사회구성체 논쟁이 크게 일었다. 이 중 가장 크게 대립한 것이 국가독점자본주의론과 주변부자본주의론이다.

국가독점자본주의론이란 정통 마르크스주의 입장에서 1960년대 이후 한국 경제는 국가가 경제에 개입하여 자본을 관리하는 국가독점자본주의 체제라고 본다. 그러므로 이른바 주요모순은 국내독점자본(＝파시즘)과 민중 간의 모순이다. 노동자가 임금인상이나 노동조합결성 등에 전력을 기울이는 경제주의를 지향한다. 그러나 이는 광주항쟁에 대한 책임을 미국에 일정하게 물으려 하는 운동권으로서는 받아들이기 어려운 논리였다.

이에 대해 종속이론에 기초하여 한국 경제를 주변부자본주의로 보는 이론이 나왔다. 이는 한국이 일제시대의 반봉건사회에서 주변부자본주의 사회로 이행했다고 본다. 그러나 이 이론은 종속의 원인을 자본에서 찾지 않고 국제적 교환관계에서 찾는다는 비판을 받았다. 즉 정치·경제·군사적 범주로 총체적으로 자기를 실현하는 국제독점자본주의, 즉 제국주의의 문제를 제대로 인식하지 못한다는 것이다.

그래서 이 두 가지 이론을 종합해 나온 것이 예속국가독점자본주의론이다. 그러면 한국 민중은 국내적으로는 파시즘과, 대외적으로는 제국주의와 투쟁해야 한다. '깃발'은 이러한 시각에서 제작된 문건이었다.

1984년 10월에 나온 '깃발' 2호에서는 "국민대중, 특히 기층민중과 정치권력 간의 모순은 예속국가독점자본주의라는 사회구성체의 지배적 모순관계로 되어 있다"고 규정했다. 그러나 이 이론은 제국주의와 국내의 파시즘을 대등한 관계로 상정했다고 비판을 받았다.

이처럼 한국 사회의 정체성을 놓고 당시 한국의 운동권 내부에서는 치열한 사회구성체(사구체) 논쟁이 일었다. 학생들 사이에서도 이에 대한 열띤 토론이 일었다. 이는 서울대의 경우 유인물이나 대자보 등을 통해 전개됐다. 그런데 이른바 사구체 논쟁은 학생들이 이해하기가 매우 어려웠다. 이론에 대해서 줄줄 꿴다는 학생들이나 이게 뭐고 저게 뭐라는 식의 설명이라도 할 수 있는 것이었다.

학생들에게는 누구를 상대로 싸우느냐 하는 점이 중요하다. 국가독점자본주의론으로 보면 전두환 정권을 상대로 해야 한다. 예속국가독점자본주의론으로 보면 국내적으로는 전두환 정권과, 대외적으로는 제국주의 세력인 미국, 일본을 동시에 겨냥해야 한다.

보통의 운동권 학생들 사이에서는 "그게 그거 아니냐"는 투의 냉소적인 반응이 나왔다. 그리고 사실 이들 이론들이 학문적인 설득력은 거의 없다. 과학적인 사회주의를 한다는 학자들이나 운동권 학생들이 쓴 논문들이지만 엄밀한 데이터나 자료를 구사하는 노력은 거의 기울이지 않았다. 단지 한국의 정통성을 부정하고, 미국, 일본에 대한 적대감을 부추기기 위해 쓴 선전문건의 성격이 강했다. 이처럼 운동권의 주적이 누구냐, 전두환 정권이냐 미일제국주의냐를 놓고 난삽한 논쟁들이 벌어지고 있을 즈음에 던져진 것이 바로 '예속과 함성'이었다.

해방 직후 남한에서 미군정의 역할에 대해서는 '해방전후사의 인식'에서 이미 부정적으로 문제를 제기한 바 있다. 그렇더라도 역사를 잘못

이끌어간 주범은 신생독립국인 대한민국의 이승만 대통령 등 정치지도자였다. 미국은 다만 이승만과 이승만을 지지하는 친일파들에게 힘을 주었을 뿐이었다. 그런데 '예속과 함성'은 모든 문제의 원인은 미국이라고 치고 나왔다. 1백30여쪽이나 되는 이 긴 문건은 머리말에서부터 미국을 적으로 규정했다.

"모든 불행과 고통의 근원은 미국에 있다. 미국으로부터 해방되지 않고서는 이 짜증스러운 가난과 정치적 억압과 저질스런 문화권에서 벗어날 수 없다. …미국은 종주국이고 우리나라는 신식민지이다. …하나의 민족을 둘로 쪼개려는 미국, 그리하여 한반도의 반만이라도 확고한 식민지로 만들어 보려는 미국, 민족통일의 가장 강대한 적인 이 미국은 두 개의 한국정책을 추구하고 있다. …미국은 우리나라를 동북아시아에서의 미국의 방위기지 혹은 대륙침략의 전초기지로 만들어 놓고 있으며 다량의 핵을 이 땅에 들여와 대리핵전쟁과 한정핵전쟁을 구상하고 있다. …이제 짧은 언변으로 더 구구하게 이야기를 늘어놓을 것 없이 한마디로 결론을 내리고자 한다. 우리나라의 기본모순은 제국주의와 신식민지 간의 모순이다. 그리고 그것에서 파생되어서 나오는 모순이 매판세력과 우리 민중 간의 모순이다. 민주화를 진정으로 이루려면, 그리고 민족통일을 감격스럽게 맞이하려면 우리는 매판 세력만을 물고 늘어져서는 이야기가 되지 않으며 제국주의 세력과 싸워야 하고 미국으로부터 해방되어야 한다. 매판세력 뒤에 몰래 비겁하게 숨어 있는 미국을 상대로 '양키 고 홈'의 구호를 소리 높여 외치자."

1980년 12월 11일의 서울대에 뿌려진 '반파쇼학우투쟁선언' 이후 각종 유인물과 문건에서 "우리의 적은… 민중의 포위공격으로부터 기만적 수탈체제를 방어하기 위해 안간힘을 쓰고 있는 국내 매판 지배세

릭으로서 국내 매판 독점, 매판 관료집난, 매판 군부"들이었다. 서울대 운동권에서 이런 저런 문건이 나오고 유인물이 나왔지만 표현 문구만 조금씩 달랐을 뿐 지난 4년간 이러한 입장은 변화가 없었다. 그런데 '예속과 함성'에서는 한국은 미국의 식민지이므로 당장 곁가지에 불과한 매판세력인 전두환 정권을 상대로 싸울 것이 아니라 미국을 상대로 싸워야 한다고 주장한 것이었다.

이 문건이 운동권에 커다란 영향을 줄 수 있었던 것은 해방 이후 미국의 한국 정책에 관한 사료들 가운데 미국에 대해 부정적인 인식을 갖게 할 수 있는 것들만을 모아 서술했기 때문이었다. 그러므로 역사에 대한 연구가 별로 없는 운동권 학생들에게는 숨겨진 사실들이 새로 밝혀진 느낌을 줄 정도로 설득력이 있었다. 반미의 논리를 받쳐주기 위해 구사한 내용은 학생들이 처음 보는 것들이 많았다. 단재사상연구회에서도 '예속과 함성'을 가지고 세미나를 했다.

나중에 단재사상연구회에서 본격적으로 반미운동을 치고 나갈 때 정대화 등은 반미를 모색하기 위한 실증적인 자료가 많이 필요했다. 이들은 이 문건에 나오는 자료들을 이용했다. 이처럼 '예속과 함성'은 사회주의 운동권의 결정적인 변화를 이끈 것은 아니었지만 운동권 학생들의 정서적인 변화를 촉진하는 데에는 중요한 역할을 했다. 특히 반미 무드가 광범위하게 조성되던 당시의 학생운동권에는 상당한 영향을 끼친 것으로 평가되고 있다.

그런데 '예속과 함성'의 내용 가운데에는 남한 사람이 썼을까 하고 의심되는 것들도 있었다. 그동안 운동권 내부에서 작성된 것과는 많이 달랐다. 때문에 서울대 운동권에서는 이게 운동권 내부에서 나온 것인가에 대해 반신반의하는 분위기였다.

1985년 9월 정부는 '구미유학생간첩단사건'을 발표했을 때 미국 유학생 출신의 간첩 김성만이 이 문건을 썼다고 발표했다.

82들의 혁명놀음

민추위

서울대에서 '깃발'을 제작한 그룹들은 혁명운동을 이끌어갈 비합법 전위조직으로 민주화추진위원회(민추위)를 결성했다. 민추위는 전위답게 운동권의 투쟁을 지도했다. 이전의 서울대 운동권이 학내의 민주화에 주력했던 데 비해 민추위는 대담하고 과격한 방식으로 투쟁을 벌였다.

1984년 11월 14일 서울 종로구 안국동에 있는 집권 민정당 중앙당사를 대학생 2백64명이 점거했다. 학생들은 노동탄압 중지, 김영삼·김대중 등 정치인의 전면해금, 민정당 해체 등을 요구하다 경찰에 의해 20분 만에 모두 연행됐다. 이 사건은 그러나 집권당사의 심장부를 점거했다는 점에서 당시 일반인들에게 주는 충격은 매우 컸다.

민추위는 12월에 들어서면서 다음 해 2월 총선거를 염두에 둔 총선투쟁에 돌입했다. 당시 운동권의 일부 강경세력은 총선거를 해 봐야 민정당만 강력해지므로 아예 선거를 보이콧트하자는 의견을 내놓고 있었다. 그러나 민추위는 "총선 거부가 전술원칙이 될 수는 없다"는 입장에서 "야당 정치운동을 포함한 모든 부문 운동 간의 연대를 구축하면서 우리의 전략 전술 및 단계인식에 조응하여 대중적 관점에 맞는 슬로건을 내걸고 대중의 정치의식 고양과 적의 의도를 분쇄하기 위해 싸워야 한다"고 투쟁방향을 제시했다. 이에 따라 민추위는 12월부터 전국대학연합선거대책위원회, 민주총선쟁취학생연합, 민정당재집권저지투쟁연합 등의 반합법투쟁조직의 이름으로 선전 집회 가두시위 등을 벌였다. 민추위는 학생들로 하여금 유세장에서 시위를 벌이도록 지시했다.

민추위의 활동과 무관하게 1985년 벽두부터는 국내에서 정치바람이 거세게 불었다.

전두환 정권은 그동안 정치활동을 금지했던 정치인 대부분을 해금했다. 이로 인해 김대중, 김영삼 등을 제외한 대부분의 야당인사들이 정치활동을 재개했다. 이들은 특히 기존의 민한당과는 달리 양 김씨의 직계 부대를 모아 선명한 야당을 결성하고 전두환 정권에 대한 강경한 투쟁을 벌여나갔다.

2·12총선 유세가 시작되면서 신당바람이 거세게 불었다. 사실 민한당은 5공 초기 신군부가 민정당을 건설할 때에 파트너 야당으로 만들어진 것이었다. 국민들의 지지를 별로 받지도 못했고, 야당의 실세이던 김영삼 김대중의 지원도 없었다.

2·12총선은 민주주의에 대한 국민들의 간절한 열망이 봇물 터지듯 터져나오는 계기로 작용했다. 신당바람의 핵은 종로지역구에 출마한 이민우 총재였다. 김영삼의 지원을 받는 이민우의 유세에는 엄청난 인파가 모여들었다.

김영환도 이 정치바람을 지켜보았다. 특히 이민우 등 종로지역구에 출마한 후보들의 연설회가 열린 경희궁으로 가서 이민우 후보 등의 유세를 들었다. 많은 사람들이 모여 넓은 경희궁 터를 가득 채웠다. 그리고 이 인파는 저마다 이민우 등의 이름을 연호했다. 그때까지 김영환은 대학 내에서 학생들의 시위나 구로동 공장에서의 노동자 시위만을 보았을 뿐이었다. 이처럼 많은 시민들이 모여 엄청나게 고조된 분위기를 만들어내는 광경은 본 적이 없었다.

김영환은 한편으로는 일반 국민들의 민주화 요구가 거대하게 분출하는 것을 반갑게 여겼다. 하지만 사회주의 혁명가로서 이러한 국민들의 기대가 보수정치인들에게 모아지는 것이 아닌가 우려했다. 사실 전두환이 축출된다 해도 다시 보수적인 정치인의 집권으로 이어진다면 김영환은 사회주의 혁명투쟁을 다시 시작해야 하기 때문이다.

미문화원점거

1985년에 들어서면서 김영환과 같은 82학번들은 4학년이 됐다. 공개적으로 서울대의 학생운동을 지도하는 세력으로 발돋움한 것이었다. 그런데 82학번부터는 학생운동에 뛰어든 사람들이 워낙 많았다. 각종 시위나 점거 농성 등에 82학번들은 떼로 몰려다녔다. 해서 운동권에서는 82학번들을 두고 '똥파리'라고 부르기도 했다. 학생들의 숫자가 많아지기도 했지만 운동권의 의식화 플랜이 성공적으로 운용된 때문이기도 했다.

82학번에서는 김민석이 서울대 총학생회장이 됐다. 김민석은 MT계열의 지하서클인 대학문화연구회 출신이었다. 총학생회는 5월부터는 학생회 산하에 투쟁위원회를 만들어 대대적인 반정부투쟁을 벌이기로 했다. 그리고 MC계열인 함운경이 투쟁위원장을 맡았다. 이 투쟁위원회가 나중에 '삼민투쟁위원회'라는 이름을 갖게 됐다.

함운경은 5월에 투쟁위원회 발족식을 열었다. 사이렌을 울리면서 도서관 난간에 줄을 매달아 타고 내려오면서 극적인 분위기를 연출했다. 그리고 며칠 후 함운경은 일단의 학생들을 이끌고 미국문화원을 점거했다. 원래 미 문화원 점거는 공대 82학번인 H군이 기획한 것이었다. 당시 서울대 지하운동권에는 여러 개의 데모 팀이 구성돼 있었다. 이 데모 팀들이 순서대로 점거농성이나 가두 시위 등을 벌였다. 공대의 데모팀장이던 H군은 가장 충격적인 것, 징역을 오래 살 수 있는 사건을 궁리한 끝에 미 문화원 점거농성을 생각해 냈다. 점거 당일 일부가 불참했지만, 대다수는 약속대로 참가했다. 총학생회 투쟁위원장이던 함운경이 이를 주도한 것이었다. 함운경은 연세대·고려대·성균관대 학생 등과 함께 점거농성을 벌였다.

당시 함운경 등은 반미투쟁의 일환으로 미 문화원을 점거했다. 미국은 광주항쟁의 유혈진압에 책임이 있는 제국주의 세력이라는 것이 이들의 인식이었다.

1985년 5월 23일 낮 12시. 서울시내 한복판인 을지로에 있던 미국문화원에 73명의 학생들이 진입, 순식간에 문화원을 점거했다. 이들은 '광주학살을 지원한 미국은 사죄하라'는 플래카드를 내걸고 농성에 들어갔다. 이 사건은 대학생들의 투쟁조직인 삼민투쟁위원회의 존재를 널리 알렸다. 사실 대학생들이 군사독재에 반대하는 투쟁을 벌이고 있다는 점을 사람들이 알기는 하지만 이처럼 오랫동안 신문의 주요 지면을 장식하며 보도된 사건도 드물었다.

국민들은 그동안 민주화 투쟁을 벌이던 대학생들의 배후에는 삼민투위라는 것이 있는 것으로 생각하게 됐다. 민족, 민주, 민중이 중심이 된다는 3민이념을 내세운 투쟁조직인 삼민투는 일반인의 뇌리에 매우 강력한 조직으로 각인됐다. 심지어는 삼민투 위원이라고 명함을 찍고 다니면서 사기를 치는 범죄도 발생했다.

그러나 삼민투라는 것은 실체도 이념도 없는 이름뿐인 조직이었다. 서울대에서 보듯이 함운경은 5월투쟁위원장이었는데 당국의 발표를 거치면서 삼민투쟁위원장으로 돌변했다. 삼민투쟁위원회에 소속된 조직원도 없었다.

또 삼민주의는 이념이 아니다. 당시 서울대 운동권은 사회주의 혁명을 추구했다. 혁명은 이념이 있어야 한다. 삼민주의라는 것은 민중, 민주, 민족 등 운동권에서 잘 쓰이는 용어 3가지를 나열해 놓은 구호에 불과했다. 아무도 이를 이념이라고 생각하지 않았다. 더구나 삼민주의를 위해 몸바치겠다는 말은 있을 수 없었다.

서울대 운동권 내부는 지난해 '깃발'이 충격을 준 이후에도 여전히 MT와 MC 간의 노선투쟁에 휩싸여 있었다. 그러나 둘 사이의 차이는 줄어들어갔다. 실제로 함운경은 MC계열이었지만 미 문화원 점거라는 과격한 투쟁을 주도했다. MT는 사회주의 전통을 고수하고 레닌의 원전을 더 자주 인용했다. 반면 MC는 상대적으로 한국의 실정이나 대중성을 강조했다. 하지만 사회주의 혁명을 하자는 것은 마찬가지였다. 1985년에는 MT가 우세했다. 대학문화연구회, 흥사단, 사회과학연구회 등이 MT계열이다. '깃발'이나 민추위도 MT계열이었다.

그런데 운동권 학생들이 미문화원점거농성 사건을 바라보고 우려한 것은 학생들이 농성을 끝내면서 '우리는 반미가 아니다'라고 선언한 점이었다. 당시 농성에 가담한 학생들이 반미적인 입장을 가졌던 것은 분명하다. 반미가 아니라면 미 문화원을 점거할 이유가 없다. 그럼에도 불구하고 국민들 사이에서 '반미=좌경'으로 인식되는 것을 우려해 스스로 반미가 아니라고 선언한 것이었다. 이처럼 결정적인 순간에 반미를 포기한 것은 반제국주의 투쟁을 혁명이론의 한 축으로 삼는 운동권에는 실망스러운 일이었다. 하지만 함운경의 설명은 다르다.

"당시 학생들의 인식은 미국 제국주의에 대한 투쟁이었다. 처음에는 매우 강경한 톤이었다. 우리는 점거를 하자마자 금방 끌려 나갈 것으로 생각했다. 그런데 우리가 점거를 하자 미국 측은 대화를 시도했다. 바로 경찰에 끌려 나가지를 않고 미 대사관 참사관이나 미 8군 고문 등과 대화를 하게 됐다. 그러다 보니 미국인을 앞에 놓고 대화하면서 제국주의라고 비난하기가 껄끄럽게 됐다. 그래서 누가 '우리는 반미가 아니다'라고 한지는 모르겠다. 하지만 당시 학생들의 기본인식은 반미였다."[1]

반미는 이미 운동권 대학생들 대부분이 공유하는 정서가 된 상태였다.

정부는 미 문화원 점거농성사건을 수사하면서 삼민투의 배후인 민추위를 찾아냈다. 민추위의 책임자인 문용식이 검거됐다. 이어서 문용식

1 2005년 4월 27일 인터뷰.

에게 이념교육을 했다는 이유로 민청련의장 김근태도 체포됐다. 그리고 김근태를 수사하는 과정에서 무시무시한 전기고문, 물고문이 가해졌다. 또 민추위 산하의 민투 조직책 박종운을 체포하기 위해 박종운의 후배인 박종철을 붙잡아 물고문을 하다 숨지게 하는 사건이 발생했다. 박종철 고문치사사건은 국민의 분노를 사 결국 전두환 정권의 몰락을 촉진하는 결정적인 계기로 작용했다. 경찰이 민추위 수사에 집착한 이유는 그만큼 운동의 전위를 자임한 민추위의 투쟁이 대단한 위력을 발휘했다는 반증이 될 수도 있다. 김영환도 경찰의 민추위에 대한 수사가 한창이던 7월쯤 민추위 산하 '노문'의 조직원으로 실명이 드러났다.

킬링 필드

1985년 6월 6일 현충일. 김영환은 마침 휴일이고 갈 곳도 없어서 집에서 쉬는데 전화벨이 울렸다. 전화를 한 사람은 김영환이 일하는 구로동 성당에서 알고 지내던 노동자였다.

"영화나 한 편 보러 갑시다."

"무슨 영화죠?"

김영환이 물었다. 김영환은 1980년 이후 단 한 편의 영화도 본 적이 없었다.

"킬링 필드라는 영화가 요즘 화제인데 보러 갑시다."

김영환은 이 노동자의 제의에 선선히 응해 집을 나섰다.

김영환도 신문을 보아서 당시 '킬링 필드'라는 영화가 화제라는 사실 정도는 알고 있었다. 캄보디아의 폴 포트 정권의 집단학살 만행을 담은 이 영화는 당시 살아 있는 반공 교재로 정부에서도 널리 관람을 권유했다. 김영환에게 영화를 보자고 한 노동자는 전두환을 강렬히 비판하고 노동문제에 관심이 많지만 대단히 독실한 가톨릭 신자였다. 이 노동자가 김영환이 사람은 좋은데 과격해 보였기 때문에 함께 이 영화를 보자고 한 것 같다고 김영환은 생각했다.

참으로 오랜만에 관람한 이 영화는 김영환에게 상당한 영향을 주었다. '킬링 필드'에서 김영환은 급진주의가 얼마나 엄청난 비극을 초래하는가를 보았다. 영화에서 지식인들을 집단수용한 상태에서 과거에 무슨 일을 했는가는 묻지 않고 다 용서하겠다고 하면서 앞으로 나오라고 한다. 과거의 지식인, 의사 등이 앞으로 나오자 어딘가로 끌고 가는데 그 이후로 행방을 알 수 없게 된다. 크메르 루즈의 집단학살로 인한 수많은 인골들이 농장 여기저기, 그리고 농수로에 나뒹구는 장면도 김영환에게는 충격적이었다.

김영환은 중국의 문화혁명에 대해 비판적으로 생각해 오다가 이 영화를 본 뒤에는 완전히 부정적으로 보게 됐다. 또 당시에 빈발하던 학생들의 점거 농성에도 비판적인 생각을 하게 됐다. 사실 학생운동권은 리영희의 문화혁명에 대한 미화에서 일정한 영향을 받았다. 80년대 운동권이 과격해지는 것도 문혁에서 일정한 영향을 받기도 했다는 것이 김영환의 평가이다.

그러나 이 영화가 북한 공산정권에 대한 반감을 초래한 것은 아니었다. 오히려 이 영화는 김영환에게는 북한에 대한 호감을 증폭시키는 계기로 작용했다. 김영환이 문혁을 비판적으로 인식하기 시작하면서 문혁이 비판한 북한 김일성에 대해서는 호의적인 인식이 배가된 것이다. 문화혁명 때 중국에서 홍위병들은 김일성을 수정주의자라고 비판하는 대자보를 써붙이기도 했기 때문이다. 또 영화에 나오는 캄보디아의 폴 포트 정권은 중국의 문혁에 영향을 받은 급진주의 정권이었다.

김영환은 이미 이전에 원전 극동문제연구소에서 간행한 '공산주의 대계'에 실린 문혁 4인방인 강청, 요문원 등의 저작을 읽은 적이 있다.

당시 김영환은 4인방의 저작들이 수준이 매우 낮고 다만 선동적인 문구만 나열돼 있을 뿐 알맹이가 없다고 판단했다.

이처럼 김영환이 '킬링 필드'를 통해 문혁에 대해 다시 한번 비판적으로 인식하게 되면서 문혁의 광풍에 휘말리지 않은 북한에 대해 다시금 평가를 하게 된 것이다.

북한 원전

김영환은 고학년이 되어 갈수록 사회주의 운동가로서의 자기 규정성이 강해지면서 북한을 더욱 우호적으로 보게 됐다. 운동권 내부에서는 김일성의 항일운동을 인정하는 상태였으며 남민전의 혁명운동도 모범사례로 인정했다. 김영환도 같은 입장이었다. 그러나 북한 방송도 잘 들을 수 없어 김영환은 처음에는 정부에서 반공을 위해 제작한 각종 자료들을 통해 북한의 노선들을 대하게 됐다. 이러한 반공자료들은 북한의 대남전략을 소개하고 비판한 것들이 대부분이다. 그러나 사회주의 혁명과 북한에 애정을 가지고 보면 여기서 남조선혁명과 연방제 통일을 위한 전략들을 얼마든지 습득할 수 있게 된다.

김영환은 이미 마르크스, 레닌, 모택동 등의 공산주의 혁명이론에 대해서는 기본 지식이 잘 갖추어진 상태였다. 때문에 김일성의 남조선혁명론이나 북한의 혁명전략에 대한 비판을 위해 한국의 학자들이 쓴 논문들을 보면 그 내용을 훤히 알 수 있다.

김영환은 4학년 초부터는 이른바 북한 원전을 대할 수 있었다. 극동문제연구소에서 나온 '공산주의 원전 대계'라는 책에 실린 김일성, 김정일의 저작 등이었다. 이 책은 원래는 석사학위 이상의 전문연구가들이 볼 수 있는 비매품인데 학교 주변의 한 운동권 전문서점에서 복사해

팔았다. 이미 서울대 운동권 내부에서 북한에 대한 호의적인 입장들이 늘어가고 있다는 반증이었다.

김영환에게 가장 영향을 많이 준 것은 1982년 김정일 명의로 발표된 '주체사상에 대하여'라는 문건이었다. 이 문건의 주요 내용은 다음과 같다.

- 혁명가의 임무는 혁명의 주인인 인민대중 속으로 들어가 그들을 교양하고 조직하며 투쟁에 불러일으키는 데 있다. 혁명 역량도 인민대중 속에서 키워내야 하며 혁명투쟁에 나서는 모든 문제도 인민대중의 지혜와 힘에 의거하여 풀어나가야 한다.
- 1920년대에 우리나라에서 민족해방운동을 한다고 하던 공산주의자들과 민족주의자들은 인민대중 속에 들어가 그들을 교양하고 조직화하며 혁명투쟁에 불러일으킬 생각은 하지 않고 대중과 이탈되어 영도권 싸움과 말 공부만 하고 있었으며 대중을 단결시킨 것이 아니라 파벌싸움으로 분열시켰다.
- (김일성 수령은) 인민대중 속에 들어가 대중에게 의거하여 투쟁하는 참다운 혁명의 길을 걸었으며 혁명의 주인은 인민대중이며 인민대중 속에 들어가 그들을 교양하고 조직동원하여야 혁명에서 승리할 수 있다는 진리를 밝혔다. 이것이 주체사상의 출발점의 하나이다.
- 대개 나라에서 혁명은 주인인 그 나라 인민이 책임지고 자주적으로 하여야 하며 자기 나라 실정에 맞게 창조적으로 하여야 한다.
- 사대주의와 교조주의가 심하게 작용하면 혁명의 앞길이 열릴 수 없다. 혁명은 그 누구의 승인이나 자시에 의해서가 아니라 자기의 신념에 의해 자기가 책임지고 해야 하며 혁명에 나서는 모든 문제를 자주적으로 창조적으로 풀어나가야 한다. 이것이 주체사상의 또 다른 출발점이다.

- 주체사상은 사람 중심의 새로운 철학이다. 자주성, 창조성, 의식성
  이 사회적 존재인 사람은 곧 세계의 유일한 지배자이며 유일한 개
  조자이다.
- 역사의 주체는 근로인민대중이다. 계급사회의 전노정은 근로인민대
  중과 반동적 착취계급 사이의 첨예한 투쟁의 역사이다. 근로인민대
  중은 사회주의제도를 세움으로써만 착취와 압박에서 해방되고 사회
  와 자기운명의 참다운 주인으로서 역사를 의식적으로 창조해 나갈
  수 있다.
- 공산주의 운동은 옳은 지도가 없으면 승리할 수 없다. 노동계급의
  당은 혁명의 참모부이며 수령은 혁명의 최고영도자이다. 인민대중
  은 당과 수령의 올바른 영도를 받아야만 민족해방, 계급해방을 이룩
  하고 사회주의·공산주의 사회를 건설하고 운영해 나갈 수 있다.
- 자본주의는 자주성에 대한 인민대중의 지향과 요구를 짓밟는 최후
  의 착취제도이며 계급적 지배와 민족적 압박을 결합시킨 횡포한 억
  압제도이다.
- 자주적 입장과 어긋나는 그 어떤 입장도 노동계급의 입장, 인민대중의
  입장과 인연이 없으며 그것은 사회주의·공산주의의 위업에 해롭다.
- 사람들이 얼마나 강한 의지와 힘을 발휘하는가 하는 것은 사상문제
  이다.
- 대중의 혁명적 능력은 무궁무진하지만 사상적으로 각성되지 못하면
  높이 발양될 수 없다.
- 사람이 사대주의를 하면 머저리가 되고 민족이 사대주의를 하면 나
  라가 망하며 당이 사대주의를 하면 혁명과 건설을 망쳐 먹는다.
- 오늘날 가장 유해롭고 위험한 것은 미제에 대한 사대주의이다. 미제
  에 대한 사대주의 사상의 해독성은 오늘 남조선에서 집중적으로 나타
  나고 있다. 미제 침략자들과 그 앞잡이들이 부식한 미제에 대한 사대

주의 사상은 남조선에서 사람들의 민족적·계급적 각성을 마비시키고 우리 민족의 귀중한 문화유산과 미풍양속을 짓밟는 가장 유해로운 사상적 독소로 되고 있다. 남조선 인민들 속에서 공미숭미사상을 반대하고 민족적 자주의식을 높이기 위한 투쟁을 강화하지 않고서는 남조선 혁명의 승리도 조국의 자주적 통일도 이룩할 수 없다.

— 인민대중을 굳게 묶어 세우자면 계급노선과 군중노선을 옳게 결합시켜야 한다. 계급적 원칙을 확고히 지키면서 군중노선을 옳게 관철해 나가야 적대적 요소들을 철저히 고립시키고 계급적 진지를 튼튼히 꾸밀 수 있으며 각계각층의 광범한 군중을 교양개조하여 단결시키고 혁명과 건설에서 그들의 창조력을 높이 발양시킬 수 있다. 사회주의 하에서 계급투쟁과 인민대중의 통일 단결을 강화하는 사업을 옳게 결합시키지 못하고 좌우경적 편향을 범하면 대중의 단결을 약화시키고 그들의 혁명적 열의와 창조력을 마비시키며 혁명과 건설에 큰 손실을 끼치게 된다.

— 혁명과 건설에서 인민대중의 창조력을 발양시키려면 혁신을 방해하는 온갖 낡은 것에 반대하여 투쟁해야 한다.

— 주체의 사업방법은 인민대중으로 하여금 혁명과 건설의 주인으로서의 입장을 지키고 주인으로서의 역할을 다하게 하는 사업이다. 늘 군중 속에 들어가 실정을 깊이 이해하고 문제해결의 올바른 방도를 세우며 위가 아래를 실속 있게 도와주며 모든 사업에서 정치사업을 앞세워 군중이 혁명 과업수행에 자각적으로 동원되게 하며 격식과 틀이 없이 모든 문제를 구체적 특성과 환경에 맞게 창조적으로 풀어나가는 혁명적이고 공산주의적인 사업방법이다.

— 이 사업방법은 언제나 군중과 생사고락을 같이하고 군중의 앞장에 서서 이신작칙이며 겸손하고 소박하고 너그러운 품성을 지니고 대중의 온갖 창의·창발성을 다 내도록 이끌어주는 방법이다.

– 인민대중의 사상개조사업을 모든 사업에 앞세워야 한나.
– 인간개조는 본질에 있어서 사상개조이다. 사상개조는 사람들의 물질생활조건을 개변하는 사업이나 문화기술 수준을 높이는 사업보다 더 어려운 사업이다.
– 주체의 혁명관에서 핵을 이루는 것은 당과 수령에 대한 충실성이다.
– 조선혁명은 주체사상에 의하여 지도되는 혁명이며 주체사상을 떠나서는 조선혁명의 모든 승리에 대해 생각할 수 없다.

'주체사상에 대하여'는 대중을 중시하는 전략을 강조한다. 또 사대주의, 교조주의, 분파주의를 타파할 것을 주장한다. 이러한 내용은 서울대 운동권 내부에서 발생한 MC와 MT 간의 갈등으로 분파주의에 대한 문제의식이 대두되던 상황에서는 매우 신선하게 다가올 수 있는 것이었다.

수배

1985년 7월부터 김영환은 경찰의 수배를 받고 도피하게 됐다. 이때부터 1년 6개월간의 도피생활에 들어간다. 이때까지만 해도 김영환은 민추위라는 조직사건과 연계된 혐의로 수배됐다. 그러나 한 해 뒤 부산에서 체포될 때에는 한국 학생운동의 방향을 뒤바꿔놓은 NL이론의 창시자로 변하게 된다.

민추위 사건과 관련된 혐의는 큰 것은 아니었다. 김영환은 1984년 여름부터 민추위 산하의 노동문제연구회(노문)에 관여했는데 사실은 특별히 한 일이 없었다. 이때 김영환은 구로동 성당일에 집중했기 때문에 학내에서는 아무런 지위가 없었다. 고전연구회 후배들에 대한 지도는 법대 동기인 정대화가 담당하고 있었다. 김영환은 학내에서는 아무런 시위도 기획할 수 없었다.

처음 민추위 사건이 터졌을 때에도 경찰은 김영환을 몰랐다. 운동권 학생들은 대개 이름만 부른다. 김영환은 '영환'으로만 통했다. 성은 불리지 않았다. 그런데 경찰에 잡힌 학생이 김영환을 배영한이라고 잘못 불렀다. 경찰은 '배영한'을 법대 83학번인 배정환으로 알고 배정환을 체포했다. 그러나 조사 결과 아무런 혐의점을 찾지 못하고 하루 만에 석방했다. 김영환은 그러나 배정환이 풀려났다는 소식을 전해 듣고는 경찰이 곧 자신에게 닥치겠구나 하고 마음의 준비를 하고 있었다. 영환이가 배정환이 아니면 김영환일 수밖에 없기 때문이다.

7월에 김영환은 집에서 아침을 먹는데 전화가 왔다. 어머니가 전화를 받고 수화기를 김영환에게 건네주었다. 김영환이 수화기에 대고 "여보세요"라고 말하자마자 상대편은 전화를 끊었다. 김영환은 경찰이 자신이 집에 있는가를 확인하려 한 것으로 파악하고 짐을 챙겼다. 그런데 이때 초인종이 울렸다. 어머니가 밖으로 나가보니 6~7명가량의 신체 건장한 사람들이었다. 한눈에 경찰임을 파악할 수 있었다. 어머니는 문을 열고 나가자마자 경찰이 들이닥치지 못하도록 대문을 닫았다. 그리고 경찰이 '아들을 보러 왔다'고 하자 바로 인터폰으로 안에다 대고 "영환아 너 찾으러 왔단다" 하고 전했다. 김영환의 집은 특이하게도 옆집으로 문이 나 있는 구조였다. 김영환은 바로 이 문을 통해 달아났다. 경찰이 잠시 후 집안으로 들어왔지만 김영환을 찾을 수는 없었다.

김영환은 이때부터 한 달에 한 차례씩 어머니를 만났다. 집 전화는 모두 도청될 것이 분명하므로 어머니와의 연락은 만날 때마다 한 달 뒤 다음에 만날 곳을 정하는 방식으로 했다. 어머니는 아들을 만나는 날이면 아침 일찍 집을 나섰다. 그리고는 하루 종일 극장, 친척집, 친구집 등을 전전하며 경찰의 추적을 따돌렸다. 등산객으로 가장한 적도 있었다. 어머니는 한 달에 한 번씩 아들을 만날 때마다 12만원씩 쥐여 주었다. 경찰을 피해 다니는 아들에게는 "빨리 해결할 수 없겠느냐"는 정도의 말밖에 할 수 없었다.

김영환은 도피에 나선 이후 처음 한 달은 비어 있는 친구의 자취방에서, 다음 한 달은 배정환의 자취방에서 지냈다. 그리고 다음에는 구로동과 안양 사이에 방을 얻어 자취했다. 보증금 10만원에 월세 4만원짜리였다. 김영환은 자취하면서 성실한 직장인 행세를 했다. 매일 아침 8시 20분에 출근하는 것처럼 집을 나오고 저녁 때에는 매일 오후 6시 30분에서 7시 사이에 귀가했다. 아침 식사와 저녁 식사는 반드시 집에서 해 먹었다. 주인아주머니가 볼 때는 더없이 성실한 회사원이었다. 그래서인지 주인아주머니가 나중에는 중매를 서주겠다고 나설 정도로 김영환을 좋아했다.

김영환은 낮에는 각 대학을 다니며 책을 보거나 글을 쓰며 지냈다. 후배들을 통해 북한 관련 서적이나 논문 등을 구해 보았다. '북한문제' '항일투쟁사', 김남식의 '남로당연구' 등이 이때 읽은 북한 관련 책들이다.

김영환은 고교시절부터 북한이 전제주의 국가라는 교육을 받았지만 이제는 인간이 이성적으로 발전하면 제도적 통제와 스스로의 이성적 통제가 합일할 수 있다는 생각을 했다. 개인들이 스스로 통제에 순응한다는 이야기이다. 또 마르크스주의에서는 일정기간 동안 프롤레탈리아 독재가 필요하다, 스탈린 시대의 과도한 숙청과 억압은 문제가 되지만 일정기간의 통제는 과도기에 필요하다고 생각했다. 당시 북한에서의 숙청에 대해서는 잘 몰랐다.

그리고 어차피 김영환은 마르크스주의자, 즉 공산혁명가인 상태였다. 규칙적인 사상교육과 자아발전이 합해지면 프롤레탈리아 독재기를 지나서 사회주의 혁명을 이룰 수 있다고 보았던 상태였다.

반제직투론

4학년 말이 되면 운동권 학생들은 각자 신상을 정리해야 한다. 운동을 포기하는 학생들은 군대에 간다. 김영환이 신입생 시절 처음 운동권 교육을 담당했던 정진수도 군대에 입대했다. 법대생의 경우 이처럼 운동을 하다 군에 가면 나중에 제대해 고시를 보는 게 정해진 코스였다. 운동을 계속하는 학생들은 노동운동으로 빠지거나 시위를 주도해 구속되는 식으로 신상을 정리한다. 수배 중이던 김영환은 운동을 계속한다는 입장에는 변함이 없었지만 자신의 신상 정리보다 더 시급한 일이 있었다.

하나는 운동권의 노선 갈등을 해소하는 일이었다. 김영환은 주로 정대화로부터 서울대 운동권 내부의 MC/MT 갈등에 대해 자세히 전해 들어 그 실상을 파악할 수 있었다. 김영환은 크게 둘로 갈라진 학생운동의 통일이 가장 중요하며, 이를 위해서는 운동의 올바른 이념을 세워야 한다는 생각을 했다.

사실 이념적으로 튼튼하지 않을 경우 대개의 학생들의 경우 시위에 한두번 참가하는 것으로 그친다는 것이 김영환의 생각이었다. 4·19처럼 목숨을 걸어야 할 경우 자기의 인생관이나 세계관이 철저하지 않으면 끝까지 남아 싸우기 어렵다는 것이었다. '주체사상에 대하여'에서도 혁명을 위해서는 사상개조가 가장 중요하다고 하지 않았던가.

김영환에게 사회주의 혁명운동의 올바른 이념은 이제 주체사상이었다. 또 심각해진 학내 분파투쟁을 보면서 역시 운동가의 품성이 중요하다는 생각도 하게 됐다.

연초의 2·12총선 이후 야당의 투쟁이 강화되면서 김영환은 상황이 86아시안게임과 88올림픽을 지렛대 삼아서 불붙는 정국으로 간다고 판딘했다. 이런 추세로 나가면 헤게모니를 보수 야당에 빼앗기고 학생은 보수야당 집권의 보조적인 역할로 끝날 수도 있다고 우려했다. 더 나아가서는 유연한 형태의 군사독재가 장기집권할 가능성마저 있다고 보았다. 김영환은 근본적이고 핵심적인 것을 공격해야 한다고 판단했다. 김영환이 볼 때 본질은 미국에 대한 예속상태에서 출발했고 아직도 이를 벗어나지 못했다는 것이었다.

김영환은 일정한 양의 투쟁역량이 비축되면 질적인 변화로 나가야 한다고 생각했다. 당시 반미적인 의식성향을 가진 학생운동권이 크게 늘어났고 이미 수적으로도 상당히 많이 확보했다고 본 것. 미문화원점 거농성사건에 대한 학생들의 반응, 5·18투쟁에서 학생들 사이에서 간헐적으로 나오는 반미구호(광주 학살 배후 미국은 반성하라 등)에 대한 반응 등이 판단 근거였다.

반미에 대해 일반국민들이 어떻게 볼지는 의심스러웠지만 이를 제기해서 학생운동권에서 대세로 만들어야 한다는 확신이 섰다. 학생들의 투쟁이 국민적인 투쟁으로 확산되면 반미문제를 접고, 대통령직선제, 민주회복, 군부독재 타도 등을 외친다. 시위대가 계속해서 반미를 외치면 국민들의 호응을 얻기 어렵기 때문이다. 그리고 민주화가 이루어진 뒤에 다시 반미를 내세워야 한다는 것이 김영환의 전략이었다.

학생운동권에서는 아직도 반독재반파쇼투쟁을 하면 그 배후에 있는 제국주의에 대한 투쟁이 된다는 게 주류였다. 김영환은 뒤에 묻혀 있던 반미를 전면으로 끄집어냈다. 이른바 반제직투론反帝直鬪論이었다.

1985년 8월부터 주 1~2회의 단재사상연구회 세미나를 김영환이 이끌었다.

정진수가 군대에 가지 않았다면 정대화가 이 세미나를 이끌었을 것이다. 그러나 세미나에 참가하는 인원이 16명이 됐다. 한 세미나의 인원은 7~8명이 가장 적당하다. 정대화는 김영환에게 함께 세미나를 지도하자고 제의했다. 정진수가 군대에 가지 않았다면 있을 수 없는 일이었다. 참가자는 정대화와 83학번의 박금섭, 배정한 등이었다. 교재는 주로 종속이론, 세계체제론, AA(아시아, 아프리카)연구소 등에서 나온 제국주의 비판서적으로 시작했다. 그리고 반제국주의 연구를 열심히 하다 보면 자연히 북한으로 눈이 돌아가게 된다. 북한이 지구상에서 반제국주의를 가장 강력하게 주장했기 때문이었다.

12월쯤부터 단재사상연구회에서 82학번들을 중심으로 주체사상연구회를 만들었다. 교재는 당시 통일원에서 발간된 '북한 총람'에 실린 북한의 문건들이었다. 한국 연구자들이 쓴 논문들에도 북한의 원전이 일부나마 충실하게 들어 있었다. 도서관에서 '북한 총람'을 빌려 이런 부분들을 복사해 돌려 보며 주체사상을 공부했다.

김영환은 이미 이를 받아들인 상태였지만 다른 멤버들은 주체사상을 받아들인다고 했을 때 처음에는 두려움이 있었다. 정대화의 말이다.

"당시에는 북한 정보를 국가가 완전히 독점했기 때문에 국가가 뭔가 진실을 차단하는 것 아닌가 하는 의구심이 들었다. 게다가 주체사상은 마르크스주의를 극복했다고 하지 않는가. 사실 마르크스를 읽어보면 대부분 독일, 영국 등 유럽 국가의 이야기였다. 하지만 주체사상은 남한에서의 사회주의 혁명을 위해 무엇을 해야 하는지를 분명하게 말하고 있었다. 그리고 빼놓을 수 없는 것이 바로 김영환의 해설이었다. 당시 멤버들은 북한의 이론에 대해 공부하면서도 이를 제대로 이해할 수 없었다. 그럴 때마다 이미 학습해 온 김영환의 설명을 듣고 쉽게 넘어갔다. 무엇보다도 당시에 우리는 모험을 두려워하지 않았다. 군사독재를 물리치기 위해서는 모든 수단을 동원해야 하며 사상적으로 북한과 손을 잡을 수도 있다고 보았다. 당시에 이미 북한은 반제국주의 투쟁을 강하게 주장하고 있었다. 근본적으로 레닌·모택동·종속이론 등 모두 반제국주의 투쟁을 강조했다. 사회주의 혁명을 지향하는 서울대 내의 다른 지하그룹들도 모두 반제국주의 투쟁을 외쳐댔다. 그러나 문제는 이론에 그치느냐, 아니면 실제 투쟁으로 옮기느냐의 여부이다. 우리는 실제 투쟁으로 옮기는 문제를 집중적으로 연구한 반면 다른 그룹은 아직도 수식어로만 반제를 주장했다. 이론의 정점에서 실천이 나온다. 연구만 해서는 안 된다. 학생들은 순수하기 때문에 이론이 고도화되면 실천할 수밖에 없게 된다. 그 길이 죽음의 길이라도 옳다고 믿으면 나아갈 수밖에 없게 된다."

서클 해체

1985년 서울대 운동권의 중심이랄 수 있는 사회과학대 정치학과의 과회장은 3학년 조유식이었다. 조유식은 입학 직후부터 데모에는 빠지지 않으며 적극적으로 운동을 펴온 사회주의 혁명가 지망생이었다. 그런데 조유식은 전통 있는 지하의 패밀리 출신이 아니라 공개 서클인 탈반 출신이었다. 그는 지하서클의 위계가 너무 갑갑하다는 생각에서 가입하지 않았다.

그런데 2학기가 되자 조유식이 볼 때에도 운동권 내부에서 MT와 MC 사이에 노선 갈등이 점점 심해졌다. 작은 문구나 구호 등을 두고도 갈등을 벌였다. 이러한 갈등은 주로 지하서클들 사이에서 펼쳐지는 것이었다.

그러나 과회장이 되고 실제로 학생운동을 지휘하는 지도부가 되고 보니 조유식에게 중요한 것은 학생들을 가르치고, 데모가 벌어지면 학생들의 머릿수를 점검해 내보내는 것이었다. 실제로 싸움을 하는 것은 데모이고 여기에 얼마나 많은 후배들을 동원하는가가 중요했다.

그런데 지하서클들은 공리공론이나 벌이고 대중을 대상화하는 것이었다. 일부가 스스로를 혁명가라고 여기고 다수의 학생들을 의식화의 대상으로 보는 관념론은 옳지 않다는 생각이 들었다. 조유식이 볼 때 투쟁을 이끈다는 지하서클 멤버들의 의식은 문제가 있었다. 사실 투쟁이라고 하는 것이 고만고만한 학생들이 모여서 데모하는 것이었다. 그런데 소수의 지하서클 멤버들은 자신들은 '인자因子'라고 부르고 다른 학생들은 '매스(mass)'라고 부른다. 이러한 학생들의 투쟁을 엄청나게 부풀려 볼셰비키 혁명 때처럼 헌법제정민중회의를 쟁취하자는 것, '인자'들 간에 자신들이 만든 이론이나 러시아 혁명사를 줄줄이 꿰고 언변에 능해야 대접받는 것, 한편으로는 이건 아닌데 하면서 대접받기 위해서 사회주의 원전을 공부하는 분위기 등에 염증이 일었다.

조유식은 2학기부터 지하서클들을 해산해야 한다는 생각을 품게 됐다.

그런데 마침 MT계열을 중심으로 서클 해산에 대한 의견이 대두되기 시작했다. MT는 이미 '민추위'라는 전위조직을 만들어 효과적인 반체제투쟁을 벌인 바 있다. 이후 학생운동권 내부에서는 지하서클들을 해산하자는 논의가 활기차게 거듭돼 왔다. MT 측은 특히 서클에는 대중이 없으므로 대중의 공감을 얻기 위해서는 단과대학 중심으로 투쟁 전열을 정비해야 한다는 것이었다. 한 학년 선배를 '아버지'라고 부를 정도로 권위주의적인 위계질서가 뿌리내린 지하서클들이 엄청나게 늘어난 대중을 이끄는 혁신적인 사상을 만들어낼 수는 없다는 판단도 나왔다. MT 진영에서는 거대한 혁명대중을 지도할 수 있는 혁명적대중조직(RMO: Revolutionary Mass Organization)을 구상했으나 실현되지는 않았다.

그러나 대부분의 학생들은 서클을 해체하자는 취지에는 공감했다.

조유식도 서클 책임자들을 상대로 서클을 해산하자고 설득했다. 당시에 서클 해산에 대한 공감이 이루어진 이유는 표면적으로는 서클 간의 분파주의 때문이었다. 서클이 있으면 서클류의 폐해가 있다는 것이 학생들의 생각이었다.

그러나 실제로 서클들이 학생 데모에 직접적인 영향력을 발휘하지 못하게 된 이유가 컸다. 경찰이 대학에 상주하면서 학생들의 일거수일투족을 감시할 때에는 지하서클에서 비밀리에 시위를 기획하고 사람을 동원해야 했다. 그러나 학원 자율화로 경찰이 철수한 다음부터는 대학은 사실상 해방구나 마찬가지였다. 학생들이 마음대로 시위를 기획할 수 있었다. 수배된 사람들도 학원 안으로 피하면 오히려 안전했다. 더 이상 조직보존을 위한 지하서클이 필요한 시대가 아니었다. 이제는 대학 전체가 공개적인 서클이나 마찬가지였다. 1984년 2학기부터는 이미 동원책은 서클 단위에서 과 단위로 바뀌어 있었다. 과 단위로 '포'로 불리는 비밀연락책들이 있었다. 대학자율화로 경찰이 철수된 1985년부터는 동원이 공개화됐다. 지하서클은 이제 데모 동원과는 무관해졌다. 학생운동은 이제는 공개조직인 학생회를 정점으로 하면 되는 것이었다.

지하서클이 영향력을 잃어가면서 대중조직의 정점인 학생회의 장악을 놓고 치열한 이론투쟁이 벌어졌다. 15개가량의 문건이 나왔다. 이는 15개 분파가 싸웠다는 뜻이다. 그중에 학생들에게 가장 큰 호응을 받은 것이 바로 1985년 말부터 나온 김영환의 문건이었다.

NL

김영환이 주체사상과 반제의 입장에서 처음 만든 문건이 바로 1985년 10월에 만든 '반제민중민주화운동의 횃불을 들고 민족해방의 기수로 부활하자'는 제목의 팜플렛이었다. 이 문건은 앞 부분에 정대화가 '해방서시'라는 시를 집어넣어 '해방서시'로 불리기도 했다.

김영환의 문건은 철저하게 주체사상에 바탕을 둔 내용이었다. 그중에서도 가장 강조한 점은 반미였다. 그는 이 문건의 모두에서 "이 글을 읽기 전에 충고한다"며 "미 제국주의에 대한 적개심으로 혈관이 꿈틀거리지 않는 사람은 이 글을 읽기 전에 미리 반성부터 할 필요가 있다"고 했다. 그리고 "한국 사회는 미 제국주의와 그 앞잡이가 파쇼적으로 지배하는 신식민지 사회"라고 규정했다. "한국 사회의 기본 모순이 한국 민중과 미 제국주의 사이의 모순"이므로 당장 해야 할 일은 사회주의를 건설하기 위한 공산혁명운동이 아닌 식민지로부터 벗어나기 위한 민족해방투쟁이다. 이른바 NL이론을 띄운 것이었다.

김영환은 당시 학생들이 벌이던 주요 투쟁이었던 삼민헌법쟁취투쟁과 경제침략저지투쟁 가운데 대중에게 보다 강한 설득력을 가질 수 있는 '경제침략저지투쟁'을 벌이라고 촉구했다. 대중을 중시한다는 점은 '주체사상에 대하여'를 적용한 것이었다.

지난 5월만 해도 학생들은 미 문화원 점거농성을 하면서도 끝날 때에는 "우리는 반미가 아니다"라고 선언했다. '예속과 함성'에도 나타났듯이 반미를 강조하는 주장이 없는 것은 아니었다. 그러나 서울대 운동권 내부에서 이처럼 강렬한 반미를 선동하는 문건이 나온 것은 전례가 없는 일이었다. 서울대 운동권 학생들의 경우 마르크스나 레닌의 원전을 충실히 학습한 정통 사회주의 이론가라는 자부심이 강했기 때문에 북한의 대남 적화전략과 별반 다르지 않은 반미투쟁을 생경하게 앞세우는 데에는 일정하게 거부감이 있었다. 그런데 서울대 운동권은 자체 내에서 강렬한 반미 내용을 담은 팸플릿이 나왔다는 점에서 상당한 충격을 받았다. 운동권의 첫 반응은 도대체 이게 MT와 MC 가운데 어느 그룹에서 나온 것인가 하는 거였다.

어느 그룹이든 마르크스·레닌의 사상에 충실하려고 경쟁을 했으므로 이 같은 북한의 주장을 소화해서 문건을 만든다는 일은 상상하지 못했다. 그런데 이 문건을 읽고 김영환의 작품임을 바로 알아챈 학생도 있었다. 바로 원희룡이었다.

사실 김영환이 주체사상을 도입하려고 한 이유는 서울대의 운동권을 혁신하기 위한 것이었다. 학생수가 급증하고 지하서클들의 의식화사업의 성공으로 운동권은 거대해졌지만 각 서클이나 분파 간의 투쟁으로 정작 필요한 사회주의 건설을 위한 투쟁에 힘을 모으지 못한다는 반성에서 나온 것이었다. 김영환은 주체사상이 해결책이라는 확신을 가지고 있었지만 혼자서는 서울대 지하 운동권에 이를 도입하기 어렵다고 생각했다. 워낙 서울대의 지하운동권의 각 분파에 전통 있는 패밀리와 쟁쟁한 이론가들이 도사리고 있었기 때문이었다. 김영환은 주체사상을 전파하기 전에 먼저 함께 운동을 했던 다른 서클의 친구들에게 자신의 생각을 보여주었다. 그중의 한 명이 원희룡이었다. 원희룡은 구로동에서 야학을 하면서 친하게 지냈던 데다 같은 MT계열이었기 때문이었다.

그러나 원희룡은 김영환이 제시하는 NL을 받아들일 수가 없었다. 첫째 그때까지 학생들은 한국 사회의 경제성장의 문제점, 빈부격차 등 자본주의의 문제를 거론해 왔다. 그런데 갑자기 한국 사회가 식민지이고 봉건사회라는 이론을 받아들일 수가 없었다. 그리고 이러한 이론은 북한의 주장과 너무 비슷하다는 생각이 들었다. 원희룡은 김영환의 제의를 거부했다. 김영환은 결국 자신이 멤버로 있던 고전연구회의 언더인 단재사상연구회만을 가지고 NL을 시작했던 것이다. 원희룡의 경우에서도 보이지만 학생운동을 리드하는 인물들은 대개 다른 그룹에서 나온 이론은 대체로 좋지 않게 말했다. 하지만 김영환은 어차피 실력 있는 이론가들을 상대로 NL을 시작한 것이 아니었다. 어느 면에서는 운동권을 장악한 고참 이론가들을 극복하기 위해 NL을 전파한 것이었다. 때문에 운동원 대중의 분위기를 파악하는 것이 중요했다. 김영환은 수배된 상태였기 때문에 영향력 있는 인물들을 만날 수가 없었다.

단재사상연구회 멤버들이 82, 83학번들 가운데 서클이나 단대, 과에서 영향력 있는 학생들을 주로 만나 설득하고 반응을 들었다. 대개는 한편으로는 충격적이라는 반응, 다른 한편으로는 일리 있다는 상반된 반응을 보였다. 그런데 후배들일수록 선명한 이미지에 호응하는 것 같았다. 운동권 하부를 구성하는 후배들일수록 MT와 MC 간의 골치 아픈 논쟁에 시달려서 염증을 느끼는 상태였다. 이는 김영환의 전략이 적중했다는 의미였다.

김영환은 12월에는 새로운 팸플릿 '민주주의 혁명'을 배포했다. 여기서 먼저 당시 운동권에서 한창 진행되던 사회구성체 논쟁, 즉 국가독점자본주의론과 예속국가독점자본주의론을 모두 비판했다. 제국주의와 봉건지배계급을 상대로 투쟁하는 민주주의혁명의 단계와 그 후 프롤레탈리아의 지도와 주위 민주주의 국가의 지원 아래 인민민주주의 사회를 건설하는 단계를 구분했다. 현재의 학생들이 "사회주의 혁명을 하자는 것인지 민주주의 혁명을 하는 것인지 구분이 안 간다"는 것이었다. 그리고 남한 민중은 미국 때문에 민주주의 훈련을 받아보지 못했으므로 당장 사회주의 혁명은 안 되는 것이고, 프롤레탈리아뿐만 아니라 "다른 계급의 지지도 얻는 민주주의 혁명을" 해야 한다는 주장이었다.

또 영화 '킬링 필드'까지 인용하며 당장 사회주의를 하자는 것은 급진주의라고 비판했다. 마지막으로 "국제적으로 자본주의 체제의 위기는 심화되고 사회주의 국가의 역량은 우위를 점하고 있다"며 남한이 민주주의 혁명을 이루면 북한, 중국, 소련 등 사회주의권의 지원으로 확고하게 미제국주의의 간섭을 막아내고 인민민주주의 사회를 건설할 수 있다고 내다보았다.

이에 대한 서울대 운동권의 반응은 가히 폭발적이었다고 당시 학생들은 전했다. 이전까지 사회주의 혁명을 하자며 레닌·모택동의 이론을 달달 외우던 일은 급진주의의 과오였다. 골치 아프게 마르크스·레닌 원전을 볼 필요도 없고, 한국 사회에 대한 사회구성체 논쟁을 이해하려

머리를 싸맬 필요도 없다. 미국민 몰아내면 소련, 중국, 북한의 도움으로 사회주의 낙원인 인민민주주의 사회를 건설할 수 있다. 이 얼마나 간단한 일인가. 이는 사실은 김일성이 1964년에 내놓은 남조선혁명론과 내용상 같은 것이었다.

그러나 김영환의 문건이 호응을 받았던 것은 보통의 학생들도 이해할 수 있도록 영화 '킬링 필드'를 인용하는 것처럼 쉬운 예를 들어 이론을 설명한 것이었다. 이 때문에 김영환의 문건은 북한과 직접 연계된 사람이 작성한 것이 아닌 서울대 운동권 내부에서 연구한 작품이라는 평가를 받았다. 북한의 주장과 같다 하더라도 남한 사람이 썼다는 확신을 주었던 것이다. 때문에 원희룡과 같이 이론에 정통한 고학년이 아닌 일반 학생들은 처음부터 북한의 주장에 맹종한다는 생각은 하지 않았다.

이로부터 남한은 미제국주의에 의한 식민지 상태를 벗어나야 한다는 이른바 NL노선이 서울대 학생운동의 대세를 장악했다. 이처럼 북한의 대남적화전략의 기본인 김일성의 남조선혁명론과 같은 NL이론이 순식간에 서울대 사회주의 혁명 운동권을 장악한 이유는 무엇일까.

당시의 많은 학생들은 기존의 MT와 MC 간의 갈등에 염증을 느끼던 상태였다. 둘은 사실은 사회주의 혁명을 하자는 점에서는 같다. 차이는 매우 작다. 그런데 각각의 노선은 전통 있는 지하서클에서 선배들에 의해 후배들에게 강요됐다. 일부 지하서클에서는 후배들이 선배를 '아버지'라고 부르고 복종했다. 노선에 따라 시위 때 나오는 구호도 달랐고, 시위 장소도 달랐다. 그리고 한 강의실에 앉아서도 노선이 다르면 서로 보고도 못 본 체했다. 이 같은 행위에 대해 학생들 사이에서는 서클이 분파주의와 권위주의의 온상이라는 비판이 나오던 시기였다. 해서 조유식 같은 핵심운동권 학생들의 지도로 적지 않은 지하서클들이 해산되거나 영향력을 잃던 시기였다. 지하서클들이 사라지면서 서울대 학생운동권은 일시적으로 이념공백 상태가 초래됐다. 아직도 갖가지 이론들이 쏟아져 나오긴 했지만 엄청나게 늘어난 서울대 운동권의 학생 대중을 이끌 만한 산뜻한 것은 없었다.

그리고 당시에 나온 이론이라는 것들이 대부분은 그게 그것인 뻔한 내용들이었다. 사실 1980년 12월 반파쇼학우투쟁선언이 나온 이후 나온 문건들은 내용이 다 비슷하다. 제국주의, 파쇼, 민중, 민족민주, 독점 등 몇몇 단어의 순서 배치가 달라질 뿐이었다. 공산혁명을 이끌겠다는 핵심 지도부의 학생들이야 사생결단으로 공부하지만 대부분의 학생들은 사회주의 이론과 독재타도에 대한 열망만을 가지고 있는 대중이었다. 이러한 학생대중은 지도부의 학생들처럼 사회주의 혁명이론에 대해 별로 공부를 하지 않았다. 민추위 사건의 총책으로 구속된 서울대생 문용식의 항소이유서가 교재로 쓰일 정도였다. 대부분의 학생들은 시위가 벌어지면 적극적으로 나서 돌 던지고, 화염병 던지고, 노래 부르고, 구호를 외치며 농성하는 운동권 하부 대중을 구성하는 이른바 '전사戰士'들이었다. 이 하부 대중에게는 김영환이 쉽게 풀어 쓴 이론이 먹혀들어갔다. 특히 처음 문건 '해방서시'에서는 반미 선동이 강경하고 과격한 주장을 펴는 것 같았지만 '민주주의 혁명'에서는 균형감각과 그럴듯한 전략개념이 소개됐다.

근본적으로 남한에서 사회주의 혁명을 추구한다면 북한에 사회주의 체제를 이미 세운 김일성에게 고개를 숙일 수밖에 없게 된다. 문제는 언제 이 북한의 대남전략을 전면에 던지느냐, 그리고 일반 대중에게 이러한 친북 또는 종북從北 이론을 노출시켰을 때 어떤 반응이 나오느냐 하는 점이었다. 이전의 운동권에서는 대중의 반공정서로 인해 북한의 대남적화전략임이 드러날 가능성을 우려했다. 그러나 당시 운동권 내부에는 북한을 추종하려는 토양이 이미 마련돼 있었다. 김영환 같은 학생들은 김일성을 독립운동가로 인식하고 있었고, 남민전과 같은 공산혁명

조직을 신망하며 검찰이 만든 공소장을 몰래 사서 보고 외우기도 했다. 반미적인 문건인 '예속과 함성' 등이 널리 읽히고 진실로 받아들여졌다. 학생운동권 내부에서는 북한이나 반미에 대한 금기나 반공의식은 이미 허물어진 상태였다. 김영환이 북한의 주장을 쉽게 풀어 써서 서울대 운동권 내부에서 나온 자생적인 문건이라는 확신을 준 점도 학생들이 이를 부담 없이 받아들이게 한 원인이 됐다.

구국학생연맹

 '반전반핵 양키 고홈'.

'남북대화 가로막는 팀스피리트 훈련 결사반대'.

1986년 1학기 개강한 지 얼마 지나지 않은 3월 18일 서울대 5동 앞 잔디밭에서 3백여명의 학생들이 스크럼을 짜고 이 같은 구호를 외치며 시위를 벌였다. 방학 전만 하더라도 학생들이 시위를 벌일 때 외치던 구호는 '민주헌법 쟁취' '파쇼헌법 철폐' 등이었다. 그런데 봄이 되자 처음 벌어진 학생들의 시위에서 이 같은 반미구호가 전면에 나오자 일반학생들이나 교수, 학생지도 담당 관계자들은 경악했다. 그러나 당시까지만 해도 김영환이 쓴 팸플릿인 '민주주의 혁명'이 서울대 학생운동권을 장악했는지는 다들 잘 알지 못했다. 당시 운동권에서는 이 이론을 미제국주의에 대한 직접적인 투쟁을 주장한다는 의미에서 반제직투론 反帝直鬪論으로 불렸다.

1985년 말부터 반미를 앞세운 '민주주의 혁명'이 선풍을 일으키자 고전연구회 멤버들은 체계적으로 이를 전파했다. 서울대 학생운동권에서 별 볼일 없는 서클로 무시당하던 고전연구회 출신들이 이제는 서울대 운동권의 이념을 선도해 나가는 주역이 된 것이다. 사실 김영환이 전통 있는 지하서클에 들어갔었다면 이처럼 북한의 주장에 바탕을 둔 이론을 펼치지 못했을 수도 있다. 선배들로부터 물려받은 이론을 전수해야 하기 때문에 북한 주장을 받아들이고 전파하기는 어려웠을 것이다.

정대화와 조유식은 83학번들을 모아서 반제를 뜻하는 'AI(Anti-Imperialism) 연구회'라는 스터디그룹을 만들어 후배들에게 반미를 전파했다. 한 사람이 7~8명으로 이루어진 그룹을 두 개씩 만들어 이론을 전파했다. 그러면 여기서 배워 나간 사람들이 또 같은 규모의 그룹을 만들어 이론을 전파했다. 대개는 지하서클에서 활동해온 학생들이 대상이었다. 당시 초점은 주체사상이 아니었다. 이들은 반제, 반미도 하나의 사상이라고 생각했다. 그래서 모임의 이름을 주체사상연구회가 아닌 'AI 연구회'라고 한 것이었다.

정대화는 학생들의 호응을 세勢로 전환하는 작업도 벌였다. 그중의 하나가 학생들이 외치는 모든 구호에 미제 타도를 삽입하는 것이었다. 당시 운동권의 공인된 구호는 '삼민헌법 쟁취하자'였다. 이 구호를 '미제를 타도하고 삼민헌법 쟁취하자'로 바꾸었다. 미제 타도와 삼민헌법 쟁취는 분명히 논리적으로 이어지지 않는다. 엄청난 비약이다. 정대화 자신이 생각해도 구호로서 생경하다는 느낌이었다. 자칫하면 학생들로부터 외면을 당할 수도 있는 도박을 한 셈이었다. 하지만 반미를 강조하기 위해 이러한 어색함을 무릅쓴 것이었다.

독자적인 시위도 벌였다. 학생회 주최의 모임이 있으면 20~30명씩 모아 '미제 타도' 등을 외치며 시위를 벌였다. 처음에는 비논리적이라는 비판을 받기도 했고 오해도 받았다. 하지만 이러한 구호가 의외로 힘이 있었다. 당시까지 운동 지도부의 관료주의에 대한 불만이 팽배했던 운동권 하부 대중은 순식간에 반미에 빠져들었다.

앞서 적은 대로 MT 진영에서는 거대한 혁명대중을 지도할 수 있는 혁명적대중조직(RMO)을 구상했으나 실현되지는 않았다. 그런데 정대화와 조유식 등이 AI연구회를 두 달쯤 지도하자 핵심들을 모을 수 있을 정도의 숫자가 됐다. 이들을 중심으로 김영환의 지시에 따라 결성한 것이 구국학생연맹(구학련)이었다. 정대화는 명칭을 민주학생연맹으로 하자고 제의했으나 김영환의 지시로 구국학생연맹으로 정했다. 구국학생연맹은 1979년 적발된 남민전 하부의 학생조직인 민주구국학생연맹과 명칭이 비슷하다. 김영환은 구학련이 학생조직인 만큼 그 상부에 남민전과 같은 조직을 만들어 노동자와의 연계를 꾀할 예정이었다.

구학련은 1986년 3월 29일 서울대 자연대 건물 22동 404호에서 1백여 명의 학생들이 참가해 결성됐다. 혈서를 쓰며 충성을 다짐했다. 중앙위원은 83학번인 조유식, 박금섭, 김택수 등이 맡았지만 모든 지시는 김영환이 했다.

당일 낭독된 결성취지문의 주요부분은 다음과 같다.

"한반도는 19세기 말부터 분단을 거쳐 지금까지 일·미 제국주의에 강점, 지배를 당해왔음에, 이들의 억압과 독점에 항거하여 분연히 투쟁하다 산화해 간 선배 순국영령들의 빛나는 전통을 계승, 미제의 신식민지 파쇼통치의 매판적 반동집단을 타도하고 민족민주정부를 수립하여 모든 국민의 민주적 제 권리를 회복하고, 진보적 민족민주적인 교육제도를 확립하며, 조국의 빛나는 자주적 평화통일을 쟁취할 목적으로 '구학련'을 결성한다.

'구학련' 조직원은 첫째, 한반도의 분단과 민중을 억압, 착취하는 원흉으로서 미제와 그 괴뢰정권에 대한 불타는 적개심과 둘째로 불요불굴의 투지와 셋째로 필승불패의 신념을 갖고 '구학련'의 대오 아래 힘차게 전진하자."

조직원들에게 "한반도의 분단과 민중을 억압, 착취하는 미제와 그 괴뢰정권에 대한 불타는 적개심"으로 싸워나가자고 한 부분이 가장 충격적이다. 이전까지 한국 정부가 북한을 북괴라고 부른 적은 있다. 하지만 서울대의 학생운동권에서 한국 정부를 괴뢰정권으로 부르기는 일찍이 없던 일이었다. 북한의 대남전략이 한국의 학생운동에, 그것도 한국학생운동의 핵이자 중추부라고 할 수 있는 서울대의 운동지도부에 여과 없이 수용된 순간이었다. 이는 김일성의 대남적화전략이 전두환 대통령을 압도한 순간이며, 한국전쟁 이후 김일성이 한국 정부 지도자들을 상대로 한 체제 경쟁에서 첫 승리를 거둔 것이었다. 이후 한국에서 사회주의를 추종하는 학생운동이나 재야 운동은 주체사상에 기반해 북한을 추종하는 자세로 일관하게 된다.

비합법 조직인 구학련은 합법조직으로 총학생회, 그리고 총학생회 산하에 반半합법조직으로 반미자주화반파쇼민주화 투쟁위원회(자민투)를 두었다. 기관지로는 '해방선언'을 냈다. '해방선언' 편집에 참가했던 김종민은 노무현 대통령 정권에서 청와대 대변인을 지냈다.

서울대 학생운동을 한 손에 거머쥔 김영환이 구학련을 지도하면서 가장 염두에 둔 점은 운동권의 혁신이었다. 서울대의 학생운동을 지도해 오던 전통 있는 지하서클들이 지나친 파벌싸움과 권위주의에 대한 반성에서 해체됐음은 앞서 지적했다. 김영환은 이전까지 있었던 지하서클 문화를 척결하는 데 중점을 두었다. '주체사상에 대하여'에서 지적한 대로 영도권싸움, 말공부, 종파주의, 교조주의 등을 배격하고 대중 속으로 들어가도록 하는 것이었다.

이를 위해 가장 충격적인 것은 학번제를 철폐한 것이었다. 이전까지는 서클 내부에서의 위계질서가 철저했다. 후배가 선배를 '아버지'라고 부르는 경우도 있었다. 그런데 구학련에서는 모든 조직원은 학번에 관계 없이 '동지'라고 부르며 존댓말을 썼다. 조직원의 자격은 '반미구국투쟁에 헌신할 자'이면 된다.(규약 제3조) 모든 조직원은 학년에 관계

없이 평등하다. 모든 조직원은 똑같이 선거권, 피선거권, 의사개신권, 결정참여권을 갖는다.(규약 제4조) 회비도 똑같이 납부한다. 똑같은 조직원인 이상 2, 3, 4학년이 한자리에 모여 동일한 주제를 놓고 토론하는 풍토를 만들어나갔다. 심지어는 후배가 선배를 지도하는 경우도 많았다. 이런 게 가능해진 이유는 주체사상을 신봉하는 이상 마르크스, 레닌, 모택동 등의 어려운 혁명이론에 대한 이해가 필요 없어졌기 때문이다. 오로지 미제에 대한 적개심을 고취하고, 조국과 민중에 대한 충성심만 있으면 되는 것이었다.(생활수칙 1항) 또 진정한 동지애는 선후배 간의 위계가 아닌 비판과 상호비판으로 구현된다.(생활수칙 3항)

이처럼 구학련은 이전의 엘리트주의적인 지하서클의 조직문화를 주체사상에 맞추어 혁신했다. 그 대신 조직원들이 이전의 지하서클들처럼 사회주의에 대한 치밀한 연구를 할 필요는 없어졌다. 이제는 한국말로 된 북한에서 나온 주체사상 교재와 북한의 방송에 따라 행동하면 되는 것이었다.

구학련도 서울대 운동권을 지하에서 조종했다. 조직원들이 학생회장 후보를 지명해 연설 연습 등을 시켜 당선시켰다. 일부 조직원들은 학생회장 후보를 서울 한강 다리 밑으로 불러내 연설 연습을 시키곤 했다. 구학련은 적극적으로 활동한 한 학기 동안 4명의 학생회장을 냈다. 낼 때마다 구속됐기 때문이다.

김영환이 구학련에 지시한 핵심적인 사항은 반미투쟁, 그리고 모든 행동은 대중적으로 할 것 등의 두 가지였다. 이에 따라 정대화 등 지도부는 모든 이슈를 반미화했다. 김영환은 조직의 최고 책임자인 정대화와 일대일로만 만나 중요지시를 내렸다. 조직 결정, 기관지 발행, 시위의 방향 등을 지시했다.

구학련 투쟁부에서는 구호를 만들고 대외사업부에서는 NL이론을 다른 대학에 확산시켰다. 고려대 운동권을 상대로는 정대화가 반미이념을 설득했다. 연세대 등 다른 대학에는 구학련의 상부 조직원들이 찾아가 그곳의 상부 선을 설득했다. 하부 조직원들이 유인물이나 '해방신보'를 가지고 학생회 등을 돌며 살포하기도 했다. NL은 순식간에 확산됐다. 김영환도 정대화도 이처럼 빠른 속도로 전 운동권에 NL이 확산되리라 고는 생각하지 못했다.

서울대 운동권은 그렇다 치더라도 고려대 등 다른 대학에 이처럼 쉽사리 NL이 전파된 이유는 무엇일까.

다른 대학들도 서울대와 사정은 비슷했다. 1980년대 이후 학생 숫자가 엄청나게 늘어나면서 전두환 정권에 불만을 품고 운동권에 참여하는 대학생들도 늘었다. 이들 학생 대중은 모두 사회주의 이념에 기반한 의식화학습을 마치고 혁명운동에 뛰어들었다. 그런데 서울대에서와 마찬가지로 사회주의 이념을 공부하는 일이 간단한 일이 아니었다. 이론 학습은 어려웠고, 서클들 간에 파벌이나 분파가 심했다. 그리고 대부분의 대학들에서는 사회주의 이념을 가르치는 선배나 서클들이 없었다. 이 많은 학생들이 시위에 나서기 위해서는 뭔가 쉬운 이념이 필요했다.

과거 서울대 지하서클에서 활동하던 엘리트 사회주의 이론가들이 전파한 마르크스·레닌주의 이론은 너무 어려웠다. 반면 NL, 즉 북한은 민주화됐으니 남한에서 미국을 몰아내고 통일하면 된다는 이론은 간명했다. 게다가 한국의 대학생들은 식민지 경험이 있어서 민족주의 의식이 아주 강하다. 당시까지의 학생운동은 민족이나 통일문제에 대한 제시가 없었다. 그런데 구학련은 민족자주와 연방통일방안 등 북한의 통일방안을 과감하게 도입했다. 이런 것들은 당시 운동권의 다른 이론들과의 경쟁에서도 밀리지 않는 것이었다. 다른 이론들도 어차피 다 사회주의 혁명이론이다. 이러한 사회주의 혁명이론에 반미만 덧씌우면 되는 것이었다. 이것이 북한 김일성의 남조선혁명론과 상통하고 주체사상을 기반한 것이라는 사실에 주의를 기울이는 사람은 별로 없었다.

그리고 당시에는 사회적으로도 반미의 분위기가 일정하게 형성돼 있었다. 미국의 수입개방압력이 이슈화됐었다. 이로 인해 반미그룹과 관계없는 학생들이 미국 상공회의소를 점거하는 사건이 발생하기도 했다. 뿐만 아니라 조지 슐츠 미 국무장관이 한국을 방문했는데 이에 앞서 미국 측에서 경호를 위해 군견을 동원해 외무부 청사를 수색하는 사건이 발생했다. 이러한 미국의 무례한 행동에 대해서는 일반인들도 비판을 가했다.

정대화 등 구학련 지도부는 이런 대중의 반미 정서를 놓치지 않고 '수입개방 강요하는 미제는 물러가라'는 구호를 만들어 널리 전파시켰다. 구학련은 사회적으로 만연한 반미 분위기에서 불에 기름을 부은 격이었다. 당장 공산주의 혁명을 내세우지 않고 민족과 통일을 앞세워 반미를 주장하다 보니 민족주의에 들뜬 대학생들의 피를 끓게 했다. 이로 인해 구학련의 운동은 매우 전투적으로 진행됐다. 정대화는 "우리 생각은 반미로 전두환 정권을 궁지에 몰 수 있다고 보았다"고 말했다. 반미가 정권에 대한 압력도 될 수 있다고 판단한 것이었다.

강철 시리즈

NL의 확산에 결정적인 요인으로 작용한 것이 김영환이 강철이란 필명으로 작성한 문건인 '강철 시리즈'였다.

김영환은 1986년 2건의 강철서신, 4~5월에는 강철 시리즈 3건을 냈다. 이 5건을 강철 시리즈라고 부른다. 강철 시리즈는 인천 부평에서 노동운동으로 투신하려는 후배들을 지도하면서 썼다.

노동운동을 하려는 서울대 사회주의 운동권 학생들은 처음에는 김영환이나 원희룡처럼 구로동에서 시작했다. 그런데 구로공단에 위치한 공장들은 소규모인 데다 여성 노동자들이 많아서 본격적인 노동운동을 벌일 만한 곳이 없다. 그래서 위장취업의 근거지로 인천 부평 공단지역을 선택하는 학생들이 많아졌다. 김영환도 3월 말부터는 부평으로 자취방을 옮겼다. 김영환은 이미 경찰의 수배를 당한 상태라 위장취업도 할 수 없었다. 그러나 노동운동으로 뛰어드는 수많은 운동권 후배들에게 조직정비와 방향정립을 제시하기 위해 문건이 필요하다고 생각했다. 강철 시리즈가 없었다면 NL이 서울대 운동권을 넘어 운동권 전체에 확산될 수 없었을 것이다.

김영환이 강철 시리즈를 쓸 때에 염두에 둔 것은 세 가지였다.

첫째 누구나 읽고 쉽게 이해해야 한다는 점, 둘째 감동을 주어야 한다는 점, 셋째 김영환이 썼다는 것을 어느 누구도 몰라야 한다는 점 등이었다. 이 때문에 김영환은 운동권 학생들이 구사하는 특유의 어려운 문투를 쉬운 문체로 바꾸었다. 이 때문에 이 문건은 북한의 주장을 담은 것이면서도 북한 사람이 아닌, 주체사상을 소화한 한국 사람이 썼다는 평가를 받았다. 문서의 타이프와 배포는 두 명의 후배한테만 연락을 했다. 타이프는 83학번 여학생이 쳤다.

이 문건의 제작에 가장 커다란 영향을 준 것은 김정일의 '주체사상에 대하여'였다. 물론 이를 김정일이 썼을 리는 없지만 명의는 김정일 명의로 돼 있다. 북한이 1970년대부터 주체사상을 선전하기는 했지만 이렇다 할 논리나 체계를 담은 문건은 없었다. 1982년에 비로소 나온 이 문건이 처음으로 체계적인 문건이었다.

학생운동권에는 강철 시리즈의 '품성론'이 결정적인 영향을 주었다.

"솔직, 소박, 겸손, 성실, 용감한 품성을 갖고 있는가, 그렇지 않은가. 특히 이 가운데 중요한 것은 솔직, 정직한 품성을 지닌 사람에게 굳은 신념을 갖게 하고 그 신념에 따라 자기 인생의 모든 것을 바치게 하는 것이 그렇지 않은 사람에 비해 훨씬 쉬우며 동료와의 의리도 쉽게 저버리지 않을 것이기 때문이다. 이는 평소에 보이는 행동이나 말에서 얼마나 많은 가식과 허위에 차 있는가, 그렇지 않은가를 보고 판단할 수 있다. …소박한 품성이란 사치나 허영, 공명심에 빠져 있지 않은 품성을 말한다. …겸손한 품성이란 거만하지 않은 품성을 말한다. 자기 아랫사람들에게 거만한 태도로 억누르는 사람, 거만한 태도를 위함으로써 자신의 가치가 더 높아진다는 사람은 배제해야 한다. 성실한 품성은 나태, 방탕하지 않는 품성을 말한다. 술과 당구 등으로 여가를 소일하거나, 생활에 계획성이 없이 사는 사람, 책을 읽거나 편지를 쓰는 일 등에는 손조차 대지 않으려는 사람은 배제할 필요가 있다. …품성은 사상과 밀접히 관련돼 있으며 한 사람의 사상을 결정하는 데 결정적인 역할을 한다."

이러한 교과서적인 품성론은 당시 지하서클의 분파주의와 선배 운동가들의 권위주의에 질식해 있던 서울대는 물론 각 대학의 운동권과 노동운동가들에게 상당한 영향을 주었다. 그러나 사실 사회주의 운동권에서 신선하게 받아들인 품성론은 북한식의 남한혁명전략을 전파하기 위한 포장이기도 했다. 강철 시리즈에서는 기독교 사상을 "사랑과 화해를 강조하면서 지금 전개되는 투쟁과 투쟁을 통해서만 모든 사물의 참된 본질이 실현된다는 것에 눈감아 버리는 사상"이라고 질타했다. 기독교 사상과 함께 자본주의 사상, 봉건유교 사상, 사대숭미 사상을 잘못된 사상이라고 비판한 김영환은 오직 주체사상을 제대로 세워야만 한다고 주장했다. 그러고는 바로 노골적으로 북한을 찬양했다.

"우리가 서 있는 자리에서 불과 수십킬로밖에 떨어지지 않은 곳에서는, 우리와 같은 언어를 쓰고 같은 문화적 전통을 가진 사람들, 같은 민족, 동포들이 사는 곳에서는 어릴 때부터 그렇게 귀가 따갑도록 헐벗고 굶주리고 있다고 들어온 바로 그곳 북한에서는 사람들이 특히 노동자들이 얼마나 풍족하고 편안하게 살고 있고 강압에 의해서가 아니라 강한 자발적 의지를 갖고 노동하고 있으며, 단순작업을 반복하고 있는 것이 아니라 자신의 창의력을 충분히 발휘하고 협의와 협조를 통해 생산활동을 수행하고 있다는 것, 생산력과 생활수준, 문화수준이 매우 높다는 것, 농민들이 기계를 사용하여 얼마나 편하게 농사짓고 있고, 병원과 도서관이 없는 마을이 별로 없을 정도로 복지시설이 발달되어 있다는 것, 민중이 폭넓은 민주주의적 권리를 보장받으면서 정치에 참여하고 있으며 사회주의는 바로 이런 것이라는 것들을 생생한 실제 자료를 제시하면서 설명하고 이 설명이 설득력 있게 다가갈 때 그 노동자는 신선한 충격과 새로운 세계가 열리는 데 대한 가슴 설렘, 체계적으로 학습하고자 하는 의지를 지니게 될 것이다. 그러나 그 많은 사람들 중에 북한의 실상에 대해 구체적으로 알고 있는 사람은 몇 명 되지 않으니 참 한심한 노릇이다."

이 대목은 북한의 선전 책자보다도 더 북한을 지상낙원으로 묘사했다. 강철 시리즈는 또 주체철학, 한국 혁명투쟁사, 정치경제학 등의 이론학습을 한 뒤 노동자들이 '혼자서 라디오(북한 방송)를 듣고 공부할 수 있는 토대를 만들어 줄 것'을 강조했다.

이처럼 강철 시리즈는 북한 사람보다 더 친북한적인 내용으로 일관하면서 노골적으로 북한의 대남 전략을 전파했다.

김영환은 그러나 강철 시리즈를 통해 운동권이 NL로 통일되리라고는 상상도 하지 못했다. 이런 일이 갑자기 진행되면서 책임감과 부담감이 커졌다. 사회주의 운동가로서의 개인적인 성취감을 느낀 적은 없다. 모든 것이 너무나도 빠르게 진행됐다.

김영환이 주체사상에 빠진 것은 이전부터 자주성과 창조성이 중요하다고 한 자신의 생각과 일치하는 점이 있었기 때문이다. 김영환이 볼 때 마르크스 레닌주의 원전들은 교과서식으로 체계적으로 설명하지만 자주성과 창조성에 대한 것은 없다. 소련에서 나온 철학교과서인 '정치학교정' '철학교정' 등도 읽었지만 이에 비하면 김정일 명의의 '주체사상에 대하여'는 무엇보다도 논리가 간명하고 쉽게 다가온다는 장점을 지니고 있다.

　또 마르크스-레닌주의는 유물론과 관념주의의 대립이 심한 상황에서 나온 것이다. 관념론과의 사상투쟁과정에서 나온 것이므로 사람의 역할에 대해서는 과소평가한다. 그러나 실제로 역사는 사람의 발견과 발명에 기초한 것 아닌가. 이를 오직 생산력과 생산관계의 문제로만 해결하기는 뭔가 모자란다는 것이 평소 김영환의 생각이었다. 김영환에게는 마르크스주의에 입각해 인류역사를 계급투쟁으로 볼 경우 해명이 안 되는 부분이 있었다. 가령 세종대왕은 분명히 역사를 발전시킨 진보적인 인물이다. 그런데 계급투쟁론의 입장에서 보면 반동적인 지배계급이다. 이러한 구분은 뭔가 잘못된 것이라는 생각을 하고 있었다.

　그런데 주체사상에서는 인류의 역사를 자주성을 쟁취하기 위한 인간의 역사로 본다. 세종대왕의 한글 창제도 인류의 언어라는 도구를 다듬어서 더 잘 살리려는 주체적인 투쟁이 된다. 이 관점에서 보면 세종대왕은 진보적인 인물이 된다. 김영환은 주체사상이 마르크스주의보다 과학적이고 정확하다는 생각이 들었다. 김영환이 볼 때 주체사상은 마르크스주의를 극복한 것이었다.

　또 당시 소련의 부패와 경제적인 혼란상이 계속 보도되고 있었다. 동시에 중국의 개혁개방도 보도됐지만 정통사회주의자의 입장에서 이는 수정주의나 일탈 같았다. 이에 반해 북한은 중국과 소련의 이념논쟁 과정에서도 비교적 주체적인 입장을 견지하는 것 같았다. 물론 당시 유고의 티토, 쿠바의 카스트로, 리비아의 카다피 등에 대해서도 관심을 두었지만 이들은 우선 지리적으로도 멀리 떨어져 있는 데다 독자적인 이론도 별로 없었다.

사실 김영환은 이처럼 사회주의 혁명의 철학적, 논리적인 규명에만 초점을 맞추고 고민하고 있었기 때문에 주체사상의 핵심인 수령론 등에 대해서도 거부감이 없었다.

그렇다고 해도 북한을 과도하게 미화한 것에 대해 김영환은 그 시점으로 돌아가서 본다면, "상당히 노력을 기울인다 해도 그 시점에서 북한의 실상을 파악할 수 있는 정보를 얻을 수 있었을까? 정보가 충분하지 않다면 북한의 실상을 아예 언급하지 말아야 하는데 제3자가 볼 때 이를 확신에 차서 자신감을 가지고 한 것은 문제였다"고 반성했다.

김영환의 강철 시리즈는 글의 형태가 쉬워서 잘 읽히고 그만큼 운동권에 잘 침투했다.

사실 주체사상의 수용은 이처럼 처음에는 김영환 개인적인 차원에서 발생한 일이었다. 김영환 개인의 철학적인 열정, 호기심, 투사의식, 이상가·운동가로서의 입장이 범벅이 된 상태에서 받아들이고 전파한 것이다. NL 혹은 NLPDR(민족해방인민민주주의 혁명론)은 전략전술이고, 주체사상은 그 이면의 사상이었다.

분신

구학련이 모든 이슈를 반미화하자 조직 하부에서 갖가지 아이디어가 올라왔다. 정대화는 신림동 자취방을 돌며 중앙위원회를 열고 투쟁을 점검했다.

정대화 등이 처음 학내에서 반미구호를 담은 플래카드를 만들 때는 불안했다. 학내의 지탄을 받을 수도 있고 경찰의 대탄압을 받을 수도 있다고 보았다. 그러나 해보니까 그게 아니었다. 경찰의 단속도 없었고, 학생들의 호응도 컸다. 자연히 시위를 하면 할수록 반미의 강도가 강해졌다.

구학련 중앙위원회는 우선 4월로 예정된 2학년생들의 전방 부대 입소 훈련을 양키의 용병교육이라고 반대하기로 했다. 사실 당시에 전방입소 반대투쟁은 심각하게 생각하지는 않았다. 초점을 두기로 한 것은 한미양국 군대의 합동훈련인 팀스피리트훈련 반대투쟁이었다. 그 이유는 첫째 반미운동을 하려면 건수를 찾아야 했는데 그 시점에서 가장 부각되는 건수가 바로 팀스피리트훈련이었다. 둘째, 북한 방송의 영향도 컸다. 하지만 2학년들에게는 당장 전방입소가 큰 이슈였다.

4월 28일 구학련 중앙위원회는 서울 의대를 점거해 전방입소를 거부하는 대규모 반미 농성을 벌이기로 계획했다. 그러나 이 계획이 유출되자 중앙위원회는 신림사거리로 진출해 가두시위를 벌이기로 변경했다. 문제는 가두시위를 벌일 경우 경찰의 진압으로 금방 해산된다는 점이었다. 그러면 구호도 제대로 외쳐보지 못하고 끝난다. 시위가 시작되면 경찰이 가장 먼저 하는 일은 주동자들을 덮치는 것이다. 시위를 지속시키려면 주동자들이 구호를 외칠 수 있도록 얼마 정도 시간을 끌어야 한다. 그래서 이 시위를 주도하기로 돼 있던 자민투 조직원 이재호(정치학과 4년), 김세진(미생물학과 4년) 군이 계획한 방법이 몸에 신나를 뿌리고 경찰이 다가오지 못하게 위협하는 것이었다.

시위가 벌어지자 두 학생은 신림사거리에 있는 한 건물 옥상으로 올라가 구호를 외쳤다. 경찰이 다가오자 두 학생은 몸에 신나를 뿌리고 라이터를 켰다. 그런데 잠시 후 두 학생의 몸에 불이 붙었다. 두 학생은 약 1주일 뒤에 사망했다. 이 두 학생의 분신사건은 각계에 상당한 충격을 주었음은 물론이다.

정대화는 신림동에서 구학련 중앙위원회를 열다가 분신 소식을 들었다. 사실 분신은 구학련 차원에서 전혀 계획된 것이 아니었다. 두 사람은 4학년이므로 전방입소 대상도 아니었다. 2학년들이 전방입소반대 시위를 좀 하다가 입소에 응할 계획이었다. 반미투쟁의 올인 대상은 오히려 팀스피리트훈련 반대였다. 두 사람은 시위를 벌이기 며칠 전부터는 연락도 되지 않았다. 붙잡힐 것을 우려해 시위주도자 팀별로만 움직였다. 두 사람이 실제로 치밀하게 분신을 계획했는지 알 수 없었다. 그러나 정대화는 두 사람이 최악의 경우를 대비한 것이 아닌가 하는 생각이 들었다. 그럴수록 충격은 더욱 컸다. 정대화도 구학련이 너무 과격한 것이 아닌가 하는 걱정도 들었다. 이처럼 사건이 커지리라고는 상상조차 할 수 없었다. 김영환도 물론 충격을 받았다. 자신이 너무 과격한 분위기를 만들어놓은 것이 아닌가 하는 걱정이 생겼다. 이 사건 이후 김영환은 정대화에게 분신이 없도록 하라고 지시했다.

사회적으로도 이 사건의 충격은 매우 컸다. 모든 신문들이 이를 크게 보도했다. 운동권 선배나 다른 대학 운동권의 문의도 줄을 이었다. 도대체 서울대 운동권의 이념이 어떻게 바뀌었기에 이처럼 격렬한 저항과 극한적인 분신사태가 나오는가를 알아보는 것이었다. 역설적이지만 두 사람의 죽음이 사회와 언론의 주목을 받으면서 NL은 결정적으로 확산됐다.

대학생들에게, 최소한 학생운동을 벌이는 대학생들에게는 군대에 가는 것이 이제 더 이상 대한민국 국민으로서의 병역의무를 행하는 것이 아니었다. 입대는 단지 미제의 용병이 되는 것으로 죽음으로 항거해야 마땅한 일이 됐다. 입대를 앞둔 운동권 학생들은 손가락 발가락을 잘라서라도 미제의 용병이 되는 것을 거부하고 반미 투쟁을 벌여야 했다.

당시 연세대 운동권 83학번이던 열린우리당 소속의 이광재 의원도 두 서울대생의 분신을 본 뒤 오른손 검지손가락 첫째마디를 잘랐다고 주장했다. 이로 인해 그는 군대를 가지 않았다. 운동권에서는 그가 군대를 길 경우 연세대의 학생운동을 지도하는 데에 공백이 생길 것을 우려해 병역을 기피할 목적으로 손가락을 잘랐다는 풍문이 파다했다. 그런데 그는 또 한편으로는 공장에 위장취업을 했다가 손가락이 잘렸다고 말하기도 했다. 실제로 그가 미제의 용병이 되기를 거부한 운동권 학생이었는지, 아니면 노동에 서툰 먹물 위장취업자였는지, 아니면 단지 병역을 기피하려 했던 젊은이였는지는 그 자신만이 알 일이다.

5월 20일에는 서울대 안에서 시위가 벌어져 경찰이 진입한 상황에서 또 이동수(원예학과 1학년) 군이 "제국주의 물러가라" "폭력경찰 물러가라"고 외치며 또 분신 사망했다.

이처럼 한국을 미국의 식민지로 규정하고 식민지해방을 위해 미국을 축출해야 한다는 이론은 민족주의에 피 끓는 학생들을 쉽게 흥분시켰다. 이전의 군사독재 타도는 아무리 뭐라 해도 한국 사람들끼리의 이야기이다. 그런데 외세가 개입해 한국의 모든 문제를 일으키고 있다는 이론은 강한 민족주의적인 충동을 일으킬 수밖에 없는 것이었다.

주사의 확산

구학련에 대해서 김영환은 1주일에 한 차례 최고 책임자를 만나 보고를 받고 활동을 지시했다. 처음에는 정대화에게 지시를 내렸다. 김영환은 세세한 지시를 하지 않았다. 그 이유는 나름대로 민주적인 기준에 따라 조직을 혁신했기 때문이다. 그러나 민주적이라는 것은 자유민주적이라는 뜻이 아니라 공산주의 혁명운동 과정에서의 민주집중제라는 뜻이다. 이전까지 서울대 지하운동권의 원칙이었던 '포' 시스템을 타파하고 현장에서 뛰는 운동원들 중심으로 혁신을 이룬 것이었다.

앞서도 지적했지만 구학련에서는 저학년이 고학년을 지도하는 경우가 자주 있었다. 이전에 서울대 사회주의 운동권을 지도했던 지하서클에서 저학년이 고학년을 지도하는 것은 상상할 수 없는 일이다. 그러나 구학련은 팀별로 움직였다. 또 주체사상을 지도원칙으로 하는 조직이기 때문에 '주체사상에 대하여'에 나온 대로 사상에 충실한 사람들이 팀장이 되는 경우가 적지 않았던 것이다.

각 팀별로는 일선에서 뛰는 조직원들이 상황을 구체적으로 파악하므로 이들의 판단력을 존중해야 한다. 즉 '주체사상에 대하여'에 나온 대로 철저하게 혁명은 대중 속에서 해야 한다는 생각이었다. 일선에서 행동하는 조직원들이 자립적인 전략전술을 수립할 능력이 없으면 안 된다는 게 김영환의 판단이었다. 이들을 혁명가로 키우기 위해서도 자립적인 전술을 개발하도록 해야 한다는 것이었다.

구학련은 반미에 활동을 집중했다. 그러나 당시의 시국은 개헌국면이었다. 야당에서 대통령직선제로 헌법을 개정할 것을 강력하게 요구했다. 야당은 전국의 주요 도시를 돌며 재야 인사들과 함께 개헌 추진위원회 현판식을 거행했다. 국민들은 물론 직선제 개헌을 수용해야 한다는 게 대세였다. 대학생들이 이를 놓칠 리 없었다.

김영환의 구학련은 특히 대중적인 요구를 찾아가며 대중 속에서 공산주의 혁명을 하는 조직이다. 그리고 당시 북한은 방송을 통해 남한의 인사들에게 대통령 직선제 개헌 투쟁에 적극 참가하라고 했다. 김영환은 구학련 조직원들에게 대통령 직선제 개헌 운동에 적극적으로 참가하라고 지시했다. 마침 5월 3일 인천에서 대회가 열리자 김영환은 적극적으로 참가할 것을 지시했다. 자신도 당시에는 인천에서 살고 있었다. 그러나 그는 길가에서 시위가 벌어지는 것을 구경만 할 뿐 시위에 참가하지는 않았다. 지하에서 모든 지시를 하며 사실상 조직을 움직이는 최고 책임자는 혁명운동을 지속시키기 위해 최후까지 살아남아야 하기 때문이다. 구학련 조직상 최고 책임자인 정대화는 인천에서 시위를 벌이다 구속됐다. 정내화가 구속되자 김영환은 조유식을 중앙위원장으로 지명했다. 김영환은 조유식을 통해 구학련을 움직였다. 조직의 총책인 김영환만 살아남으면 이처럼 조직을 움직이는 것은 가능한 일이었다.

5·3인천사태에서는 서울대 사회주의 혁명운동권에서 NL을 내세운 새로운 세력과 이전까지의 주류였던 PD 세력간의 경쟁이 치열하게 전개됐다.

NL은 남한이 미국의 식민지이므로 당장 사회주의 혁명을 하자는 것은 급진주의이며, 우선은 미국을 축출하는 민족해방투쟁을 벌여야 한다는 입장이다. PD는 당장 프롤레타리아가 중심이 되는 공산주의 국가를 만들자는 주장이다. PD 세력의 구호는 과거 러시아에서 소련 혁명을 이룬 볼세비키가 했던 것처럼 '제헌의회 소집'으로 나왔다. 그래서 이들을 제헌의회소집(CA)그룹이라고 부른다. '파쇼하에 개헌없다. 혁명으로 제헌의회'라는 구호에서 보듯이 이들의 주장은 당장 사회주의 혁명을 해야 한다는 것이었다.

반면 NL은 대중적인 요구에 조응해 '직선개헌 쟁취'가 목표였다. 5월 3일 인천 시위에 참가한 서울대 학생들 가운데에서는 대통령직선제 개헌을 요구하는 목소리가 컸다. 제헌의회를 소집하자는 구호는 소수였다. 일반인들로부터도 '직선개헌'을 중심에 놓은 NL에 대한 호응이 컸다. 인천사태를 계기로 서울대 사회주의 혁명운동권에서 PD의 세력은 결정적으로 쇠퇴했다. 이에 따라 다른 대학의 사회주의 학생운동권도 NL로 거의 넘어갔다. 민민투라고 이름 붙인 조직들도 NL로 넘어갔다. 이 때문에 PD를 주장하는 CA그룹과의 사이는 매우 나빠졌다. CA그룹은 자신들이 서울대 MT-깃발-민추위 등을 잇는 정통 공산주의 혁명세력이라고 자부했다. 이들은 NL의 실체를 잘 몰랐다. MC가 꼼수를 써서 비열한 방법으로 운동권의 주도권을 장악했다고 의심했다. MT 측 분류로는 정대화는 정진수의 뒤를 이어 고전연구회를 끌어갈

MC였다. 그런데 그가 NL인 구학련의 지도부가 됐으니까 MC 전체가 꼼수를 썼다고 의심한 것이었다.

서울대 사회주의 학생운동권이 NL로 넘어갔다는 것은 전 대학, 나아가서는 한국의 전 사회주의 운동권에서 김일성의 남조선 혁명론에 바탕을 둔 NL의 석권, 나아가서는 주체사상으로의 급격한 사상적 전향이 시작된 것을 의미했다.

김영환의 구학련은 학생운동권 내에서의 세 확산이라는 측면에서는 대성공을 거두었다. 또한 NL이 이처럼 빠른 속도로 대중을 장악해 나간 데에는 여러 가지 원인을 찾을 수 있다.

당시의 사회분위기가 크게 작용했다. 전두환 정권을 불신하고 민주화를 강력히 요구하던 사회분위기가 이러한 이념이 급속히 확산되게 한 토양이 됐다. 대부분의 언론이나 국민들이 전두환 정권을 비판했다. 학생들의 반정부활동도 민주화투쟁으로 인정되는 분위기였다. 이런 상황에서 많은 학생들은 마음 놓고 반체제투쟁을 벌였다. 학생들이 돌 던지고, 화염병 던지고, 각목 휘두르고, 공공기관 점거하는 게 조직화되고 전투화된 상태였다. 누구든지 붙잡히는 것을 겁내지 않았다. 이러한 상황에서 반미나 주체사상을 겁낼 이유가 없었다. 교도소 내에서도 아무런 제재 없이 주체사상이나 의식화교육을 할 수 있었다.

운동권의 규모도 커졌다. 졸업정원제로 인해 대학생의 숫자가 많아진 데다 의식화를 통해 사회주의 운동에 뛰어든 학생들의 숫자가 급증했다. 또 운동권이 그 이전에는 오랫동안 서울대, 연·고대를 중심으로 지속돼 왔다. 말하는 용어나 행동 등이 모두 서울대 지하서클 중심이었다. 또 1985년까지만 해도 1년에 수차례 규모 있는 반정부 데모를 할 수 있는 대학은 서울대, 연세대, 고려대, 성균관대, 전남대 등 5개 정도였다. 그런데 1980년대 들어서면서 대학생들이 늘어나고 대중화됐다. 이 학생 대중은 서울대생들에게 통하던 어려운 용어나 암호 등을 거부했다. 게다가 서울대의 구학련이 경찰의 단속으로 초토화되면서 운동권의 리더십은 서울대를 떠나갔다. 이런 상황에서 NL은 쉬운 용어를 사용함으로써 학생운동도 대중화됐다.

주체사상은 쉽게 쓰인 혁명의 매뉴얼이었다. 한글로 쓰여진 대로만 하면 된다. 사회주의 학생운동권이 나름대로 혁신을 이룬 것이었다. 김영환은 말하자면 운동권 대중화의 씨를 뿌린 셈이다.

혁명운동이나 변혁운동을 한다는 이른바 운동권 활동가들의 공부 부족도 주체사상의 빠른 확산의 원인이 됐다. 이에 대한 정대화의 평가는 다음과 같다.

"당시 활동가들 가운데 사회주의 이론에 대한 공부를 많이 한 사람은 별로 없었다. 이론서를 끝까지 읽은 사람들도 별로 없었다. 그리고 읽어 보면 그게 그 소리였다. 활동가들이 사회주의 혁명을 한다면서 이론적인 기반이 매우 취약했다. 이런 상황에서 복잡한 논리보다는 반미라는 것이 정서적으로 강한 영향을 미친 것이다."

운동권에서 신상품으로서의 북한의 주체사상은 시장성이 있었다. 북한의 혁명이론은 운동권에 신비한 이미지를 주며 사람들을 끌어당겼다. 그러나 당시에는 일반인들에게 처음부터 주체사상을 앞세우지는 않았다. 만약 그랬다가는 거부감이 컸을 것이다.

당시 정부당국의 대응도 예상보다 강하지 않았다. 정대화는 1985년 말부터 1986년 초 사이에 수사당국이 서울대 구학련을 강하게 수사했다면 NL의 싹이 꺾였을 것으로 보았다. 그러나 구학련은 처음 조직할 때부터 당국의 주목을 받지 않았다. 구학련 결성도 서울대 강의실에서 반공개적으로 했다. 학교 안에서는 운동권 학생들뿐만 아니라 일반 학생들도 대부분 이를 알고 있었다. 구학련 멤버들끼리는 "우리는 걸리면 무기(징역)다"라며 떠들고 다녔다. 그런데 경찰에서는 전담수사기구도 만들어지지 않았다. 학교 밖으로는 전혀 노출되지 않았다. 정대화는 조직원들에게 "걸리면 무조건 자민투라고 둘러대라"고 했다. 구학련이라는 이름이 처음 나온 것도 한 조직원이 하숙집에서 북한 방송을 듣다가 하숙집 주인이 신고하는 바람에 붙잡혀 조사를 받는 도중에 나온 것이었다.

전두환 정권 말기에 안기부가 정권 재창출 프로그램에 동원됐기 때문일까, 정부가 방심했을까, 북한에서 유인물을 한번 획 뿌리고 갔을 것으로 생각했을까 하고 정대화는 정부의 소극적인 대응에 의아해하기도 했다. 하여튼 구학련은 초창기에는 마음껏 시위하고 유인물을 만들고 뿌렸다. 주동자들이 미행을 당하지도, 수배를 당하지도 않았다. 참으로 미스터리였다는 것이 정대화의 결론이다.

그러나 당시 서울대 학생운동에 정통했던 한 직원은 당시에 학생들이 북한의 주장을 그대로 옮기고 있다는 것을 어느 정도 파악하고 있었다고 말했다. 그는 당시 운동권에 빠진 한 공법학과 학생으로부터 "사업가로 위장한 송두율급의 50대의 농익은 사상지도자 5명이 북한에서 일본을 경유해 남한에 들어와 서울대 등의 학생운동 조직과 접촉해 북한의 주체사상과 혁명이론을 가르친다"는 말을 들었다고 전했다. 실제로 적지 않은 학생들 사이에서는 이러한 소문이 파다하게 돌았다. 50대의 사상지도원들이 서울대 사회주의 운동권 지하조직의 핵심들을 모아 특강을 한다는 이야기도 돌았다.

당시 안기부도 이러한 소문은 어느 정도 파악하고 있었던 것으로 보인다. 그런데 정보 파트와 수사 파트 간의 알력으로 수사나 사실 확인에 진전은 거의 보지 못했다. 정보 파트에서 새로운 정보를 얻어서 수사 파트에 알려주었다 하더라도 수사 파트는 신속한 수사 종결과 그에 따른 종사자들의 특진 등을 의식해 확인되지 않은 내용은 의도적으로 깔아뭉개는 경우가 있었다. 설령 50대의 사상지도원이 수사과정에서 학생의 입을 통해 나왔다 하더라도 그 학생은 이 인물의 종적을 알 수가 없다. 검찰 조서에 이러한 인물을 올려놓으면 수사종결이 되지 않는다.

그러니 수사관들이 수사가 안 되는 부분은 생략해 버린다는 것이었다.

김영환이 주체사상을 독학으로 공부해 강철서신을 썼다는 이야기도 당시 정부 담당자들에게는 거의 믿을 수 없는 말이었다. 한 관계자는 강철서신이 돌기 이전에 서울대 학생회실 천장을 수색했는데 북한에서 발간된 주체사상에 대한 책자가 발견돼 안기부에서 가져간 일이 있다고 전했다. 당시에는 그런 책을 국내에서는 구할 수가 없었다는 것. 이 관계자는 "그 책을 누가 갖다준 사람이 있기에 그곳에 놓인 것이 아니겠나. 누가 갖다주었겠는가"라고 반문해 북한이 개입했음을 시사했다.

이 같은 당국의 시각 때문에 나중에 수사기관에 붙잡힌 김영환 등은 배후에서 북한의 공작이 있었음을 시인하라는 수사관들의 강요와 심한 고문을 당했다.

그러나 당시 학생들의 입장은 전혀 다르다. 우선 김영환 스스로가 완전히 독학으로 주체사상을 학습했음을 강조했다. 실제로 나중에 북한 공작원이 김영환에게 접근했을 때에도 이 부분에 대한 언급이 많다. 당시의 학생들도 대개는 김영환이라는 인물의 개인적인 역량이나 카리스마가 결정적이었다고 본다. 실제로 김영환은 '민주주의 혁명'이라는 문건에 이은 강철 시리즈 등에서 북한의 주장을 한국 사람들도 알기 쉽게 풀어놓았다. 이 문건들은 스스로의 학습을 통해서 나온 것이라는 것이 당시 운동권의 각종 이론에 닳고 닳은 학생들의 평가였다. 주체사상이나 북한의 남조선혁명론을 완전히 소화하지 않았다면 그처럼 알기 쉽게 쓸 수가 없다는 것이다. 한국인들이 이해하기 쉽도록 갖가지 예를 구사함으로써 주체사상의 확산에 결정적으로 기여했다는 것이다. 게다가 학생들 사이에서 김영환이라는 이름에 엄청난 카리스마가 붙게 됐다. 구학련의 간부였던 K는 "김영환 선배는 밥을 천천히 드신다"며 자신도 밥을 느리게 먹을 정도였다.

정대화는 "구학련과 김영환이 구속된 뒤 나타난 전대협 등의 노선이 모두 북한의 주체사상을 바탕으로 하긴 하지만 출발지점은 전혀 다르다"고 강조했다. 1986년 김영환이 주도한 주사파는 자생적으로 주체사상을 연구했다는 것. 북한과 직접 선이 닿아서 한 것이 아니고 북한의 관여 없이, 북한의 원전을 보고 한 것이 아니라 엄밀히 말하면 통일원 자료를 보고 시작했다는 이야기다. 김영환이 남한 민중의 요구에 맞게 주체사상을 수용했다는 것. 남한 민중으로서의 주체성을 가지고 주체사상을 수용했다는 주장이다. 때문에 운동을 이끌어가는 학생들도 자부심이 있었다는 것이다.

정대화는 당시 구학련이 팀스피리트훈련 반대 등의 구호를 내세웠지만 북한과 직접 연계됐다면 오히려 이러한 구호를 내걸지 못했으리라고 주장했다. 구학련 지도부는 주체사상을 자생적으로 수용했다는 자부심이 있었기 때문에 그만큼 겁이 없었음을 강조했다. 북한과의 관계에 있어서도 북한과 연합하는 연북聯北이나 친북親北의 자세는 맞지만 북한의 지시를 무비판적으로 추종하는 종북從北은 결코 아니었다는 것이 당시 주체사상을 받아들인 학생들의 생각이었다.

5·3인천사태를 계기로 대학생들은 NL로 사상 전향을 마쳤다. 그러나 당시 일반인들의 눈에는 전두환 독재정권을 타도하자는 주장, 직선제 개헌을 이루자는 주장만 보였다. 매캐하게 퍼진 최루탄 연기 속에서 2000년대 초반을 이끌어갈 이른바 386운동권이 NL로 사상전향을 했다는 사실은 볼 수가 없었다.

구학련의 새 중앙위원장으로 지명된 조유식은 5월 중순에 김영환을 처음 만났다. 이전까지만 해도 조유식은 구학련을 조직하고 모든 지시를 하는 인물인 김영환이 이렇게 어리거나 학생이리라는 사실은 상상조차 하지 못했다. 김영환은 정대화에게 했던 것처럼 조유식을 만나 기본적인 투쟁방향, 조직 개편 등을 지시하고 간부동향에 대해 보고받았다.

누가 적극적이고 누가 소극적인가, 개인적인 어려움을 가진 사람이 누구인가 등 인사고과를 측정했다. 김영환은 또 "4·19 때 나왔던 것처럼 남북 사회단체 시국토론회를 하라"고 지시했다.

구학련은 7월에 1차 지도부가 검거됐다. 김영환은 이를 후배들을 통해 전해 들었다. 그리고 한 후배가 강철 시리즈의 제1복사본을 가지고 있다가 검거된 다음 김영환이라는 이름을 불어 경찰의 집중수배를 받게 됐다. 김영환은 신분이 드러나 본격적으로 도피를 시작한 7월 이후 구학련과의 연락선은 거의 끊어지다시피 했다. 조유식 등 중앙위원들도 대개 구속된 뒤에는 구학련은 현저히 세력이 약화됐다. 김영환도 9월 초에 조유식에 이은 중앙위원장인 박금섭이 붙잡힌 이후부터는 구학련과의 선이 완전히 끊어졌다.

나중에 84학번 중심으로 중앙위원회를 다시 만들었다. 고전연구회 후배이기도 한 83학번이 주도했다. 이들이 건국대에서 발생한 애국학생투쟁연맹 사건도 주도했다.

서울대 구학련이 와해된 이후에는 고려대에서 조혁, 안희정 등이 결성한 반미청년회가 학생운동을 주도해 나갔다. 연세대에는 구국학생동맹(또는 민족학생동맹)을 통해 주체사상운동이 활발했다. 그러나 연세대에는 실제 조직은 없었다. '망국아시안게임 반대' 시위 등은 대개는 고려대 반미청년회의 주도로 이루어진 것이다. 이러한 시위의 구호 등은 대개가 북한 방송에서 직접 학생들이 녹취해 사용한 것들이었다.

체포

김영환은 1986년 초부터는 북한 방송을 쉽게 들을 수 있었다. 이때는 이미 청계천 전파상 등에서 누구나 단파 라디오를 구할 수 있었다. 학생들 사이에서도 북한 방송을 듣기 위한 단파 라디오 구입열풍이 일었다. 김영환은 후배의 아파트에 피해 있으면서 청계천에서 산 라디오로 북한 방송을 들을 수 있었다.

김영환이 주로 들은 것은 한민전의 '구국의 소리'와 평양방송의 김일성방송대학 강의였다. 이때부터 한민전의 구국의 소리 방송에 대해 의아하게 생각했다. 서울의 소식을 전한다면서 시위 소식을 전하는데 학생들이 시위를 마친 뒤 북한을 찬양했다는 내용이 나온다. 당시 김영환은 구국의 소리는 서울에서 하는 것이 아니라는 점을 파악했다. 하지만 서울에서 하는 것이 아닌 만큼 사정을 잘 모를 것이라고 양해하고 넘어갔다.

경찰에서 강철 시리즈의 저자가 김영환임을 밝혀낸 7월 이후로 경찰의 수사망은 더욱 조여들었다. 한 달에 한 번씩 만나던 어머니도 더 이상 만날 수 없게 됐다. 경찰 6명이 김영환의 어머니를 미행했다. 이모 집 등 친척집에도 경찰의 감시가 따라붙었다. 시골에 있는 할머니 묘 앞에도 경찰 2명이 감시하고 있었다는 이야기를 나중에 들었다.

그런데 그 힘든 상황에서도 김영환은 어머니를 한 번 만났다. 9월의 일이었다. 연락하던 사람 한 명을 동생이 있던 연세대 서클룸으로 보냈다. 당시 대학 내에는 경찰이 들어가지 못했다. 그래서 여동생 친구에게 나오라고 했는데 어머니가 나오셔서 김영환은 매우 놀랐다. 어머니가 등산복 차림으로 관악산을 넘어서 과천으로 왔던 것이다. 사실 평일에 산을 넘으면 경찰의 미행을 쉽게 파악할 수 있었기 때문에 경찰을 따돌렸을 것으로 생각됐다. 김영환은 어머니를 보자 순간적으로 위험하다고 판단했다. 어머니가 집중적으로 미행당하고 있다고 알고 있었기 때문이다. 그러나 어머니는 "몸조심해라, 밥도 제대로 챙겨 먹어라" 당부했다. 돈도 주었다. 어머니가 수배된 아들을 도운 이유는 아들을 인간적으로 신뢰했기 때문이었다. 내 아들이기에 남에게 부끄러운 짓은 하지 않을 것이라는 믿음이 있었다. 사회나 국가에 해가 되지 않을 것이라는 어머니로서의 신뢰가 있었다. 어머니는 아들이 민주화운동을 한다고 믿었다. 아들이 공산주의 혁명운동, 그것도 북한의 주체사상에 기반한 활동을 한다는 것은 꿈에도 상상할 수 없었다.

김영환은 자취방을 나와 이전부터 알던 신부의 소개로 인천성당에 은신했다. 11월에 구학련 조직은 완전히 와해됐다. 후배들로부터 11월에 김영환은 자신에 대한 수배전단이 나붙는다는 소문을 전해 들었다. 한 후배로부터는 치안본부의 수사관들이 김영환에게는 사형 판결을 내려야 한다는 데에 동의했다는 말을 전해 듣기도 했다. 경찰이 은신처로 인천을 찍었다는 이야기도 들었다. 김영환은 신도들에게 얼굴이 알려진 것이 걱정돼 부산으로 피했다.

어머니는 아들의 연락이 끊어지자 불안한 나날을 보냈다. 그런데 하루는 안면이 있는 경찰관이 어머니에게 "김영환이 사인만 하면 전국의 노동자와 학생이 움직입니다. 그런데 걔는 생활비를 어떻게 씁니까?" 하고 물었다. 당시는 정부에서 언론을 통해 학생운동이 좌경화되고 있다고 알리던 때였다. 그러나 당시의 정권이 워낙 인기 없는 독재정권이었다. 어머니는 정부의 주장을 믿지 않았다. 어머니는 정부가 내 아들을 북한으로부터 지원받는 것으로 꾸미려 한다는 직감이 들었다.

그래서 어머니는 "당신들이 지금처럼 쪼아 들어가면 영환이가 금방 붙들릴 텐데 그러면 내가 다 얘기하겠소. 생활비는 내가 다 지급하고 있소"라고 쏘아주었다. 나중에 알고 보니 이때 김영환은 이미 체포된 상태였으며 65만원을 소지하고 있었다. 경찰은 이 돈의 출처를 의심한 것이었다.

김영환은 부산에서 자취방을 구한 1주일 뒤에 거리에서 자신의 얼굴 사진이 담긴 수배전단을 볼 수 있었다. 그리고 얼마 안 돼 집 앞에서 안기부 수사관들에게 잡혔다. 김영환은 집주인이 수배전단을 보고 신고

했을 가능성과 함께 후배인 P를 의심했다. P가 먼저 잡혔으며 자신과 후배들을 처벌하지 않는다는 조건으로 수사에 협조한다는 소문을 들었기 때문이었다. 구학련의 3대 조직책인 박금섭도 P와 만나 농구하다 잡혔다는 것이었다. 그다음부터 P가 김영환을 여러 차례 만나고 싶어 했지만 이를 거부했다.

부산의 안기부 수사관들은 김영환이 깃발—민추위 사건으로 수배된 것만 알고 있는 듯 민추위 하부조직인 노동문제연구회에 대한 것만 신문했다. 그러나 서울과 연락하고는 바로 다음 날 아침 비행기에 태워 서울로 압송했다. 김영환은 바로 남산 안기부 지하실로 들어갔다.

김영환은 강철 시리즈를 직접 썼다는 사실, 그리고 구학련 결성도 주도했다는 두 가지 혐의 사실을 모두 시인했다. 그런데 그 이후에 수사관들의 초점은 배후가 누구냐, 북한과의 연계, 야당과의 연계를 대라는 것이었다. 이를 부인할 경우 계속 맞았다. 야전침대 각목으로 벽에 세워놓고 때리고, 엎드리라고 하고 때리곤 했다. 온몸이 퉁퉁 부었다.

얻어맞는데 한 번에 많이 얻어맞으면 아프더라도 참을 수 있었다. 그런데 김영환은 당시 장기간 수배된 상태에서 도피하느라 제대로 먹지 못해 몸이 아주 야윈 상태였다. 온몸이 시커멓게 될 때까지 때리고 그 위를 다시 때리니까 더욱 아팠다. 온몸이 퉁퉁 부어 올랐다. 김영환은 고문하는 사람들이 때리는 이유가 고통을 주어서 실토하게 하려는 것이 아니라는 것을 차츰 깨달았다. 이들의 속셈은 바로 김영환의 저항의지를 무력화하려는 것 같았다. 지속적으로 고문을 반복하면 고문을 당하지 않는 시간에도 온통 고문을 언제 시작하고, 얼마만한 강도로, 얼마나 고문하게 될까에만 신경을 집중하게 된다. 다른 사상이나 이념, 인간의 지조 같은 고급스런 생각을 할 수가 없다. 그러다 보면 심리적으로 저항의지도 무력화되는 것 같고 정신적으로 피폐해진다. 고문을 1주일만 받으면 그야말로 강철은 단련된다고 할 수 있겠지만 2~3주일씩 고문을 받으면 정신적으로 피폐해진다. 정상적인 판단능력과 저항의지가 무력화된다. 신념이 없는 사람은 정신이상이 되기 쉽다.

수사관이 "더 할 이야기 없느냐"라고 묻는다.

김영환이 "할 얘기 없다. 얘기 다 했다"라고 답하면 그때부터 고문이 시작된다. 그러고 나서 또 "할 얘기 없냐" "배후는 누구냐"라는 질문이 이어진다.

심문은 고문조와 회유조의 2개조가 각각 3명씩 교대로 한다. 고문조는 고문을 하며 "네가 여기에 있는 것은 아무도 모른다" "옛날에 간첩 누구는 4개월간 있다가 나간 적도 있다" "여기서 영원히 못 나갈 수도 있다"는 등의 협박을 한다. 회유조는 종교이야기, 가족이야기 등을 한다. 수사관이 자신이 살아온 이야기를 하기도 하고 "네가 고문받는 것을 보면 마음이 아파서 집에 가서 잠을 이룰 수 없다"는 이야기도 한다.

수사를 총지휘하던 정형근 단장도 거의 매일 보았다.

"같은 학교 같은 과 선배이다. 화끈하게 풀어놓고 이야기해보자" "왜 아무것도 아닌 일로 사서 고생하나" 등이 그가 해준 말들이다.

모두들 북한과의 연계를 집중적으로 캐물었다.

안기부 최고의 그림은 북한-남파간첩-배후인물-조직-김영환(-김대중과의 연계) 등이었을 것으로 김영환은 판단했다. 그러나 원래 서울대 학생운동권은 야당에 대해 냉소적이다. 야당정치인들이 보수적이라고 생각하기 때문이다.

수사관들은 김영환이 나이가 어리기 때문에 더욱 북한과 연계됐을 것으로 확신했다. 안기부의 내외문제연구소나 극동문제연구소 같은 자체 연구소는 더욱 강철 시리즈는 '40대의 주체사상에 정통한 이론가'의 작품으로 확신하고 있었다. 당시 김영환은 23세였고 강철 시리즈를 쓸 때에는 22세였다. 수사관들은 김영환의 배후를 통해 북한과 연계되든지, 김영환이 직접 북한과 연계됐을 것으로 보고 있었다.

그러나 수사 결과 아무런 배후가 없는 것으로 종료되자 김영환 사건을 넘겨받은 서울지검의 검사는 김영환이 보는 앞에서 안기부 수사관들에게 "이게 뭐냐, 안기부에 수사 못 맡기겠다"고 비아냥댔다. 배후에 북한이 있는 것은 뻔한 것이라는 입장이었다. 그러나 안기부 수사관들은 검사방에서 나와 김영환을 구치소로 데려가는 차 안에서 "자기가 직접 해보라지"라며 반발했다.

검찰의 수사도 다를 게 없었다. 게다가 당시에는 박종철 군 고문치사 은폐조작 사건으로 전국이 들끓었다. 정부는 수세에 몰린 입장이었다. 공안사범들은 수사기관에서 묵비권을 행사하며 항의 시위에 가담했다. 이른바 수사투쟁이었다. 김영환도 검사와 만나면 묵비권을 행사해 수사투쟁에 가담했다.

앞에서도 서술했지만 당시로서는 김영환의 배후에 주체사상에 정통한 40대 혁명가가 개입했다고 생각하는 수사관들의 시각이 부자연스러운 것은 아니었다. 서울대 학생운동권에서 김영환이 만든 문건이나 구학련 등처럼 북한의 주장을 그대로 담은 것이 나온 적이 거의 없었다. 게다가 이 문건은 운동권의 다른 유인물들과는 달리 생경한 단어들이 등장하지 않았다. 쉬운 수필과 같은 문장으로 쓰여졌기 때문에 이념문제를 완전히 소화한 사람의 작품으로 여겨졌던 것이다.

그러나 김영환으로서도 한두 사람의 영향이나 한두 차례의 북한 방송 청취를 통해 북한의 노선이 맞다고 받아들인 것은 아니었다. 고교시절부터 북한의 호전성을 강조하기 위해 학교에서 보여주던 북한 영화에서 본 인상, 박정희·전두환 대통령의 권위주의적인 모습, 이에 비해 김일성이 인민들과 직접 만나 웃고 대화하는 모습 등으로부터 북한에 대해 호의적인 태도를 갖고 있었다. 그리고 대학에 들어가 서클의 세미나를 통해 선배들로부터 한국의 현대사를 부정적으로 인식하게 되고, 사회주의 혁명가가 되기로 마음을 정했다. 각종 시위에 참여하고 경찰에 붙잡혀 가기도 하면서 사회주의에 대한 확신은 강화됐다. 하지만 대학 내 운동권은 이론 투쟁만 하고 실제 혁명의 가능성은 적어 보였다. 북한과 김일성에 대해 독학하면서 자유민주주의를 추구하는 한국은 군사독재가 됐지만 북한은 주체사상으로 잘 나가고 있다고 판단했다. 김일성과 북한 사회에 대한 정부의 북한 정보 독점으로 인해 북한에 대한 환상은 커져갔다. 결국 김영환은 러시아나 중국식의 공산혁명이 아닌 북한의 혁명이론을 받아들인 것이었다. 이처럼 김영환의 머릿속에서 북한식 혁명에 대한 생각은 어떤 접촉으로 인해 갑자기 발화한 것이 아니라 장기간 숙성돼 온 것이었다.

종북 從北

대선 국면에서 NL은 김대중 후보를, CA그룹은 민중후보인 백기완 후보를 지지했다. 프롤레타리아가 주도하는 사회주의 정부 수립을 목표로 한 CA그룹인 만큼 그에 가장 가까운 민중후보를 지지하는 것은 당연한 일이었다. 그러나 NL은 민주정부 수립 이후에 연북시스템을 구축하고 남북 간의 교류를 실현하면 점진적인 평화통일을 실현할 수 있다는 생각이었다. 이들은 사회주의 건설이 아닌 식민지 해방과 통일을 목표로 하며 대중성을 중시한다. 백기완 후보가 이념적으로 더 근접한다 하더라도 당선 가능성은 제로이다. 그럴 바에야 백기완 후보처럼 선명하지는 않지만 상대적으로 대중성을 확보한 양 김씨를 지지하게 된다. 이 가운데에서도 NL은 대개는 김대중 후보를 선택했다. 일부 후보단일화를 주장하는 측은 김영삼 후보 지지로 돌아서기도 했다. CA그룹은 1988년에는 대거 NL진영으로 전향했다. 각각의 서클에서 회의를 열고 NL이론을 받아들이기로 한 것이었다. 때문에 CA 일부에서는 반발이 일기도 했다.

전대협 등도 NL 노선에 따라 활동하게 된다. 김영환은 감옥에서 운동권이 NL로 통일돼 가는 것을 지켜볼 수 있었다. 그러나 운동권이 지나치게 북한을 추종하는 방향으로 가는 데에 대해 일말의 불안감을 떨칠 수 없었다. 전대협이 벌이는 아시안게임이나 올림픽 단독개최 반대 투쟁도 김영환은 세가 미약하다고 판단했다. 이런 식이라면 안 하는 게 낫다고 보았다. 얼핏 보면 참가하는 학생수는 많았다. 그러나 김영환 같은 데모 전문가가 볼 때는 데모의 성패는 당초 시위에 참가하기로 한 사람들의 수보다는 추가로 참가하는 사람들의 수나 일반 시민들의 반응이 중요하다. 그런데 감옥 안에서 보니 올림픽 개최에 반대하는 데 대한 일반인들의 호응이 거의 없었다.

그러나 운동권 내부에서는 김영환의 구속을 전후하여 김영환의 직접적인 영향력이 차단된 상태에서 주체사상이 확산됐다.

1985년 11월 제대한 서울대 82학번 복학생 홍진표(현 자유주의연대 집행위원장)는 마르크스·레닌 원전을 공부하는 동안 노선투쟁이 심하게 전개됐던 서울대 운동권이 마침내 주체사상으로 돌았다는 소식을 들었다. 홍진표는 이에 따라가기 위해 강철 시리즈를 찾아 읽었다. 그리고 운동권 동료 7인과 함께 인천에 자리 잡고 북한의 '구국의 소리' 방송을 듣고 이를 타자 쳐 돌려 보곤 했다. 그러다 1986년 5월 하숙집 주인의 신고로 경찰에 붙잡혀 원주교도소에서 1년을 살았다. 그런데 원주교도소는 이미 해방구였다. 잡혀온 학생들이 무엇을 하든지 제지하지 않았다. 홍진표는 이곳에서 학생들을 상대로 주체사상을 전파했다.

홍진표가 볼 때 주체사상의 매력은 간명한 데에 있었다. 당시 운동권 주류였던 PD는 북한이라는 존재에 대해 어떻게 자리매김해야 하는지에 대한 답을 주지 못했다. 마르크스주의를 신봉하고 사회주의 혁명을 추구한다면 당연히 북한이 우군友軍이 돼야 하는데 반공反共 정서 때문에 안 되는 것이었다. 그런데 주체사상이 이 문제를 풀어주었다. 남한이 사회주의 혁명을 하는 데 북한은 우군이다. 그것도 단순한 우군이 아니라 결정적인 지원도 받을 수 있는 우군이었다.

첫째 주사이론에 따르면 북한은 이미 민주기지이므로 남쪽에서 미군을 몰아내고 통일을 하면 된다. 얼마나 간명한가. 군사독재타도는 부차적인 일이었다. 둘째 당시는 개헌국면이었는데 북한에서는 대통령직선제를 내걸고 야당과 연계해 군사정권을 몰아내라는 지침을 내리고 있었다. 이게 먹힌 것이다.

홍진표가 1987년 서울대 1학년 2학기에 복학하자 학생들이 학생회 사무국장을 맡아달라고 했다. 이때 이미 서울대 운동권은 완전히 주사파가 장악했다. 해서 84, 85학번 운동권 대표들이 홍진표의 사상을 검증했다. 주체사상을 신봉하는지 아닌지를 검증하는 것이었다. 김일성에 대한 견해를 묻는 식이었다. 홍진표는 1988년부터는 주체사상이론가로 강연이나 저술 활동에 집중했다.

원희룡은 서클 후배들이 대거 주체사상으로 전환하면서 후배가 없는 상태가 돼 버렸다. 원희룡은 후배들이 수령론을 받아들이고 충성서약을 하는 것들을 도저히 이해할 수가 없었다. 아무리 양보해서 주체사상이 추구하는 대중노선이나 품성론에는 공감한다 하더라도 한국이 미국의 괴뢰정권이라는 주장에는 도무지 공감할 수가 없었다. 그러나 주사파가 압도하는 데에 대해 그는 단순하지만 정리된 논리를 갖춘 우악스러운 그 무엇이 밀고 들어온다는 느낌을 받았다. 원희룡은 결국 인천으로 들어가 노동운동에 전념했다.

1988년 2월 미 문화원 점거 농성사건을 주도한 함운경도 출소하자 후배들이 "공부하자"며 김정일의 '주체사상에 대하여'와 같은 문건이나 책들을 주고 갔다. 완전히 북한의 주체사상 관련 책들이었다. 함운경은 이러한 모임에 몇 차례 나가다 중단했다. 그는 이후 한민전과 같은 것들의 실체를 믿지 않게 됐다.

1988년 12월 신촌역 부근의 한 음식점에서 연세대 운동권 출신 인사의 약혼식 피로연이 열렸다. 80년대 연세대 운동권 출신들이 모였다. 여기서 한 80학번 인물이 입을 열었다. 그는 "개인적으로 올해의 최대 수확은 주체사상을 접하고 전파할 수 있었던 일"이라고 말했다. 이러한 발언은 당시에는 선진적이고 세련된 것으로 받아들여졌으며 참석한 인사들도 공감하는 것이었다. 이 인사는 나중에 주요 정당의 주요 지역 책임자가 됐다.

1988년 올림픽 직전에 시국사범들이 대거 석방됐다. 이들이 서울지역 출옥자 동지회(서출동)를 만들고 서울대 등에서 집회를 자주 열었다. 이때 참석한 한 중견 재야 인사는 "나도 요즘 주체사상을 학습한다"고 자랑스럽게 말했다. 이 인사는 나중에 같은 주요 정당의 중견 국회의원이 됐다.

정대화는 1988년 10월 3일 개천절 특사로 출감했다. 정대화가 복교해보니 운동권은 온통 주체사상으로 뒤덮여 있었다. '김일성 장군'이니 '친애하는 지도자 김정일 동지'니 하는 북한식 용어가 그대로 쓰이고 있었다. 서울법대 동기이자 고전연구회 멤버들이 만든 반제청년동맹도 사정은 똑같았다. 정대화는 이 조직에 가담해 울산지역책임자가 됐다. 반제청년동맹은 주체사상을 지도이념으로 하는 공산주의 혁명조직이었다.

이처럼 주체사상이 한국 사회의 운동권에 무차별적으로 확산됐지만 김영환이 볼 때 주체사상은 마르크스-레닌주의보다 철학적으로는 이해하기 어려운 사상이었다. 마르크스-레닌주의는 변증법적 유물론이나 사적 유물론만 이해하면 되지만 주체사상은 추상적인 논리 위주라서 구체성이 떨어졌다. 때문에 정확히 이해하기는 쉽지 않은 이론이었다. 그러나 운동권에서는 단순히 받아들이는 차원에서 주체사상이 확산됐다. 주체사상을 창조직으로 연구해서 구제화시키는 분위기는 전무했다. 공산주의 이론은 이념투쟁의 대상이 되는 것을 전제로 해야 한다. 명확하고 혁명의 실천에 도움을 주어야 한다. 그런데 주체사상에 대해서는 이념투쟁도 안 된 상태였다.

그래서 당시 감옥에서 김영환이 주체사상에 대해 가진 생각은 두 가지였다. 첫째는 주체사상을 주제로 이념투쟁을 벌여야 한다는 것, 둘째는 마르크스-레닌주의 저작에 익숙한 사람들에게 잘 이해될 수 있는 문체의 버전이 나와야 한다는 것이었다.

생각이 여기까지 이르자 운동권에서 NL이론의 창시자 격으로 인정받게 된 김영환은 할 일은 많은데 갇혀 있으니 참으로 답답했다. 김영환은 나가서 할 조직사업에 대한 구상을 계속했다. 물론 주체사상을 지도이념으로 하는 공산혁명조직을 건설하는 일이었다.

민가협

김영환이 11월에 구속되자 어머니는 반체제활동을 벌이다 구속된 가족들로 구성된 민주화운동가족협의회(민가협) 활동을 시작했다.

다음 해인 1987년 4월 어머니는 민가협 회장이 됐다. 김영환의 어머니는 사실 정치나 사상은 모른다. 아들이 구속된 뒤 학생들에게 아들이 쓴 강철 시리즈를 달라고 해서 한 번 읽어본 적은 있었다. 어머니가 볼 때에 학생들이 칭찬하는 품성론이라는 것은 알겠지만 나머지는 전혀 의미를 알 수 없는 것들이었다. 어머니는 아들이 고문을 당했다는 것도 재판정에 나올 때까지는 까맣게 몰랐다. 나중에 이를 알고 미치는 줄 알았다.

그러나 아버지는 아들이 구속된 이후 한 번도 면회를 가지 않았다. 재판정에도 거의 나타나지 않았다. 어머니는 매일 아침 일어나 아이들 도시락 싸주고 나서 민가협 활동을 하러 나갔다. 농성을 할 때면 밤늦게 귀가하는 경우도 있었다. 아버지는 이제 그만 하라고 권유하기도 했다.

7월에 김대중의 비서였던 설훈이 명동의 모임을 끝내고 가는데 어머니에게 "다 잘될 것입니다. 이제 김 선생님이 나오실 겁니다"라고 했다. 이 이야기를 듣고 나서부터는 어머니는 민가협에 나가지 않았다. 어머니는 노태우 민정당 후보가 낙선돼야 민주화가 되고 아들이 감옥에서 나올 수 있다고 판단했다. 김영삼, 김대중 양 김씨가 갈라서서 동시에 출마하면 분명히 노태우 후보가 대통령에 당선되는 것이었다. 어머니는 당시에 주위 사람들에게 "민주당에서 분당해서 떨어져 나가는 김대중이 죽도록 밉다. 그러나 죽이고 나서 내가 붙잡혀 가면 우리 아들을 면회할 사람이 없어서 못 한다"고 말했다. 민가협에서는 김대중 후보 지지가 다수였다. 아들도 김대중 후보를 비판적으로 지지하는 입장이라고 사람들이 전해주었다. 그러나 어머니는 "그건 개 생각이고 후보 단일화를 해야 한다는 게 내 생각이다"라고 했다. 어머니는 속이 답답해 10월 2일에 민가협회장을 그만두었다.

대선 기간 동안에 김영삼 측에서 한 비서가 와서 TV에 나가 연설원 연설을 해달라고 했다. 하지만 이때에도 어머니는 "절대 안 한다. 노태우가 되는데 내가 왜 헛굿을 하는가"라며 거부했다.

어머니는 아들 면회만 열심히 다녔다. 강릉교도소에 있을 때 김영환이 이가 나빠져 교도소장에게 부탁해 1주일에 한 번씩 치과진료를 했다. 어머니는 자주 면회를 갔지만 아버지는 홍성에 있을 때 한 번 가고 다음부턴 찾지 않았다.

1988년 12월 아들이 출옥했다. 연세대 강당에서 환영회가 열렸다. 그때 아들은 엄청난 박수를 받았다. 그러나 환영회가 끝나자 어머니는 아들에게 "너는 벽보에 사진 해 넣고 믿어달라는 그런 짓 하지 말라"고 당부했다. 정치만은 하지 말아달라는 것이었다. 어머니의 이 요구에는 아들도 절대 안 하겠다고 답했다.

집에 와서 어머니는 아들에게 말했다.

"똑같은 말을 해도 학생은 잡아가더라도 박찬종 같은 사람이 하면 안 잡아간다. 네가 민주화운동을 하려 해도 보호막이 있어야 한다. 내가 여태까지 갖가지 험한 꼴을 겪어보니 남을 도와주려 해도 뭔가 자격이 있어야 하는 것 같다. 변호사가 되면 남도 도와줄 수 있다." 사법 시험을 보라는 권유였다.

그러자 아들은 "아무리 짧게 잡아도 3년 반이 걸립니다. 내가 원하지 않는 것을 위해 시간을 허비할 수는 없습니다"라며 거부했다. 그 대신 "앞으로는 안 들어갑니다. 이제 법학공부를 하겠습니다. 그러니 걱정 마세요"라고 했다.

어머니는 아들이 고시공부는 아니어도 열심히 법학 공부하는 것으로 믿었다. 공산주의혁명운동을 계속한다는 생각은 하지 못했다.

4.
환멸

■ *나서지 말고 푹 잠복해 신임만 받아라.* —김일성

반제청년동맹

김영환은 15년 구형에 1심에서 7년, 2심에서 3년 6월의 형을 언도받았다.

교도소에서 그의 생각에 많은 변화가 있었다. 무엇보다도 마르크스주의에 대한 의심이 시작됐다. 교도소에서는 서적반입 등에 대한 통제가 매우 느슨해졌다. 과거의 사상서적들은 아직도 금서였지만 오히려 새로 나온 주체사상이나 마르크스 레닌주의 책들은 금서가 아니어서 마음껏 읽을 수 있었다. 마르크스의 '경제철학 수고', 주체사상에 대한 해설서 등 운동권에서 새로 나온 책들을 읽었다.

이때부터 김영환은 계급론이나 계급투쟁론, 프롤레타리아 독재론, 국유제 등 마르크스가 주장한 계획경제에 대해 비판적인 눈으로 보게 됐다. 이들 이론의 결함이 눈에 띄었다. 심리적으로는 물론 고르바초프가 주도한 소련의 페레스트로이카의 영향도 컸다.

김영환은 1985년 12월 NL을 주장한 문건 '민주주의 혁명'을 작성해 서울대 사회주의 운동권을 대번에 장악했다. 이 문건에서 김영환은 "자본주의 체제의 구조적 위기는 더욱더 심화되고 국제 프롤레타리아트와 사회주의 국가의 역량은 부르주아지와 제국주의의 힘에 대해 우위를 점하고 있다"고 했다.

그러나 현실은 정반대로 돌아갔다. 동유럽의 공산주의 국가들은 줄줄이 붕괴하고 있었으며, 미국은 유일한 초강대국으로 발돋움했다. '세계 프롤레타리아트의 핵인 소련'은 고르바초프의 필사적인 개혁 노력에도 불구하고 마지막 숨을 헐떡이며 미국의 식량원조로 인민들의 생계를 꾸려 나갔다. '믿음직스러운 민주주의 국가인 중국'은 등소평의 주도 아래 자본주의 경제 체제를 도입한 사회주의 시장경제로의 변신을 꾀했다.

이론의 옳고 그름은 현실을 보면 판가름난다. 사회주의 이론은 역사적인 패배로 결말이 지어지고 있었다. 사회주의를 추구하는 사람들은 대부분 이 지점에서 스스로의 과오를 뉘우친다. 특히 소련식 사회주의 체제를 꿈꾸던 PD계열의 운동가들은 대개 혁명에의 정열을 포기하고 현실로 돌아갔다. 원희룡도 고민 끝에 사법 시험을 보고 검사가 됐다.

그런데 주체사상을 신봉하는 사람들은 다르다. NL이론에 따르면 남한은 미제의 식민지이다. 남한 사회에서의 혁명가들의 당면과제는 미제를 축출하고 통일을 이루는 것이다. 이는 사회주의의 몰락과는 별로 관계가 없는 민족적인 과제이다. 그러니 소련이 망하든 말든 남한 사회에 미군이 남아 있고 남북한 간의 분단 상태가 지속되는 한, 또 북한에 김일성, 김정일의 지침에 따른 체제가 지속되고 노동당이 존속하는 한 이들의 지시에 따른 남한에서의 식민지 해방과 통일을 위한 혁명운동은 계속해야 하는 것이다.

이러한 논리로 인해 소련식 사회주의 혁명을 추구하던 지하조직들은 대부분 소련의 멸망과 함께 할 일이 없어져 공개적인 정당으로 탈바꿈했다. 그러나 주체사상을 지도이념으로 하는 조직들은 소련의 멸망 후에도 할 일이 남아 있어 이전과 같은 지하 혁명 운동을 계속하게 되는 것이다.

김영환도 계획경제나 국유제 등을 주장한 마르크스주의는 근본적으로 잘못된 것이라는 확신을 갖게 됐다. 마르크스주의는 소련의 붕괴와 함께 혁명이론으로서 효용성이 사라졌다. 그러나 소련·동구 공산주의의 붕괴와는 관계없이 남한에서의 공산주의의 승리에 대한 김영환의 열망은 여전했다. 혁명사상으로서 아직 주체사상은 건재했다. 주체사상에 기초한 공산주의의 승리를 위해 김일성, 김정일을 중심으로 단결

해아 한다고 확신했다. 그런데 주체사상은 혁명이론으로서 미흡하다. 혁명을 한 다음 어떻게 사회를 건설한다는 게 없다. 그러므로 김영환은 주체사상에 기초한 완전히 새로운 혁명이론을 만들어야 한다고 생각했다. 김영환에게 주체사상은 보편적인 인본주의에 기초한 것이었다. 계급에 기초해 몰락한 마르크스주의를 대체할 수 있는 이론이라는 확신이 들었다.

김영환은 2년 1개월을 복역하고 1988년 12월, 강릉에서 출감했다.

그런데 서울법대의 82학번 동기이자 고전연구회 멤버였던 하영옥 등은 이미 주체사상을 지도이념으로 하는 혁명조직인 반제청년동맹 준비위원회를 만든 상태였다. 반제청년동맹은 김정일의 '주체사상에 대하여'에 나오는 김일성이 청년시절에 만든 조직의 이름이다.

김영환은 하영옥의 권유로 이 조직에 가입했다. 고전연구회 멤버로 구학련을 함께 만들었던 정대화도 이미 이 조직에 가입한 상태였다. 반제청년동맹은 1989년 3월 3일 정식으로 결성됐다. 김영환은 중앙위원이 됐다.

김영환이 중앙위원이 되어 보니 반제청년동맹에서는 김일성의 생일에 맞추어 김일성 찬양유인물을 살포하려 했다. 김영환은 이러한 결정에 반대했다.

당시에는 아직 김일성을 노골적으로 찬양하는 일은 한국 국민들 정서에는 맞지 않는다고 판단했기 때문이었다. 혁명운동을 할 때 가장 중요한 것은 대중과의 호흡이다. 대중의 정서에 반하는 전술은 오히려 급진주의로 빠질 위험성이 있다는 것을 김영환은 영화 '킬링 필드', 중국 문혁의 과오, 그리고 김정일의 문건 '주체사상에 대하여' 등을 통해 신념으로 간직하고 있었다.

남한 대중의 정서에 맞지 않는 갑작스러운 김일성 찬양은 주체사상의 확산에도 도움이 되지 않는 것은 물론 오히려 주체사상을 대중으로부터 유리시킬 가능성이 더 컸다. 실제로 반제청년동맹 조직 내 일부에서도 이러한 행동에 대해서는 반발이 있었다. 이러한 반발이 누적되면 조직력이 약화될 수도 있었다. 가장 우려되는 점은 경찰의 수사망에 걸릴 가능성이 크다는 점이었다. 공산주의 혁명에 가장 중요한 것은 조직의 보존이다. 김일성을 찬양할 것인가, 말 것인가 하는 문제는 혁명에 사활적으로 중요한 것은 아니었다. 그런데 섣불리 김일성을 찬양하는 일은 당국의 감시를 불러일으켜 조직을 위험에 처하게 하는 모험주의적인 행동이라고 김영환은 판단했다.

반면 다른 중앙위원들은 김일성, 김정일에 대한 남한 대중의 부정적 인식을 묵인하고, 이러한 현실과 타협해서는 안 된다는 주장이었다. 김영환은 당시 출감한 지 얼마 안 된 때였다. 반제청년동맹은 중앙위원회의 결의에 따라 결국 1989년 4월 15일 김일성 찬양유인물을 주요 대학과 공장 등에 살포했다. 김일성, 김정일을 찬양하는 플래카드를 걸고 달아나는 이른바 '만세투쟁'도 벌였다.

반제청년동맹은 유인물 살포 이외에도 조직확대와 교육 사업을 진행했다. 대학가에서는 5~8명을 묶어서 주체사상에 대한 기초이론을 교육했다. 주체사상은 1학년 하반기부터 가르쳤다. 김정일이 쓴 '주체사상에 대하여'는 대체로 2학년을 상대로 한 교재가 됐다. 김일성의 항일유격투쟁사, 주체사상총서 등도 나중에 교재로 활용했다.

김영환이 보니 1989년부터 운동권의 수준도 하락하고 규율도 떨어져 통제가 안 됐다. 노출이 쉽게 됐다. 1학년들에게 주체사상에 대해 배웠다고 하지 말라고 해도 나중에 확인해보면 다들 주체사상을 배웠다고 떠들고 다녔다. 그러나 이는 김영환의 우려대로 규율이 떨어져서가 아니라 대학에서의 주체사상 교육이 보편화됐기 때문이었다. 이미 운동권 후배들이 배우는 교재들도 다 주체사상이었다.

김영환은 졸업을 해야 하는 관계로 학교에 자주 갔지만 후배들과 직접 접촉하지는 않았다.

1990년 4월 반제청년동맹 중앙위원회는 김일성의 생일을 맞아 다시 찬양유인물을 살포하기로 했다. 이번에도 김영환은 반대했다. 그러나 지난해와 달리 이번에는 김정일 찬양 유인물을 뿌리지 말자는 자신의 견해를 관철할 수 있었다. 최고 지도부인 중앙위원들에게 자신이 북한과 직접 선線을 갖고 있다고 털어놓은 때문이었다.

주체사상에 따르면 혁명을 위해서는 당과 수령의 지시에는 절대복종해야 한다. 북한과 선을 가지고 있다는 말은 자신의 말은 곧 북한 노동당의 지시라는 의미이기도 했다.

북한 공작원

김영환은 1989년 7월 초에 노량진의 집에서 전화를 받았다. 한 중년 남성의 목소리였다.

"자료를 수집하는 사람인데 김영환 선생의 도움을 받고 싶습니다. 내가 지금 집 입구에 있는 공중전화 부스에 있겠습니다."

김영환이 바로 나가자 약속한 장소에는 건장한 체격에 정장 차림의 40대 남성이 서 있었다. 김영환이 인사를 하자 이 남자는 "같이 걸으며 이야기좀 하자"고 제의했다. 김영환이 그러자며 함께 걷자 이 남자가 말했다.

"북한에서 온 연락 대표입니다."

김영환은 깜짝 놀라 그 자리에 얼어붙었다. 난감했다. 당시 김영환은 출감한 지 얼마 안 된 상황에서 반제청년동맹이라는 반정부 비밀조직에 참여했다. 안기부나 경찰이 이런 식으로 접근할 가능성도 있다고 주의

하던 때였다. 이 남자의 신원을 확인할 수가 없었다. 그러자 남자가 말을 이었다.

"혹시 안 믿을 수도 있으니 내일 밤 10시에 평양방송을 들어보십시오. 그러면 내가 말하는 내용이 방송에 나올 것입니다." 남자는 이 말을 남기고 다음다음 날 다시 만나기로 약속했다. 이 남자는 나중에 국정원에서 북한 공작원 윤택림이라고 발표했다. 김영환은 집에서 평양방송을 통해 윤이 이야기한 대로 나오는 것을 확인했다. 김영환이 윤택림을 처음 본 순간 안기부의 공작이 아닌가 의심도 했지만 마음속에서는 윤택림은 확실히 간첩이라는 느낌이 왔었다. 김영환은 북한 공작원이 틀림없는 이 남자를 다시 만나야 하는지 생각했다.

대학 1학년 시절 선배들은 북한에 대해 말하는 것을 터부시했다. 민주화가 되고 자신이 북한을 금기시하는 사회의 통념을 일부나마 허물기는 했다. 또 대학에서나 재야에서나 한국 사회의 혁명운동을 하는 사람들에게는 북한의 주체사상이 지도사상이었다. 그러나 여전히 북한은 금기의 대상이었다. 북한 간첩과 접촉하고 신고하지 않으면 국가보안법으로 처벌받았다. 지하철역에도 북한 간첩을 신고하면 3천만원, 간첩선을 신고하면 5천만원의 보상금을 지급한다는 포스터가 붙어 있었다. 여전히 북한과 직접 연락을 하면 크게 걸리는 것은 틀림없었다. 학생운동을 하는 것과는 차원이 다른 일이었다. 꼼짝없이 간첩으로 걸릴 판이었다. 이처럼 김영환은 북한 간첩의 접근에 두려움이 들었다.

그러나 언젠가는 북한에 한번 가서 내 눈으로 직접 살피고 그곳 사람들과 사회 발전의 패러다임을 토론해 보고 싶다는 희망을 가지고 있던 터였다. 또 자신이 추구하는 남한의 공산혁명운동에 주체사상을 지도이념으로 삼은 이상 북한의 조종을 받는 것은 아니더라도 북한과는 어느 정도 연계가 있어야 한다는 판단을 하고 있었다.

근본적으로 주체사상에 따르면 남한에서의 식민지 해방과 통일운동은 김일성과 김정일을 의미하는 수령과 노동당의 지시에 따라야 한다. 생각하면 할수록 북한과의 접촉은 선택이 아니라 필연이다.

김영환은 공작원 윤택림을 지정한 약속장소에서 다시 만났다.

윤택림은 키는 175cm 정도였지만 체격이 좋고 힘이 매우 강해 보였다. 인텔리형은 아니지만 단정한 헤어스타일로 미루어 노동을 하는 사람이라는 인상은 들지 않았다. 김영환은 이후 그를 6~7차례 더 만났다. 관악산에서 만나 등산하면서 이야기하는 경우가 많았다. 헤어질 때에는 다음에 만날 장소와 시간을 미리 정해 두었다. 나중에 알고 보니 그는 1988년 말 한국에 들어와 봉천동에 근거지를 마련하고 활동하고 있었다.

둘은 산 중턱에 앉아서 이야기를 많이 했다.

김영환은 북한에 대해 궁금한 것들을 물었고, 윤은 아는 대로 답해주었다.

"아웅산 사건은 북한이 했습니까?"

"특수부대에서 했소."

"KAL기 폭파도 그 부서에서 했습니까?"

"그건 나도 잘 모릅니다. 남한의 자작극이라는 얘기도 있습디다."

"북한 사정은 어떻습니까?"

"북한 사람들이 남한 사람들보다 낫다고는 할 수 없지만 남한의 중·하층보다는 낫습니다."

북한 사정에 대해 윤은 더 이상 구체적인 이야기를 하지 않았다. 그러나 김영환은 당시 윤택림의 이 말을 상당히 신뢰했다.

1986년 강철 시리즈에서 김영환은 '우리가 서 있는 자리에서 불과 수십킬로밖에 떨어지지 않은 곳에', '발전된 사회주의의 생생한 모습이' 펼쳐지고 있다며 북한을 낙원처럼 묘사했다. 그러나 이제는 북한의 공작원으로부터도 북한이 남한보다 낫다고는 할 수 없다는 말을 들었다.

남한에서 서울올림픽을 성공적으로 개최한 데다 고속경제성장으로 생활수준이 급상승한 것 등이 원인이 됐을 수 있다.

상식적으로는 남북한 간에 경제력 격차가 이처럼 확연해지면 북한식 사회주의를 만들자는 주체사상은 혁명가라면 폐기해야 마땅하다. 그러나 출감한 이후 김영환에게 주체사상은 사회주의 혁명전략을 넘어서는 하나의 철학체계였다. 잘사냐 못사냐 하는 것과는 무관한, 인간을 연구하는 하나의 철학체계로 받아들여졌다. 또 남북한이 분단된 상황에서는 미국을 우선 축출해야 한다는 NL이론은 남한의 통일운동이론으로서 여전히 유효성을 가진다.

세계적으로 공산주의가 폐기된 다음에도 한국 사회에서 북한의 남조선 혁명론과 주체사상에 기반한 NL이론이 여전히 386의 이념으로서 강력한 영향력을 행사하는 이유는 이처럼 분단을 해소하려는 대중의 열망에 호소하는 측면이 있기 때문이다. 그리고 청년기를 사회주의 혁명운동에 투신한 사람들은 자신이 옳다고 믿고 빠졌던 이념을 쉽게 버리지 못한다.

윤택림은 당시에 한국의 학생운동을 주체사상이 장악했다든지 하는 기본적인 상식은 알고 있었다. 윤이 가장 알고 싶어하는 것은 김영환 본인에 대한 것이었다. 김영환은 자신의 성장과정, 가족관계 등에 대해 말해 주었다. 김영환은 반제청년동맹에 대해서도 말해주었는데 이것만은 윤택림도 당시까지 모르는 일이었다.

윤택림은 북한에서는 김영환을 대단히 높이 평가한다고 전해주었다. 김일성, 김정일도 김영환을 높이 평가한다는 것이었다.

윤에 따르면 김일성은 노인이 된 후로 시력이 많이 나빠져 그에게 올라가는 문서는 보통 활자를 5배로 키우는데, 강철 서신 항소 이유서 등 김영환이 쓴 문건은 그처럼 활자를 확대해서 올라갔다고 했다. 김일성이 이를 읽고 감명을 받아 영어, 일본어, 아랍어, 스페인어(쿠바에 대한 보급용) 등 4개 국어로 번역해 출판해 전 세계에 돌리라고 지시했다는 것이었다.

윤택림은 자신은 주체사상에 대해 잘 모른다며 김영환에게 좀 가르쳐 달라고 했다. 김영환이 이론가니까 자신보다는 낫지 않겠는가라는 얘기였다.

윤은 김영환과 함께 택시를 타고 가면서도 말을 많이 했다. 윤택림은 탤런트 고두심의 연기가 좋다는 등 연예인 이야기를 많이 했다. 천하장사 강호동이 씨름은 잘하지만 성격이 나쁘다는 말도 했다. 옛날 라디오 아나운서나 썼을 서울 말씨였다. 조금만 주의해 들으면 이상하다는 느낌을 주는 말씨였다. 그렇지만 운전기사가 신고할지도 모른다는 생각을 하며 두려워한 쪽은 오히려 김영환이었다. 불안하긴 했지만 신고를 당한 적은 없었다.

김영환은 윤택림에 의해 노동당에 입당했다. 입당식은 관악산에서 했다. 김일성 초상화나 북한의 인공기人共旗 같은 소도구를 걸어놓는 일은 없었다. 단지 윤이 말하는 대로 따라 하면서 충성맹세를 했다. "위대한 수령과 조선노동당의 영도를 따라 혁명에…" 하는 맹세였다. 국정원은 이를 현지 입당이라고 한다. 2004년에 간첩 논란을 빚은 열린우리당의 이철우 의원의 재판기록을 보면 과거에 중부지역당에 입당할 때 김일성, 김정일의 초상화와 인공기 등을 앞에 놓고 했다는 대목이 나온다. 그러나 이러한 소도구를 사용한 것은 중부지역당이 권위가 없기 때문에 형식을 강조한 듯하다는 것이 김영환의 분석이다. 김영환은 1991년 평양에서 다시 노동당에 가입했다.

윤택림은 북한으로 돌아가기 전에 김영환에게 무전기와 평양 방송을 통해서 의미를 파악할 수 있는 암호책자, 난수표, 해독표 등을 주었다. 이제 김영환은 걸리면 간첩이 된다. 그러나 '혁명을 성공하기 위해서는 북한과 연계해야 한다'는 신념을 가진 김영환이었다. 또 김영환의 생각에 간첩이란 정보를 수집하고 북한의 지시를 받아 활동하는 것인데 그런 것도 없지 않은가, 그러니 자신은 혁명가이지 간첩은 아니라고 합리화했다. 그러나 걸리면 대한민국 법체계로는 간첩죄로 처벌된다는 걱정은 했다.

윤택림은 김영환에게 '관악산1호'라는 대호代号(이름 대신 쓰는 암호)를 받았다. 이는 김영환이 관악산에 위치한 서울대 출신이고 윤과 김이 관악산에서 자주 만난 때문이었다.

북한은 평양방송을 통해 두 달에 한 번꼴로 연락을 했다. 그러나 김영환이 생각할 때 특이한 내용은 없었다. '학생운동을 중시하라', '조직을 굳건히 하라', '영원한 결속을 중시하라'는 등의 일반적인 내용이었다. 사실 평양에 앉아 있으면 한국 내부의 현실에 대한 감이 떨어지므로 구체적인 지시를 내리기가 어렵다는 게 김영환의 판단이었다. 김영환은 1991년 북한에 가서도 전략전술은 현장에서 나오므로 북한에서 남한 혁명의 지도부를 꾸리는 것은 불가능하다, 우리가 지도부를 꾸리겠다고 해서 허락을 받았다. 그러나 후에 1992년 선거에서 민중당을 지원하라는 지시가 내려왔다. 또 북한 핵 때문에 미국이 북한 핵시설을 폭격할 것이라는 보도가 나오던 1994년 1~2월에는 전쟁위기가 고조될 때에 전쟁위험에 대비해 간부들이 피신을 준비하라는 지시가 방송되기도 했다.

방송은 먼저 네 자리의 호출부호를 말한 뒤 "전문을 보내드리겠습니다"라는 말에 이어 숫자를 방송한다. 그러면 난수표와 해독표를 보고 판독한다. 호출부호는 보통 한두개인데 김영환은 비상호출부호를 포함해 10개나 됐다. 이는 북한 측에서 김영환을 그만큼 중시하고 연락할 일이 많을 것으로 봤기 때문이었다. 북한 측에서 한두개의 호출 부호만을 사용해 김영환에게 연락을 빈번히 하면 당연히 한국 수사당국은 자주 나오는 호출부호의 주인공이 누구인지 파악하려고 수사를 강화할 것이다. 때문에 북한 측은 김영환을 보호하기 위해 남들과 달리 10개나 되는 호출부호를 부여했던 것이다.

북한에서 볼 때 김영환은 거물이었다. 남한에서의 학생운동, 나아가서는 변혁운동의 흐름을 일거에 친북노선으로 바꿔놓은 인물이었기 때문이다. 이는 그 이전에 통혁당, 인혁당, 남민전 등이 하지 못한 일이었다. 북한군이 탱크를 밀고 내려와서 강제로 하려 해도 어려운 일이었다. 김일성으로서는 훈장을 10개는 주어도 아깝지 않은 인물이었다.

김영환이 무전기를 사용한 것은 단 한 차례. 방송에서 윤택림과 이전에 약속한 대로 북한으로 올 수 있는가 하는 연락이 와서 가능하다고 답한 것이었다.

1991년 5월 16일 김영환은 조유식과 북한으로 갔다. 김영환은 "당시 북한 측에서 연락을 담당할 사람과 같이 오라고 했는데 정대화는 구속 중이고 하영옥은 조직이라는 중책을 담당하고 있었다. 조유식이 책임감이 강해 선정했다"고 말했다.

민족민주혁명당

1990년 4월 김일성 생일을 앞두고 반제청년동맹 중앙위원회는 다시 김일성 찬양유인물을 뿌리기로 하고 인쇄까지 마쳐놓았다. 이번에도 김영환은 이를 반대했으나 역시 설득이 되지 않았다. 마침내 김영환은 "사실은 나는 북한과 연계돼 있다. 북한에서도 이런 과격한 방식은 좋아하지 않는다"고 말했다.

김영환이 그렇게 말하자 대부분의 중앙위원들은 동의했다. 그러나 일부는 이 같은 결정을 받아들일 수 없다며 조직에서 탈퇴했다. 당시 탈당한 중앙위원들은 모두 주요 정당에 들어가 간부로 활동했다.

김영환은 이후 중앙위원장이 됐다. 하영옥의 권유에 의한 것이었다.

김영환은 주로 시스템을 간결히 하고 보안대책을 강화하는 데 중점을 두었다. 당시 조직원들은 긴 조직 강령을 깨알 같은 글씨로 써서 호주머니에 넣고 다녔다. 경찰에 불심검문이라도 당하면 즉각 전 조직이 위태로워질 일이었다. 김영환은 강령을 짧게 축소하고 모두 암기하도록 했다. 회의기록이나 메모 등은 모두 영어만 사용하도록 했다. 파일의 경우 앞의 20장과 뒤의 20장은 토플 책을 베껴 쓰게 하고 중간에 회의 기록 같은 메모는 영어로 적어 놓게 했다. 경찰이 보아서는 토플 공부하는 공책으로 보이게 했다.

사무실도 신대방동에 이어 강남에 있었지만 미행이 우려돼 폐쇄했다. 당시 내규로 회합에 나올 때는 2회 이상 차를 갈아탈 것, 갈아탈 때마다 항상 마지막에 문이 닫힐 때 내려 따라 내리는 사람이 없는지 확인할 것 등 보안 수칙이 있었지만 미행당하는 것 같은 사례가 빈번했다. 그래서 폐쇄했다. 중앙위원회 회의는 주로 대학의 빈 강의실(경희대, 외대, 단대, 서울산업대, 건대)이나 북한산, 도봉산 등에서 했다.

기관지 '주체기치'를 대학에 뿌리는 것도 주요사업이었다. 주로 새벽에 몰래 뿌렸다. 2백~3백 부 정도 뿌리지만 학생들이 이를 복사해서 보기 때문에 사실은 2천~3천 부 찍는 효과를 냈다. 주체사상을 전파하는 '주체기치'는 김영환이 직접 편집했다.

반제청년동맹 중앙위원 5인 중 4명은 김영환과 가까운 인물들로 광의의 구학련 인물들이었다. 구학련 출신이거나 인천에서 노동운동을 하면서 김영환으로부터 지도를 받던 인물들이었다.

반제청년동맹은 서울대와 외대 출신이 많았다. 지역적으로는 영남쪽이 많았다. 하영옥은 영남과 경기도·서울 지역을 담당했다. 1989년 말까지 60명의 조직원이 있었다.

반제청년동맹은 공산주의 사상에 투철한 조직원들로 구성된 공산혁명 조직이다. 때문에 가입심사가 엄정했다. 가입을 추천하는 사람의 판단과 보증이 있어야 가입이 허용됐다.

김영환은 반제청년동맹 중앙위원장을 하면서 공개적으로는 전민련 조국통일위원회 위원으로 직함을 걸어 놓았다. 그러나 표 나는 행동은 하지 않았다. 그 이유는 자신이 구속되면 반제청년동맹 조직의 활동이 중단되거나 노출될 수가 있으므로 구속되는 일만은 피해야 했다. 지하 조직의 간부들에게 구속을 피하는 것은 불문율처럼 돼 있었다.

김영환은 한편으로는 남한공산혁명을 지도할 전위당의 건설을 구상 했다.

당시까지 남한에서는 한민전이 전위당이라는 게 북한의 공식입장이 었다. 때문에 혁명을 지도하는 지하조직들은 전위당의 하위개념으로 '동 맹', '연맹', '전선', '위원회' 등의 명칭을 붙였다.

그러나 김영환은 한민전의 실체가 없다는 것을 알고 있었다. 이전에도 한민전 방송을 들으면 사실과 다른 내용이 많이 나왔다. 남한 현지에 없기 때문이라는 것은 운동권 사람들은 다 아는 사실이었다. 그리고 북 한에서 온 공작원 윤택림도 김영환에게 사람들을 포섭해서 노동당에 가입시킬 때 "노동당이라고 해도 되고 한민전이라고 해도 된다"고 한 바 있었다. 이는 한민전이 노동당의 다른 이름일 뿐 남한에 있는 실체는 아니라는 의미였다.

김영환은 이제는 남한 혁명을 위한 전위당이 필요하다는 점을 인식 했다. 또 사람들에게 전위당이 필요하다는 것을 알게 하기 위해서 감히 '당'을 건설키로 한 것이다. 1991년 김영환은 민족민주혁명당(민혁당) 을 결성하고 중앙위원장이 됐다. 민혁당의 가입심사는 반제청년동맹보 다 더욱 철저히 했다.

반제청년동맹에서 1년 이상 활동했거나, 민혁당이 공인한 17개 지하 혁명조직에서 2년 이상 활동해야 비로소 가입 자격을 부여했다. 지하혁 명조직은 민혁당 산하의 조직들로 이것들 역시 전위당 수준으로 가입하기가 어려웠다. 예를 들면 현대자동차, 각 대학, 지역단위의 조직 외에 고등학생 조직도 있었다. 수도권의 고교 운동권을 주도하는 의식이 투철한 학생을 15명 정도 뽑아 만든 조직이었다. 이 고교생들에게도 주체사상을 교육했다. 민혁당은 조직원은 1백명이지만 관련자는 3천명을 넘는 방대한 조직으로 발전했다.

김영환은 당의 보안에 극도로 주의를 기울였다.

본명을 쓰지 않도록 했기 때문에 간부들끼리도 본명은 몰랐다. 나중에 국정원 조사를 받을 때 비로소 본명을 알게 되는 경우도 있었다.

사상이 투철하지 못한 사람들에게는 중요 직책을 맡기지 않고 말단에 머물게 했다. 민혁당 조직은 중앙위원회 하부에 조직국과 선전국이 있고 지역별로 영남위원회, 수도권위원회, 전북위원회가 있었다. 전남은 조직원 숫자가 적어서 개별적으로 지도했다. 그리고 학생위원회가 있었다. 고교생들도 팀을 만들어 지도했다. 또 공개 재야단체, 청년, 통일운동 단체를 종합관리하는 인물이 있었다.

민혁당 지역위원회는 주로 조직사업을 담당했다. 주 대상은 학생과 노동자였다. 당시 대학생운동권은 반미청년회에 이어 구국의 광장, 민자통, 자주 그룹 등이 조종하고 있었다. 민혁당 계열은 소수였다. 모두 주체사상을 지도이념으로 했음은 물론이다. 그러나 1990년대 중반부터 민혁당의 영향력은 급신장했다.

민혁당은 울산지역 노동운동권에서는 영향력이 컸다. 1990년대 상반기에 울산에서 조직사업을 활발하게 했기 때문이다. 당시 울산지역의 노조운동가들은 지하에서 활동했다. 지하에서 노동자를 학습시키는 세력이 여러 조직에서 들어가 조직을 결성했다.

그중의 하나인 민혁당의 영향은 컸다. 그러나 현대중공업에서 조유식, 정대화가 구속된 이후에는 영향력이 감소했다. 현대자동차에서는 오랫동안 주도적인 역할을 했다. 현대자동차 노조의 북한 주민 돕기 운동과 1993년 우루과이 라운드 논란이 있을 때 수입개방 저지와 관련된 성명서 발표 등이 김영환의 직접 지시로 이루어진 것들이다. 김영환은 대중의 지지를 얻는 방향으로 가야 한다고 믿었기 때문에 파업은 별로 지시하지 않았다.

민혁당은 1997년 7월 중앙위원 3인 중 김영환 등 2명의 동의에 따라 해산이 결의됐다. 그 이후 많은 사람들이 민노당으로 갔다. 현재 민노당 간부들 가운데에는 민혁당 하부에서 일하던 사람들이 많다.

김영환이 북한과 선이 있다는 점을 말했지만 이에 대한 물증을 제시하지는 않았다. 북한의 힘을 빌리는 일은 너무 번거로웠다. 한밤에 야산으로 올라가 무전기를 파낸 다음 무전을 보내고, 방송으로 답신이 오면 다시 이를 난수표로 풀어서 중앙위원에 몇 일 몇 시에 방송을 들어보라, 그러면 이러이러한 내용이 나올 것이다라고 전해야 한다. 이는 보안의 위험 부담도 크다. 그리고 김영환과 중앙위원들은 대학시절부터 서로 품성을 잘 아는 관계였다. 노선 싸움은 하더라도 기본적으로 서로의 인간성이나 정직성은 신뢰했다.

하지만 중앙위원들은 북한의 지시에 따라 모두 노동당에 입당시켰다. 민혁당에서 노동당에 입당시킬 수 있는 사람은 조직 책임자인 중앙위원장 김영환뿐이었다.

입당식은 모두 산에서 했다. 보안 때문이었다. 사실 회의할 때에는 빈 강의실 등에서 해도 민혁당은 '동창회', 반제청년동맹은 '동문회' 등 암호로 바꿔 말했다. 그런데 입당식은 암호로 할 수 없지 않은가. 빈 강의실에서 한다 해도 누군가 창문으로 들여다 볼 수도 있다. 그런데 산에서 하면 주위에 누가 있는지 금방 알 수 있다.

김영환은 이 즈음 중부지역당에 대해서도 대충 알고 있었다. 민혁당 조직의 안테나에 활동이 포착됐기 때문이다. 누군가가 민혁당 조직원들에게 자신들이 북한과 연계됐다고 하면서 가입을 권유했는데 이 권유를 받은 조직원이 김영환에게 보고한 것이었다. 일종의 조직간의 충돌이었다. 이를 조정한 것은 바로 북한이다.

김영환은 당시에 진운방이라는 말레이시아 화교로 위장한 북한 간첩과 선을 대고 있었다. 진운방이 북한과 민혁당과의 연락책인 셈이었다. 진운방은 나름대로 조직사업을 하면서 K(외대 83)를 연락책으로 찍고 있었다. 그런데 K는 이미 김영환의 민혁당 조직원이었다.

김영환은 K-진운방 라인을 통해 북한 측에 중부지역당의 활동이 자신의 조직과 부딪힌다, 보안상 부담이 크다, 북한과 연계됐다고 하는데 사실이라면 수도권에서 활동하지 말라고 지시하라고 요구했다. 그래서 북한은 중부지역당 조직책인 H에게 강원, 충청에서만 활동하라고 지시한 것이다.

민혁당을 구상할 때 조직원 수는 1백명에 이를 정도로 조직사업이 잘돼 나갔다. 당시에 베를린 장벽이 붕괴되고 동유럽의 공산주의 정권이 연달아 무너져 김영환은 개인적으로 충격도 받고 조직원의 동요가 있을까 상당히 우려도 했다.

김영환은 조직원들을 상대로 동유럽은 소련에 종속된 비주체적인 사회주의 체제라서 망했다는 내용의 교육사업을 진행했다. 그러나 개인적으로 김영환은 공산주의는 프롤레타리아 독재와 계획경제에 대한 생각을 바꿔야 한다, 북한도 프롤레타리아 독재와 계획경제로 운영되는 측면이 있는 만큼 남한에서의 사회주의 혁명을 위해서는 주체사상에 기초한 새로운 패러다임을 만들어 내야 한다는 생각을 하게 됐다. 이를 위해서는 먼저 북한 사회가 주체사상을 통해 어떻게 운영되는가를 알아보아야 했다.

북한

윤태림과 약속한 월북 날짜가 다가오자 김영환은 북한에 가 있는 동안의 알리바이를 조작해야 했다. 집에 있다가 한동안 북한에 갔다 오느라고 집을 비우면 경찰로부터 행적을 의심받게 되기 때문이었다. 김영환은 집에서 나올 명분을 찾았다. 어머니에게 대학원에 진학하려는 데 공부를 열심히 해야 한다고 둘러댔다. 그래서 3월부터는 집에서 나와 신림동의 한 고시원에 숙소를 정했다.

북한 방문은 윤태림과 정한 날에 약속한 대로 했다. 강화도 야산에 숨어 있다가 밤이 되자 연락원이 왔다. 먼저 저쪽에서 손뼉을 치자 손뼉으로 응답했다. 그러자 '철수 형님 안녕하십니까' 하는 암호가 이어지고 북한에서 온 연락원을 만날 수 있었다. 그는 김영환에게 가슴까지 올라오는 고무 바지를 주었다. 이 옷을 입고 갯벌을 지나 잠수정으로 옮겨 탔다.

잠수정이 절벽 사이를 지나야 하는데 멀리서 보니까 양 절벽에서 경비를 선 국군의 서치라이트가 쉬지 않고 물 위를 비추는 게 보였다. 저길 어떻게 빠져나가나 하고 걱정하는데 잠수정의 북한 요원들은 걱정조차 하지 않았다. 한두 차례 침투한 사람들이 아니었다.

잠수정을 타고 4시간 만에 해주에 도착했다. 당시 대남공작을 담당하는 사회문화부(지금은 연락부) 부부장이 마중 나왔다. 해주의 도로 상태는 매우 나빴다. 시멘트로 포장된 도로 곳곳은 깨진 지 오래된 것 같고 균열도 매우 심했지만 보수하지도 않은 상태였다. 차가 다니기가 위험할 정도였다. 부부장은 겸연쩍은 듯 "여기는 다른 지방에 비해 도로 정비가 잘 안 돼 있다"고 투덜거렸다.

작은 초대소에서 아침식사를 했다. 이곳은 남한에서 잠수정을 타고 오는 사람들이 처음으로 들르는 곳인 듯했다. 밥 해주는 아줌마가 아주 친절했다. 김영환은 헬기로 갈아타고 평양 순안비행장에 도착했다. 그곳에는 대남사업을 총괄하는 이창선 사회문화부장이 나와 있었다. 김영환은 벤츠 승용차를 타고 초대소로 갔다. 평양에는 의외로 벤츠 같은 외국산 자동차가 다녔다. 그러나 북한의 다른 자동차들은 경악할 만한 수준의 시커먼 매연을 뿜어댔다. 김영환은 북한이 남한보다 경제는 떨어져도 환경은 나을 것이라고 생각했는데 막상 와서 자동차들이 내뿜는 매연을 보니 그게 아니었다. 차창 밖으로 바라본 주민들에게서는 예전 고교시절 북한 영화에서 캐치할 수 있었던 활력을 전혀 찾을 수 없었다.

북한 측 사람들은 첫날부터 바로 회의를 하자고 했지만 김영환이 잠을 못 자서 피곤하다고 해서 그날은 쉬었다. 식사는 엄청나게 잘 나왔다. 그러나 김영환이 잘 먹지 않자 식당 아줌마는 안절부절못했다. 북한 사람들은 엄청나게 많이 먹었다.

다음 날 부장, 부부장, 과장 등과 회의를 했다. 이들은 김영환에게 남한 정세와 조직사업에 대해 물었다. 당시 한국에서는 시위가 아주 많았다. 이에 대해 의견을 물어 김영환은 "시위가 확산되지는 않을 것"이라는 전망을 해주었다.

김영환은 북한에서 17일간 있었다.

주체사상을 연구하는 학자들과의 토론 두 차례, 남북회담 대표로도 왔던 조평통 부위원장 겸 통일전선 부위원장인 안병수와의 통일 문제 토론, 김일성대학 및 만경대혁명학원 방문과 토론 등이 주 일정이었다. 혁명열사릉도 가봤고 옥류관에서 식사도 했다. 놀라운 것은 북한 관리들이 김일성과의 만남을 주선했다는 것이었다.

김영환은 주체사상을 연구하는 학자들과의 토론에서 크게 실망했다. 우선 토론이 이루어지지 않았다. 그 곳 학자들이 자유롭게 이야기하지 못했다. 김영환이 어떤 질문을 해도 반응이 전혀 없었다. 토론할 의지나 자유가 전혀 없었다. 말 잘못하면 끌려가기 때문일까.

김영환은 "북한에서도 중국의 문화혁명을 비판하는데 만약 수령이 문혁과 같은 오류를 범하려 한다면 수령 밑에 있는 사람들은 이를 따라야 하는가, 아니면 잘못이라고 말려야 하는가"를 물었다. 북한에서 수령의 오류는 상상할 수가 없는 일이다. 주체사상은 수령의 무오류성을 전제로 한다. 당연히 학자들은 전혀 엉뚱한 말을 하면서 말꼬리를 돌렸다.

김영환은 또 "유럽의 사회민주주의에 대해 우호적으로 볼 수 있는 부분이 있지 않은가"라고 물었다. 환경 문제를 중시하는 유럽의 좌파에 대한 입장을 물은 것이었다. 그러자 한 학자는 "일시적으로 인민을 현혹하려 한 것이며 인민해방에 기여하기 어렵다"며 북한의 기존 입장만을 되풀이했다. 김영환은 북한에서는 주체사상을 연구할 자유가 없다는 결론을 어렵지 않게 내릴 수 있었다.

김영환은 북한에서 2차 노동당 입당식을 가졌다. 주도는 이창선 사회문화부장이 직접 했다.

김일성대학과 만경대혁명학원에서는 각각 2~3명의 학생들과 대화했다. 그러나 어느 곳에서나 주위에 사람들이 지켜보고 있어서인지 대화가 제대로 이루어지지 않았다. 만경대혁명학원은 혁명 고아들이 다니는 학교였다. 혁명으로 부모를 잃은 사람들, 해방 직후 남한에서의 운동으로 부모를 잃은 사람들, 6·25 때 부모가 죽은 사람들이 입학할 수 있었다. 그러나 나중에 부모 중 한 명만 죽어도 입학할 수 있도록 자격이 완화됐다. 김정일이 입학하기 위한 배려로 해석됐다. 김정일의 어머니 김정숙이 혁명가로 불리기 때문이다.

그러나 김영환이 갔을 때 만경대혁명학원의 명성은 평양1고등에 비해 뒤처지는 듯했다. 안내원들이 "여기보다도 평양1고등이 시설도 좋고 아이들도 똑똑하다. 잘못 왔다"고 한 말을 들었기 때문이다.

학생들을 만날 때는 처음에는 '재일동포'라고 했다. 그런데 나중에는 질문들이 없으니까 그냥 소개를 하지 않게 됐다.

그나마 서울에서 만난 윤택림의 아파트를 방문한 것이 인상에 남았다. 윤은 성격도 좋은 데다 구면이라 친근감이 들었다. 북한에서 만난 사람 가운데 유일하게 인간미가 있는 사람이었다. 도서관 사서라는 부인도, 초등학교 5학년에 다니는 딸과 2학년인 아들도 모두 다 친절했다.

김일성 면담

평양에서 묘향산으로 가는 기차를 탔다. 안내원들이 김일성을 만나러 간다고 알려주었다.

김일성의 집무실은 1백평쯤 되는 듯 어마어마하게 컸다. 거대한 집무 테이블이 있고, 옆에 대형 회의세트가 놓여 있었다. 그리고 다시 그 옆에 소형 테이블과 의자 등이 놓여 있었다. 김영환은 김일성과 이 작은 테이블에서 얼굴을 마주 대고 이야기를 나누었다. 처음에는 대회의실에서 이창선 부장, 과장 이렇게 모두 4명이 모이게 됐다. 기록은 옆에 앉은 과장이 했다.

김일성은 양복에 넥타이를 매고 있었으며 김영환도 북한 관리들이 제공한 양복을 단정히 입었다. 김일성을 만나기 직전 측근들이 김일성이 귀가 안 좋으니 큰 소리로 또박또박 말하라고 당부했다. 아침 10시부터 2시간, 그리고 식사하면서 1시간 반 동안 면담했다. 그러자 김일성은 내일 다시 보자고 했다. 그곳 수행원들이 "전례가 없는 일"이라며 대단히 놀라워했다. 다음 날에는 다시 두 시간을 만났다.

김일성은 키는 김영환과 비슷했다. 목 뒤의 커다란 혹도 보였다. 김일성은 처음 악수하면서 웃으며 "어서 오시오"라고 말했다. 김일성은 사람을 편안하게 하는 재주가 있는 것 같았다. 얼굴빛은 부드러웠으며 많이 웃었다. 그리고 반발은 않고 '하시오' 등으로 마쳤다.

김일성은 김영환이 쓴 강철 시리즈 등에 대해 "다 읽어 봤다. 잘 썼다"고 평했다.

"남조선 혁명을 위해 필요한 것이 무엇인가"라고 김일성이 묻자 김영환은 "광범위한 대중의 의식화가 필요하다"고 답했다. 김일성은 이에 주체사상으로 의식화돼야 한다고 했다.

김일성은 주체사상을 민족주의와 마르크스주의를 결합한 관점에서 설명했다. 김일성은 프롤레타리아 독재는 공산당 독재이고 이는 다시 수령의 가르침과 결합돼야 한다는 식으로 주체사상을 설명했다. 김영환에게 이 같은 설명은 주체사상이 아니라 스탈린주의에 충실한 것으로 이해됐다. 주체사상을 마르크스주의를 대체할 만한 이념으로 여기던 김영환에게는 충격적인 과거로의 회귀였다. 그래서 김영환은 주체사상은 그게 아니라고 따지고 들어갈까 하다가 분위기가 아니어서 따지지는 못했다.

김일성에게 주체사상은 남한 혁명을 위한 최대의 무기였다.

"남조선 인민들이 투쟁에 나서지 않는 것은 남조선이 미국의 식민지라는 사실을 모르기 때문이다. 남조선이 미국의 식민지라는 사실을 인식하는 사상이 중요하다. 남조선이 미국의 식민지라는 사실을 폭로하는 운동을 전개해야 한다. 무엇보다도 사상이 중요하다. 남조선 인민들 1천 명만 주체사상으로 무장시키면 남조선 혁명은 이룩한 것이나 다름없다."

"라프산자니 이란 대통령에게 혁명의 성공비결을 알려달라고 하자 라프산자니는 '이란은 모든 혁명 조직 말단까지 종교세포가 있었다. 종교 이념과 말단까지 있었던 종교 조직, 즉 이념과 조직을 무기로 성공했다'고 하더라. 남조선혁명의 성공을 위해서도 주체사상을 널리 확산시키고 그 조직을 기층민중까지 확산해야 한다."

김일성은 게릴라 투쟁과 혁명에 대해 이야기를 많이 했다.

"중국 내전 때 국민당 베이징 방어사령관인 부자기의 부관으로 공산당 요원이 침투해 있었다. 공산당이 중국에서 오랜 기간 공작했는데 이 요원은 나서지 않고 푹 잠복해 있었다. 나중에 공산당이 진격할 때 이 부관은 사령관을 설득해 국민당의 30만 대군이 공산당에 항복하게 했다. 남한 혁명운동도 그런 식으로 하라. 나서지 말고 푹 잠복해 신임만 받아라. 그러다 결정적인 시기가 오면 활동하라. 투쟁만이 능사가 아니다. 이렇게 하면 피를 흘리지 않고서도 승리를 얻을 수 있다."

김일성은 "동생 김영주가 신경쇠약이 심해서 요양소에 오랫동안 있다"고 했다. 김영주는 김일성의 동생으로 1960~70년대에는 노동당의 2인자였으며 한때는 김일성의 후계자로 거론되기도 했던 인물이다.

김일성은 일제시대 때 고생한 이야기를 많이 했다. 식사는 코스로 나왔는데 마침 언 감자국수라는 메뉴가 나오자 김일성이 입을 열었다.

"옛날 만주에서 빨치산 활동할 때 먹을 게 없는 겨울에 먹으려고 땅 속에 감자를 묻으면 꽁꽁 언다. 이 언 감자를 갈아서 국수를 만들어 먹었다."

김일성은 이어 "지금 남한 정세가 어떤가"를 물었다. 김영환은 "지금 시위는 많지만 정권이 위태롭지는 않을 것이다. 시위에 참여하는 사람들은 대부분 운동권이거나 과거 운동권 출신들이다"고 말했다.

김일성은 "어제 손정도 목사의 아들이 찾아왔다"며 빨치산 시절 이야기를 했다. 손정도 목사는 김일성이 어릴 때 도움을 많이 받은 인물이다. 김일성은 "중국에서 감옥에 있을 때 손정도 목사가 자주 찾아왔다"고 말했다.

김일성은 말을 많이 하는 스타일이었다. 김일성이 말하는 동안 옆에 앉은 과장이 쉬지 않고 받아 적었다. 식사 중에는 와인으로 건배도 했다.

김일성은 김영환에게 특별한 지시를 하지는 않았다. 당시는 이미 김정일에게 모든 업무를 위임한 후였다. 그는 김영환 등이 "잠수정을 타고 오는 동안 김정일 동지는 걱정이 돼서 잠도 못 잔다"고 말했다.

김일성을 만난 것은 북측이 상당히 배려한 때문이었다. 김일성의 입장에서는 남조선에서 주체사상운동이 활발히 전개되고 있는데 김영환이 이에 결정적인 역할을 했으니 만나고 싶었을 것이다.

남한에서는 통혁당의 김종태도 못 만난 김일성을 김영환이 만났다고 하는 사람들이 있는데 이는 사실과 다르다. 김영환은 이창선 사회문화부장으로부터 김종태도 김일성을 만났다는 이야기를 직접 들었다. 부장과 부부장은 통혁당과 김영환의 민혁당을 비교해 이야기하기도 했다.

통혁당이 깨진 이야기를 하면서 당시 임자도에서 면장을 하던 최 모라는 사람 이야기를 했다. 최의 조카가 아편 중독인데 돈이 부족하면 삼촌한테 돈 달라고 졸랐다. 나중에는 최가 꾸짖고 돈 안 주겠다고 하자 앙심 품고 신고해 간첩단 사건이 났고, 통혁당이 드러났다는 것이었다. 그들은 김영환에게 이를 교훈 삼아 조직 보호를 위해 주변 관계를 철저히 차단하라고 지시했다.

김영환은 나중에 북한을 떠나 올 때 스위스산 로렉스 손목시계를 선물 받았다. 김영환은 안 받겠다고 했지만 윤택림이 "당에서 주는 것"이라며 가져가라고 했다. 김영환이 다시 "전투원들에게 주겠다"고 하자 윤은 "절대로 그러지 말라"고 했다.

한국에 올 때는 남포에서 배를 타고 공해상으로 빠져나간 뒤 멀리 황해를 돌아 제주도 남쪽 해상에서 작은 보트로 갈아타고 해안에서 떨어진 곳에서 잠수복으로 갈아입은 뒤 추진기를 타고 한밤에 서귀포 부근 모래사장에 도착했다. 추진기와 잠수복은 함께 따라온 북한의 전투원에게 돌려주었다. 1시간쯤 걸어 서귀포로 간 뒤 여관에서 자고 아침에 비행기 편으로 서울에 도착했다.

김영환은 알리바이를 조작하기 위해 집을 나와 고시원에서 머물렀다. 그러다가 북한으로 가기 직전에 그 고시원을 나와 다른 고시원으로 옮겠다. 한 고시원에 있으면 17일이나 자리를 비울 경우 사람들이 의아하게 생각하게 된다. 그러나 새 고시원에서 처음 가자마자 자리를 비우더라도 누구든지 얼굴을 알아볼 수 없다. 그러니 이상하게 생각하는 사람도 없다.

환멸

김영환이 17일 동안 북한을 관찰하며 갖게 된 결론은 세가지였다.

첫째, 관료주의가 심하다. 상급자가 하급자에게 고압적으로 대하는 것을 보면 짐작할 수 있다.

둘째, 자신이 볼 때 주체사상에서 가장 중요하게 생각하는 요소인 사람들의 창의성이 발휘되지 않는다. 학자들과의 토론에서 알 수 있는 것이었다. 학자들은 똑같은 이야기만 되풀이했다. 창의적인 연구활동이 불가능하다는 의미였다.

셋째, 사회 전체가 활발하지 못하고 죽은 사회라는 느낌이었다. 시민들의 표정도 굳어 있고 전반적으로 어둡다는 느낌이었다. 딱 한번 평양 시내에서 지나가는 사람과 대화를 시도했지만 이마저도 안내원의 제지를 받았다.

김영환에게 북한 방문은 실망만을 안겨준 셈이 됐다. 북한이 한국보다 가난하고 못산다는 것은 이미 알고 있었다. 하지만 북한은 한국보다 인간미가 있고 환경보호도 잘돼 있으리라고 생각했다.

김영환은 사실 출감 직후인 1989년부터 북한의 경제문제보다는 환경이나 인간애에 초점을 두는 방향으로 바뀌었다. 대학 저학년 시절 남북한의 1인당 GNP가 2천달러 수준으로 비슷하다는 생각을 하며 정부의 북한에 대한 발표를 모두 불신했던 김영환이있지만 서울올림픽 개최 이후에는 북한의 경제가 더 이상 남한과 경쟁이 안 된다는 사실은 알 수 있었다. 그러나 경제는 낙후됐더라도 환경이나 인간애 등의 측면에서는 무한경쟁으로 질주하는 남한 사회보다는 나은 점이 있으리라는 막연한 환상을 가졌다. 남한에서의 빈부격차를 극복하고 통일을 이룰 수 있는 방법으로서의 주체사상, 그리고 마르크스주의가 몰락한 이후 새로운 미래의 패러다임의 원천으로서 주체사상의 가치를 확신하고 있었다.

그러나 막상 가 보니까 북한은 기대와는 달리 환경보호를 위한 노력을 전혀 하지 않는 나라였다. 자동차에서 내뿜는 매연은 상상을 초월하는 수준이었다. 인간미도 없었다. 윤택림의 가족을 제외하고는 그 누구에게서도 인간적인 따뜻함을 찾을 수 없었다. 길을 지나가는 사람들의 침울하고 어두운 표정을 보아도 이 사회가 사람들 간에 화기애애한 정을 나누는 사회가 아니라는 사실을 쉽게 판단할 수 있었다.

사실 공산주의가 이론 학습을 강조하지만 혁명가에게 필요한 덕목 중의 하나가 바로 인간미이다. 조직원들을 '동지'로 부르며 따뜻하게 감싸는 것이 필요하다. 조직원들의 헌신을 구하기 위해서도 이러한 공산주의자 간의 인간미는 필요하다. 대학교 때의 지하운동이나 지금의 민혁당이나 월급 나오고 편안한 생활이 보장되는 것이 아니다. 붙잡히면 혹독한 고초를 치를 수도 있다. 세속적인 출세나 권력, 편안함과는 절연하고 산다. 그런 사람들에게 헌신을 요구하려면 따뜻한 인간적인 접근이 필요한 것이다.

출감 이후 동구 공산주의의 몰락을 목도하며 김영환은 인류를 그때까지 지탱해주던 마르크스주의와 자본주의의 산업화를 통한 소외를 극복할 새로운 패러다임으로 주체사상을 생각했다. 그러나 막상 북한에 가서 그곳 사회를 관찰하고 그곳 학자들과 토론해 보자 북한 사회가

82들의 혁명놀음

이런 새로운 철학적 활로를 개척하기에는 가장 어려운 곳이라는 점을 알게 된 것이다.

김영환이 미래의 가능성으로 삼고 있던 주체사상을 연구하는 데에도 북한 학자들은 전혀 관심이 없었던 것이다. 김영환은 북한은 주체사상을 발전시키고 지도할 만한 능력이 없는 사회라고 결론지었다. 김일성, 김정일은 반제이론과 주체사상을 가지고 주민들을 억압하는 독재자일 뿐이었다. 주체사상의 발전에는 아무런 관심이 없었다.

김영환은 자신이 생각하는 패러다임과 북한과는 어울리지 않는다고 생각했다. 그러면 자신의 패러다임을 바꾸든지, 아니며 북한을 버리든지 해야 한다. 그러나 김영환은 주체사상을 발전시킬 사람은 바로 자신뿐이라고 결론을 내렸다. 동시에 북한을 모델로 하는 공산혁명을 추구하는 조직인 민혁당을 서서히 바꾸어 나가고, 종국에는 해체할 수밖에 없다고 결론지었다.

북한에서 돌아온 김영환은 즉각 40만 달러, 권총, 비디오테이프, 주체사상 관련 책자와 당 조직 관련 책자 등을 약속한 장소에서 파 왔다. 책자는 당시 이미 남한에서 쉽게 구할 수 있는 것들이었다. 작고 활자도 달라서 가지고 있으면 보안에 위험하다고 판단해 즉각 태워버리거나 다시 묻었다. 이러한 것들은 북한 측 인물이 지정된 장소에 묻어 놓으면 다음날 가서 가져 왔다. 이러한 북한의 연락은 방송으로만 왔다. 무전은 김영환이 북한에 연락할 때만 했다.

40만달러는 주로 활동비로 썼다. 대개는 민혁당 조직원 월급으로 썼다. 월급은 부양가족과 기타 활동 및 생활비 등을 정해서 주었다. 그러나 돈으로 상을 준 경우는 없다. 상으로는 '으뜸 일군'이라는 칭호를 내렸다.

"어려운 여건을 극복하고 조직을 믿고 조직의 지시사항을 성실히 이행했다"며 '으뜸 일군' 칭호를 수여한다. 그러면 다들 좋아했다. 2~3명에게 이 칭호를 내렸다. 그러나 어떤 경우에도 위원장은 나타나면 안된다. 조직원을 직접 만나는 것은 금기 중의 금기다. 모든 것을 중앙위원들이 했다. 중앙위원 중 김영환은 서상수, 하영옥은 오승환, 박금섭은 최명호라는 가명을 썼다. 너무 특이한 가명도 금지된다. 회의에서는 '오형' '최형' 하고 불렀다.

민혁당의 조직원은 1백명, 이중 여성은 15~20명이었다. 교사, 약사 등이 있었고 무도관장, 학원운영 등으로 위장했다. 김영환 본인은 너무 유명해진 상태여서 위장할 수가 없었다. 그냥 전민련에 적을 걸어 놓은 사회활동가로 지냈다. 민혁당에서 직접 관리하는 17개 지하혁명 조직원들은 4백명, 이중 여성은 1백명가량이다. 이들 조직에서 2년간 활동해야 정식 민혁당 조직원으로 받아주었다. 다만 반제청년동맹원은 1년만 활동해도 조직원으로 받아주었다.

북한에서는 방송으로 연락이 왔다. 김영환은 한 번도 무전을 치지 않았다. 김영환이 북한에 있을 때 그곳 관리들은 제삼국에서의 접선방법도 알려주었다. 싱가포르, 마카오, 스톡홀름이 접선장소였다. 접선방법은 예를 들면 싱가포르 공원의 사자상 왼편 아래에 있는 사람에게 다가가 "안녕하십니까"라고 인사하면 상대방이 "날씨가 좋습니다"라고 답하는 등의 것이었다. 구체적인 만날 장소와 시간은 방송으로 알려주면 된다. 홍콩에는 비상시에 피신할 수 있는 전화번호도 알려주었다.

민혁당을 해체할 수도 있지만 그렇다고 문제가 해결되는 것은 아니었다. 해체하면 조직원들의 사상을 바꿀 수 있는 도구가 없어지는 셈이된다. 김영환에게 중요한 것은 운동의 목표가 무엇인가 하는 것과, 운동의 방향을 어떻게 바꾸냐 하는 것이었다.

당초 김영환의 의도는 북한의 도움으로 남한에서 혁명을 하는 것이었다. 소련이 붕괴되고, 동유럽의 공산주의 정권이 무너지고, 북한도 곧

망한다고 했을 때도 김영환은 "북한은 망해도 우리는 혁명을 한다"고 조직원들에게 강조했다. 혁명조직은 유지하되 북한에 대한 태도, 마르크스의 노동계급론, 프롤레타리아 독재론, 국유화론 등에 대한 입장, 남한 사회를 뒤엎는다는 생각 등을 바꾸면 되는 것이었다.

남한을 뒤엎는다는 생각을 버리면 남는 것은 북한이다. 민혁당을 북한 혁명을 위한 도구로 사용하면 되는 것이었다. 그래야만 자신을 따르는 조직원들이 피해를 보지 않게 된다는 판단이었다.

5.
귀환

■ 엄밀하게 말해 우리나라가 미국의 식민지는 아닙니다. ─김영환

결심

북한 사회에 실망한 김영환은 자연히 민혁당 사업에도 소극적으로 임하게 됐다. 김영환은 자기 확신이 강한 인물이다. 옳다고 판단되면 부모의 뜻도 거역하고 자신의 미래도 포기하고 밀고 나간다.

중학생 시절 아버지가 성당에 나가지 말라고 했을 때에도 "기왕에 선택한 것, 회의를 느끼기 전까지는 계속 나가겠다"며 중단하지 않았다. 대학에 들어가서는 포이어바흐의 '기독교의 본질'을 읽고 유물철학이 옳다고 판단되자 바로 마음속에서 하느님을 버렸다. 북한에 대해서도 스스로 옳다고 믿으면 즉각 행동에 옮겼다. 북한의 남조선 혁명론과 주체사상이 옳다고 판단되면 이를 행동에 옮겨 서울대의 전체 운동권에 이식했다. 그리고 그러한 신념에 따라 북한을 찾아 노동당에도 가입, 무전기, 난수표 등을 받은 공작원이 됐고 김일성도 만났다. 이 과정에서 김영환은 자신의 행동에는 조금도 회의가 일지 않았다. 그러나 북한을 방문한 다음에는 주체사상으로 남한 사회에 공산혁명을 일으키겠다는 생각이 제대로 된 것인가에 대해 처음으로 회의가 일었다. 그러니 민혁당의 사업을 제대로 해나갈 리가 없었다. 함께 중앙위원으로 있던 하영옥이나 박금섭도 민혁당 조직사업에 적극적인 자세로 임하지 않았다. 이 두 사람은 불투명한 장래 문제로 고민하고 있었다.

사실 김영환과 같은 82학번은 1990년대 초반이면 30대가 된다. 이 나이가 되면 서울대 법대 동기들은 대개는 고시를 보아 판검사나 변호사가 되어 자리를 잡는다. 사법 시험에 붙은 선배 친구 후배들은 이제 민주화된 한국에서 체제를 지켜나가는 역군이 된다. 민주화되고 발전해 나가는 나라에서 이 나라를 전복시키려는 공산당 지하당 활동을 한다는 것은 본인들의 신념이 아무리 투철하다고 해도 불안하지 않을 수 없는 일이다. 더구나 이들은 한국 최고의 엘리트인 서울대 법대 출신으로 마음만 먹으면 사법 시험 정도는 붙을 수 있다는 자신감이 있었다. 실제로 주위에서는 운동권 출신이면서도 사법 시험에 합격한 사람이 적지 않았다.

김영환은 민혁당 중앙위원들에게 고시생으로 신분을 위장하라고 지시했다. 그런데 이들이 1년쯤 고시생으로 위장하더니 진짜로 고시를 보겠다고 하는 것이다. 그래서 김영환이 안 된다고 하자 이들은 딱 2년만 더 해보겠다고 했다. 그래서 김영환은 하는 수 없이 2년의 기회를 더 주었다.

민혁당은 중앙위원장인 김영환이 북한에 대한 기대를 저버린 데다 나머지 중앙위원이 고시공부에 몰두하면서 조직 상부의 활동이 사실상 중단된 상태가 되어버렸다. 김영환은 자기 혼자 전향을 공개선언하고 공산혁명운동을 중단할 수가 없었다. 자신의 주장이 옳다고 믿고 자신과 함께해온 민혁당, 나아가서는 주체사상이 주도하는 전체 운동권을 전향시키기로 했다.

당초 반제청년동맹에서 민혁당으로 전환할 때에 김영환이 정한 강령은 다음과 같다.

- 민족민주혁명당은 주체사상을 지도사상으로 한다.
- 우리는 당면하여 민주주의를 쟁취하고, 민족을 해방시키며, 조국을 평화적으로 통일한다.
- 우리는 궁극적으로 사람들 사이에 사랑이 넘쳐나는 완전히 자주화된 사회를 건설한다.

세 번째 강령은 김영환의 생각이 바뀐 것을 드러내려 한 것이다.

방북 직후인 1992년 북한에 실망한 김영환은 '주체사상의 수령론'이라는 문건을 제작해 중앙위원들에게 보였다. 내용은 북한의 수령론은 수령의 책임 문제를 거론하지 않지만 실제로는 지도자가 인민의 적으로 변질될 수도 있다는 내용을 순하게 정리한 것이었다. 인민이 수령을 지지하고 존경하고 단결하면, 수령도 인민에 충성하고 국가와 인민에 대한 책임을 져야 한다는 내용이었다. 이는 중국 문화혁명의 오류는 모택동을 견제할 장치가 부족했기 때문이었다는 문제의식에서 출발한다. 내심으로는 김일성, 김정일을 수령으로 떠받들고 절대 복종해서는 안 된다는 점을 알리려 한 것이었다.

김영환은 민혁당의 지하기관지 '빛'에도 이런 류의 글을 많이 썼다. 나중에는 하부의 학생조직에서 나오는 기관지에 '김일성은…'하고 기사가 나왔다. 이는 주체사상을 지도사상으로 하는 조직에서는 상상도 할 수 없는 일이었다. 주사운동권에서는 '김일성 주석' 또는 '위대한 수령 김일성 동지'라고 해야 한다. 그래서 이 조직은 간부들에게 야단을 맞기도 했다.

김영환은 1993년 1월 결혼도 했다. 김영환은 NL계 운동권 출신의 대표적인 조직이었던 나라사랑청년회에 나갔다. 이 조직은 1991년 말에 결성된 것으로 매주 한 차례 모임을 갖고 있었다. 김영환은 다른 운동권 인사는 무슨 생각을 하는지 분위기를 체크하기 위해 이 모임에 나갔다. 1992년에는 이화여대 사학과 83학번인 차시내가 회장이었다.

김영환이 먼저 프러포즈를 했다. "평생 어려운 길을 가려는데 반려가 돼줄 수 있겠습니까" 하고 묻자 차시내는 며칠 기다려 달라고 했다. 차시내는 김영환의 프러포즈를 받아들이고 함께 어머니를 찾았다. 어머니는 차시내가 기특하기도 하지만 아들의 현실적 상황을 말해 줄 수밖에 없었다.

"내 아들은 현재도 돈을 벌지 못하고 앞으로도 돈을 잘 벌지 못할 것 같은데 그래도 괜찮겠나?" 그러자 차시내는 뜻밖에도 "돈은 둘 중에 한 사람만 벌면 됩니다"라고 답했다.

결혼식은 동작구민회관에서 투옥됐을 당시 담당 변호사였던 조준희의 주례로 열렸다. 부인은 1995년부터 중국에서 식료품 수입업을 한다. 주로 광저우에서 활동하는데, 김영환도 부인을 만나기 위해 자주 중국을 찾게 됐다.

혁명놀음

정대화는 1990년 1월 구속돼 징역을 살고 나서 1993년에 출감했다. 정대화는 주체사상을 지도이념으로 하는 공산혁명운동은 이제 자신의 생리에 맞지 않는다고 판단하고 고시공부를 했다.

그러자 중앙위원들이 조직의 승인을 받고 하라며 중앙위원장인 김영환을 만나 보라고 권유했다. 그런데 정대화가 만난 김영환은 뜻밖에도 "프롤레타리아 독재가 문제이다. 북한은 관료주의가 심하다. 북한에서는 오히려 주체사상이 실현되기 어렵다"는 등의 공산주의와 북한을 비판하는 발언을 했다.

그러나 김영환은 북한에 직접 다녀왔다는 말은 하지 않았다. 다만 "연변에 가면 북한을 왔다 갔다 하는 탈북자들이 많다. 한국에도 북한에 갔다 온 사람들이 있는데 이들의 말을 들어보면 그렇다는 것을 알 수 있다"고만 했다.

김영환은 이어 "김일성은 초기에는 민족을 위해 열심히 일했는데 뒤에 가서는 왜 부패하고 타락했는지 연구해 봐야 한다. 북한 경제가 1960년대까지 고도성장을 했는데 나중에 안 된 것은 절대권력이라서 부패한 권력의 문제인지, 아니면 사상이나 체제의 문제인지, 즉 이념

자체가 창의성을 계발하는 데 장애가 되는 문제인지 최대한 연구해 봐야 한다"고 말했다.

사실 정대화가 출감해서 보니 많은 운동권 출신이 고시공부를 하고 자리를 잡아가는 것도 충격이었다. 게다가 결혼도 했기 때문에 생활 문제도 걸렸다. 해서 생활을 정리하면서 생각도 정리하기 위해 김영환을 만나서 사상 재교육이라도 받아야겠다는 생각이었는데 뜻밖에도 그가 북한을 비판하는 것이었다. 정대화도 감옥에서 소련 동구의 공산주의가 무너지는 것을 보고 공산주의에 대한 생각이 바뀐 터였기에 김영환의 말이 이해가 됐다.

김영환은 1994년 '푸른사람들'이라는 조직을 만들고 기획실장이 됐다. 이 조직은 김영환, 허인회, 조혁 등이 함께했다. 이 조직은 뚜렷한 이념을 내세우지는 않았다. 단지 기존 운동권에서 빠져나오려고 하거나, 기존 운동권과는 뭔가 다른 조직을 만들자는 취지로 결성한 것이다. 회원은 과거 운동권 출신 인사들로 1백여 명이나 됐다. 김영환은 '마르크스주의 비판', '북한사회 비판' 등을 집필해 내부 교육용 교재로 썼다.

김영환은 1995년 월간 '말' 4월호에 인터뷰를 했다. 지하에서만 활동하던 그가 공개적인 인터뷰에 응한 것은 처음이었다. 여기서 이전의 반미에 대한 반성을 시작했다.

"미국과 우리를 상호적대적인 관계, 단절의 관계로 발전시키는 것은 양국을 위해 불행한 일입니다 …엄밀하게 말해 우리나라가 미국의 식민지는 아닙니다. 경제적으로 부등가 교환을 한다든지, 무역의존도가 심하다든지, 자본의 직간접 투자가 많다든지 하는 것들은 현대적인 국제관계 발전 양식의 하나로 봐야 할 것입니다."[1]

강철, 김영환은 남한은 미국의 식민지이므로 우선 미국을 몰아내는

---

1 「반미·북한, 그리고 90년대에 대한 나의 생각」, 월간 『말』 1998년 4월호, 71~79쪽.

민족해방 운동을 해야 하며 사회주의 건설은 민주주의 훈련을 쌓은 뒤에 하자는 이른바 민족해방인민민주주의혁명론(NLPDR)을 제창한 인물이다. 김일성도 김영환에게 이야기했지만 남한이 미국의 식민지라는 생각이 주체사상에 의한 남한 혁명의 출발점이다. 한국이 "미국의 식민지가 아니다"는 발언은 이전까지 외부에 알려진 주사파의 대부 강철, 김영환의 입에서는 나올 수 없는 내용이었다. 혁명이론에 정통한 사람이라면 이 대목만 읽고도 김영환이 사상전향을 시작했다는 사실을 눈치챌 수 있을 것이었다.

주체사상에 대해서도 태도가 바뀌었다. 당시 남한의 사회주의 운동세력 사이에서 주체사상은 남한 사회를 변화시킬 공산혁명의 지도사상이었다. 그런데 김영환은 이 인터뷰에서 주체사상으로부터 마르크스 레닌주의에서 가져온 계급이론, 프롤레타리아 독재론, 당이론, 국유화론 등을 제거해야 한다고 주장했다. "그러면 주체사상에서는 무엇이 남는가"라는 질문에 그는 "철학적인 부분만이 남습니다"라고 답했다. 더 이상 남한 혁명의 지도이념은 아니라는 주장이었다.

1995년 말 김영환은 푸른사람들에서 내는 기관지 '푸른사람들' 1996년 1월호에 '세상이 바뀌면 시대정신도 바뀐다'는 제목으로 글을 실었다. 이 글에서 그는 운동권 지도자로서 이전까지 가지고 있던 한국 사회에 대한 비판을 대부분 거두어들였다. 먼저 박정희 전 대통령에 대해 긍정적으로 평가했다.

"나는 과거에 학생운동을 할 때, 마르크스와 박정희 사이에 매우 중요한 유사점이 한 가지 있다는 것을 느꼈는데, 그것은 생산력의 발전을 사회발전의 가장 중요한 변수로 보았던 점이다. 마르크스나 박정희는 모두 전 인구의 80% 혹은 그 이상이 절대적인 빈곤 상태에 있었을 때 살았던 사람들이다. 그리고 이 사람들의 이러한 판단이 상당 정도는 성공했다고 생각한다. 헐벗고 굶주리는 사람들에게 그 경제적 상태를 개

선해 주지 못한다면 다른 어떤 것들이 이들에게 행복을 가져다 줄 수 있겠는가? 그리고 이들은 일차적으로 성공했다."[2]

김일성의 남조선 혁명론과 주체사상에 입각해 학생운동을 이끌 때에는 미 제국주의의 괴뢰이자 군사파쇼에 불과했던 박정희 대통령이 이제는 사회주의 사상의 창시자인 마르크스급으로 급격히 격상된 것이었다. 김영환은 북한에 가서 북한의 정치적인 질식 상태와 참담한 경제적 실상을 대한 이후에야 비로소 박정희를 복권시킬 수 있었다. 김영환은 이어서 당시 운동권에서 끊임없이 문제를 제기했던 국가보안법의 폐기도 중요하지 않은 사항이라고 단언했다.

"국가보안법 위반자도 95%는 처벌하지 않고 단지 저항 세력 탄압용으로만 쓰기 때문에 일반 대중이 이 때문에 불편을 느끼는 경우는 거의 없다. 다시 말해 정치적 제약이 대중에게 절실한 문제로 다가오던 시절은 지났다는 것이다. 자유민주주의적인 정치적 권리가 더 신장되면 좋기는 하겠지만 그것이 대중 생활에 큰 차이를 가져오지도 않고 대중도 중요한 요구로 제기할 가능성도 없다. 이러한 문제들은 더 이상 대중의 중요한 요구가 아니다."

김영환은 이때까지도 주체사상을 지도사상으로 하는 지하당 조직인 민혁당의 총책인 중앙위원장이었다. 그 자신 북한을 밀입북했으며 무전기 등으로 연락을 하기도 했다. 또 북한으로부터 공작금을 받아 썼고, 권총도 가지고 있었다. 적발되면 그는 국가보안법의 제일의 처단 대상이 될 입장이었다. 그러한 입장이면서도 국가보안법의 개폐문제는 중요하지 않다는 이야기를 공개적으로 한 것은 북한의 이론에 따른 남한 혁명에 대한 열망을 버렸음을 공개적으로 선언한 것이었다. 동시에 현재 중요한 것은 북한에 대한 민주혁명이라는 생각을 드러낸 것이기도

---

2 「세상이 바뀌면 시대정신도 바뀌어야 한다」, 푸른사람들, 1996년 12월, 27~32쪽.

했다. 이 문건은 공식적으로 발간되는 것인 만큼 민혁당 조직원들도 볼 수 있었다. 당연히 민혁당 내 열렬한 주체사상 신봉자들의 반발이 터져 나왔다.

다음 해 1월 민혁당 하부 조직원인 J(현 민노당 간부)가 한청협(한국청년단체협의회) 기관지인 '자주의 길'에 비판의 글을 게재했다. 공산주의 조직에서 말단 조직원이 최고 지도자인 중앙위원장을 공개 비난하는 일은 상상할 수 없는 하극상이었다. 그런데 J는 하영옥의 관리하에 있는 인물이었다. 김영환이 놀라서 하영옥에게 J의 기고를 사전에 알고 있었는지 물었다. 놀랍게도 하영옥은 "미리 알고 있었으며 기고 내용도 사전에 협의했다"고 답했다.

김영환은 하영옥에 대한 징계를 추진했다. 중앙위원인 박금섭이 동의하면 되는 것이었다. 그런데 박금섭은 이때에는 이미 변호사가 돼 운동권을 떠난 상태나 다름없었다. 조직에 대한 관념이 없었다. 박금섭은 "15년간 절친하게 지낸 사이에 징계를 할 수 있겠느냐"고 부정적으로 답했다.

사실 우리나라에서 이념대립이라는 것이 늘 이런 식의 인정론으로 끝나는 경우가 많다. 공산주의 운동을 벌이던 학생이나 지식인들을 처벌하려 들면 다 배우는 학생이요, 약자를 동정하는 지식인이라는 동정론이 고개를 든다. 개인적인 차원에서도 좌우파 간의 대립이라는 것이 마지막에 가서는 이처럼 인정론에서 꼬리를 내리고 만다. 그렇지 않을 경우에는 몰인정하다든지 잔인하다는 비난을 듣기 십상이다. 이래서 죽기 살기로 싸우던 혁명투쟁이 몰락에 즈음해서는 치기 어린 혁명놀음으로 용서받고는 한다.

김영환도 박금섭의 인정론에 밀려 하영옥을 제명하지 못했다. 하지만 민혁당 조직은 정상적으로 굴러가지 못했다.

반년이 지난 뒤 김영환은 핵심 간부들이자 오랫동안 절친한 관계였던 하영옥, 박금섭, 조유식 등에게 다음과 같은 내용의 편지를 보냈다.

"북한 정권은 인민의 편에 있는 게 아니라 인민의 반대편에 있다. 우리는 혁명가이므로 인민의 편에 서서 싸워야 한다. 지금 당장 필요한 것은 북한 혁명이다. 인민을 굶주리게 하고 억압하는 김정일 정권을 타도하려 한다. 동참하라."

조유식은 흔쾌히 동의했다. 박금섭은 운동권을 떠난 사람이었다.

김영환은 민혁당을 해체할 수 있게 됐다고 판단했다.

1997년 7월, 서울 종로의 한 레스토랑에서 민혁당 중앙위원회는 해체를 결의했다.

수령론 비판

민혁당 해체를 결의한 3개월 뒤인 10월, 민혁당 조직원이었던 J에게 최정남이라는 사람이 찾아왔다. 최는 자신이 북한에서 내려왔다며 같이 일하자고 권유했다. 그런데 J는 최의 접촉을 안기부의 역공작이라고 판단해 경찰에 신고하고 기자회견을 했다. 경찰은 당시 이 기자회견을 만류했다. J를 통해 최를 잡기 위해서였다. 그럼에도 불구하고 J가 기자회견을 하자 안기부는 언론기관에 엠바고를 요청했다. 그런데 엉뚱하게도 시사저널에서 엠바고를 깨고 이를 보도해 버렸다. 그런데 최정남은 이러한 사태의 진행을 모른 채 J와의 약속장소에 나타났다가 경찰에 붙잡혔다. 최정남은 부인과 함께 잡혔는데 부인은 조사를 받다가 독약을 먹고 자살했다.

김영환은 당시 부인을 만나러 중국에 머무는 동안 이 소식을 들었다. 김영환으로서는 당연히 북한 공작원이 왜 J를 만나러 왔을까 하는 의문이 들었다. J는 민혁당 말단 조직원이면서도 중앙위원장인 자신을 공개비판했던 인물이다. 김영환은 자신이 북한과의 연락을 일방적으로 끊어버리자 자신을 비판한 J를 찾아간 것이 아닌가 생각하게 됐다. 민혁당이 둘로 쪼개지자 북한은 J가 북한의 노선을 고수하고 있는 것으로 파악한 것이 아닐까 하고 김영환은 추정했다. 여기까지 추리하게 되자 김영환은 최정남이 민혁당에 대해 잘 알고 있는 인물이라고 확신하게 됐다. 그렇다면 안기부 수사과정에서 자신에 대한 일을 불어 버릴 가능성이 컸다. 생각이 이쯤에 이르자 김영환은 중국에서 귀국할 수 없었다.

김영환은 앞으로의 사건 전개에 대해 우려했다.

먼저 김영환은 북한에 대해 우려했다. 최정남을 보내 J와 접촉했을 정도라면 여러 군데 손을 썼을 가능성이 높았다. 북한의 정보 능력을 과소평가할 수 없는 일이기 때문이다. 또 당시 중국은 한국과 좋은 관계를 유지하고 있었다. 만약에 한국 정부가 김영환의 범법 사실을 파악하고 중국정부에 신변 인도를 요청하면 중국정부가 이에 반대할 가능성도 없어 보였다. 중국이 인권을 존중하는 나라가 아니기 때문에 그럴 경우 어떤 식으로 나올지 전혀 짐작할 수 없었다.

이렇게 생각해 보니 김영환은 자신이 북한의 위협에도 노출됐으며, 남한의 수사당국에도 쫓기는 상태이면서 중국에서도 안전하게 머물 수 없는 상황이라는 결론을 내릴 수밖에 없었다. 김영환은 인권의식이 높고 정치적인 피의자를 추방하지 않는 서유럽으로 옮겨야겠다고 생각했다. 그리고 대상지를 물색하던 김영환은 독일을 점찍었다.

김영환은 내친김에 송두율 등을 만나 전향을 설득해보겠다고 마음먹었다. 그러나 주위에서는 "송두율과는 이야기가 통하지 않을 것이다. 오히려 베를린에 있다는 것만 노출된다"며 말렸다.

독일에서 두 달쯤 있다 보니 상황이 그리 위험한 것은 아니라고 판단됐다. 그래서 다시 중국으로 돌아가 가족과 합류했다. 그런데 나중에 보니 최정남은 김영환에 대해서는 전혀 모르고 있었다.

다음 해인 1998년 4월, 김영환은 월간 '말'에 '수령론은 거대한 사기극'이라는 제목의 논문을 실었다. 그는 자신이 과거 주체사상을 도입한 것은 '일종의 우상깨기 운동'이었다고 규정했다.

"우리들의 머릿속에 자리 잡고 있는 마지막 남은 우상인 '북한 콤플렉스'를 깨어 버리려는 노력이었다. 우상을 깨고 이성을 세우자는 것은 어떻게 보면 지식인으로서 아주 당연하고 정당한 노력이었다. 그러나 우상을 깨려고 시작한 운동이 시간이 흐르면서 그 스스로 새로운 우상을 만들어내기 시작했다. … 우상은 지식인의 적이며 민중의 적이다."[3]

이어서 그는 운동권 내부의 북한 추종주의라는 우상을 강렬하게 비판했다. 그는 자신이 북한에 대해 갖고 있던 호감이 변하게 된 이유 세 가지를 꼽았다.

첫째, 남한의 진보운동권을 조금도 고려하지 않은 북한의 태도와 정책에서 느끼는 배신감이 쌓여왔다. 둘째, 90년대 초부터 탈북자들의 증언을 비롯한 북한과 관련된 생생한 정보들이 많이 쏟아지게 됐고 이러한 생생한 정보를 기초로 북한의 실상을 보다 정확히 알게 된 때문이다. 셋째, 주체사상과 북한의 실상을 집중적으로 연구한 결과 북한이 주체사상의 기본원리를 전혀 지키지 않고 단지 독재의 도구로 사용하고 있을 뿐이라는 것을 깨달았기 때문이다.

그는 특히 탈북자들의 정보를 기초로 다음과 같이 북한 사회를 소개했다.

첫째, 북한에선 기본적 인권이 전혀 보장되고 있지 않다. 둘째, 관료주의가 극심하다. 셋째, 부정부패가 극심하다. 넷째, 무능과 비능률로

---

3 「북한의 수령론은 완전한 허구이자 거대한 사기극」, 월간 『말』 1998년 5월호, 73~77쪽.

가득 차 있다.

이 정도의 주장만이라도 북한이라는 '우상'에 빠져 있던 운동권에게는 듣기 어려운 이야기였다. 그러나 보다 충격을 준 것은 이른바 한국 사회에 주체사상을 도입한 원조로 치부되는 김영환이 수령론을 사기극이라고 하면서 주체사상의 수령인 김일성과 김정일을 직접적으로 비판한 것이었다.

"명백한 것은 북한 이데올로기의 구성요소로서의 주체사상 수령론은 허구이며 사기라는 것이다. 그것은 3천만 북한 인민을 엄청난 고통의 도가니로 몰아넣은, 그 어떤 명분으로도 용서할 수 없는 거대한 사기극이다."

한국 사회의 사회주의 운동에 주체사상을 처음 도입한 주사파의 원조로 존중을 받는 김영환이 주체사상을 지도이념으로 활동하는 당시의 운동권은 모두 용서할 수 없는 사기극에 동참한 꼭두각시이자 얼간이들이라는 판정을 내린 것이다. 운동권에서 공안기관이라고 부르는 정부나 어용언론이라고 비난하는 제도언론에서 이러한 판정을 내리는 일은 새삼스러운 일이 아니다. 용공조작이니 민족분열이니 하면서 비판내용을 물에 타버리거나 매도해버리면 되는 것이기 때문이다. 그러나 김영환은 한국 사회에서는 주사파들을 출생시킨 산파나 다름없는 사람이다. 그 산파가 자신이 이 세상에 꺼내 놓은 아이가 태어나서는 안 됐던 아이라고 한 것이나 다름없었다. 아니면 스스로 뿌린 씨앗에서 나온 나무가 독나무라는 사실을 알고 놀라서 이를 뽑아 버리려 한 격이었다. 그러나 산파가 출산시킨 아이도 세월이 지나 자라면 다시 어머니의 뱃속으로 집어넣을 수는 없다. 농부가 뿌린 씨앗에서 자란 나무를 다시 씨앗 속으로 집어넣고 땅에 묻을 수는 없는 노릇이었다.

한국의 사회주의 운동권에 주체사상은 이미 깊게 뿌리를 내리고 있었다. 김영환의 북한 비판에 대한 비난이 쏟아졌다. 가장 대표적인 것은 이른바 송두율식의 내재적 접근론에 의해서 북한을 바라보자는 것이었다. 월간 '말'은 이 내용을 다시 모아 싣기도 했다.

김영환은 논리적으로나 사상적으로나 최후까지 북한에 대해 호의적인 생각을 가졌던 인물이다. 마지막에 북한에 가서 김일성까지 만나고 나서야 모든 기대가 무너졌다. 그러나 김영환만큼 사상적으로나 현실적으로 깊이 파고 들어가지도 않고 북한 사회에 대해 막연하게 환상을 가진 한국 사회의 주체사상 운동권은 아직도 김영환이 지적한 대로 북한을 우상으로 섬기고 있다.

어쨌든 김영환이 북한에서 내세우는 주체사상의 핵심이랄 수 있는 수령론을 '사기극'이라고 비난하고 북한 체제가 썩을 대로 썩었다고 비난한 글이 공개되고 논쟁이 이어지자 북한에서는 김영환에 대해 미련을 완전히 버렸을 가능성이 매우 크다.

그래서 북한에서 내려보낸 간첩이 바로 진운방이었다. 진운방의 임무는 김영환을 만나보고 안 되겠다고 싶으면 민혁당의 다른 인물을 데리고 오든지 종합적으로 판단하는 것이었다. 수사당국의 발표에 따르면 진운방은 이전부터 알고 있던 남한 내의 연락책을 통해 민혁당의 잔존 조직원들과 연결이 됐다는 것이다.

북한에 대한 생각이 바뀌고 민혁당도 해체했지만 김영환이 북한과의 연계를 완전히 끊은 것은 아니었다. 김영환의 생각에 만약 북한과의 연계를 완전히 끊을 경우 당장 들이닥칠 부정적인 결과가 우려됐다. 자신에게 북한이 위해를 가할 수도 있고, 북한이 민혁당 잔존 조직원들을 통해 엉뚱한 일을 저지를 수도 있기 때문이었다. 북한으로부터 연락을 받지는 않았지만 1년에 한 차례씩 무선 연락을 보냈다. 그리고 연락책에게 북한에서 받은 권총 두 자루를 부품별로 분해해서 지하철역의 공용 쓰레기통에 하나씩 버리라고 지시해 증거물을 폐기했다.

공소보류

국정원 발표에 따르면 한국에 잠입했던 간첩 진운방은 하영옥을 만난 뒤 1998년 12월 17일 남해안 충무 부근에서 잠수정을 타고 북한으로 출발했다. 이 잠수정은 우리 해군의 공격을 받고 침몰했고, 진운방은 사망했다. 인양된 잠수정에서 각종 자료가 나왔다.

먼저 국정원은 전화번호를 찾아냈다. 이 전화번호는 간단한 방식으로 변환한 것이라서 쉽게 해독됐다. 여기서 김영환 등 민혁당 간부들의 전화번호가 확인됐다.

그런데 김영환은 당시에 이미 민혁당의 해산을 결의하고 북한과의 연계를 끊고 있었기 때문에, 북한 측이 신변을 위협할 것을 우려해 주위와의 연락을 완전히 차단하고 있었다. 국내에서 그와 친한 몇 명에게만 중국 광저우에 있는 아내의 거처 전화번호만 알려주었다. 김영환 자신은 아내와 따로 거처를 마련해 지내는 상태였다. 아무에게도 전화번호 등 연락처를 알려주지 않았다. 그런데 김영환의 아내 거처 전화번호가 나온 것이었다. 하지만 김영환은 이 사실을 당시에는 전혀 알 수 없었다.

잠수정에서는 또 '시대정신' 1, 2호가 나왔다. 국정원 수사관들이 전화번호의 인물들과 '시대정신' 주요 간부의 집을 집중 감시했다. 김영환은 중국에서 운동권 동료들의 조직인 '시대정신'의 간부들이 미행당하고 있다는 이야기를 간접적으로 들었지만 진운방이 혼자 잠수정 타고 가다가 죽었다는 소식은 전혀 들을 수 없었다.

'시대정신'은 1998년 8월(또는 9월)에 한기홍, 홍진표, 조혁, 이승규 등이 함께 창간했다. 과거의 운동권 사고방식을 극복하자는 취지였으며 처음에는 부드럽게 나가자는 의도였다. 민혁당의 김영환 계열 인물들의 참여도 있었다.

김영환은 1998년 상반기부터 이미 나름대로 중국에서 북한민주화운동을 벌이기 시작했다. 북한 탈북자들에 대한 조사를 벌이기도 하고 이들을 조직화하는 일이었다. 이들을 모아 본인들 의사에 따라 한국에 보내기도 하고, 북한으로 돌아가고 싶다면 북한으로 돌려보내기도 했다. 한국에서는 '시대정신'을 중심으로 북한민주화운동을 논의했다. 이 때문에 언론의 관심을 모았다.

그러던 중 다음 해인 1999년 '월간조선' 6월호에 '시대정신' 간부들에 대한 기사가 났고 김영환은 중국에서 서면 인터뷰에 응했다. 조갑제 '월간조선' 편집장이 정부 당국에 김영환이 왜 귀국하지 않는가를 김중권 청와대 비서실장을 통해 국정원에 문의했다. 그러자 국정원에서는 "수사목적의 조사를 하지 않겠다. 그리고 출입국과 관련해 특별히 제한이 있는 것도 아니다" 등의 약속을 했다.

그러나 김영환은 당장 귀국하지 않았다. 귀국을 하면 결국 국정원의 조사를 받게 될 테고, 그러면 민혁당에 대해 사실대로 이야기를 해야 하는지가 고민이었다. 그럴 경우 반응이 너무 커져서 북한민주화운동에 부정적인 영향을 끼치지 않을까 하는 우려 때문이었다.

그리고 과거 통혁당 사건에 비추어 보면 민혁당 사건으로도 구속될 만한 사람이 수백 명에 이를 수도 있다는 게 김영환의 판단이었다. 그런데 이제 생각을 바꾸어 생업에만 종사하거나, 북한 민주화운동을 하는 사람들은 처벌을 면해준다는 아무런 보장도 없었다. 국정원이 수사목적의 조사를 하지 않는다지만 이게 또 무슨 이야기인지도 알 수 없는 일이었다. 게다가 운동권에 찍히면 북한 민주화운동을 하는 사람들을 불러 모으기도 어려워진다. 한국의 사회주의 운동권의 생리는 특이하거나 이질적인 집단으로 찍히면 안 된다. 성향이 뚜렷하면 조직화에 도움이 되지 않는다. 대학에 신입생이 들어오면 지하서클들이 성향을 드러내지 않고 접근하듯이 북한 민주화운동도 반북 성향을 뚜렷이 드러내지 않아야 사람들을 불러 모을 수 있다는 게 김영환의 판단이었다.

그러나 김영환은 자신이 한국 정부에 특별히 반감을 가진 것도 아니고, 한국 정부에 우호적인 상태에서 북한 민주화운동을 하는 데 이 문제가 걸려 있으면 자신뿐만 아니라 다른 사람들에게도 짐이 될 수 있다고 판단했다. '시대정신' 동료들이 계속 미행을 당한다는 것도 부담이었다. 결국 김영환은 귀국해 민혁당 문제를 깨끗이 정리하기로 결심하고 7월 29일 귀국했다.

귀국 며칠 후 국정원에서 연락이 와서 중부경찰서 대공상담실에 출두했다. 처음에 수사단장 등 수사관 5~6명과 인사했다. 그리고 다음부터는 강남 역삼동의 라마다르네상스호텔에서 조사를 받았다. 조사를 받고 나서 월간 '말' 1999년 9월호에 돌발 인터뷰를 하게 된다. '국정원이 대규모 간첩단 사건을 조작하기 위해 나를 회유, 협박한다'는 제목이었다. 이 인터뷰에 대해 당시 '국정원의 수사가 시작됐으니 민혁당 잔존 조직원은 다 튀어라' 하는 신호라고 해석되기도 했다. 간첩이 내놓고 조직원들에게 달아나라고 경고했다는 것이다. 그렇게 되면 김영환은 국정원의 수사에 전혀 협조를 하지 않는 셈이 된다. 그러나 김영환이 인터뷰를 하게 된 배경은 이렇다.

그는·자신이 대한민국을 사랑했고, 대한민국 정보기관이 민혁당 사건을 제대로 알아야 한다는 생각에서 정보를 제공했다. 국정원 측도 김영환의 말을 받아들였고 조사책임자도 "나를 포함해 수사관들 모두가 무덤에 들어가서라도 비밀을 지키겠다"고 약속했다.

그런데 그가 볼 때 자신에 대한 조사가 끝나자 국정원의 태도가 조금씩 바뀌었다. 수사팀이 내부에서 법적으로 처벌할 사람들을 선별했다는 판단이 들었다. 김영환에게는 자술서를 요구했다. 자술서를 쓰면 이를 근거로 처벌할 수 있다. 그는 자신의 진술을 근거로 민혁당을 사건화하려는 것으로 판단했다. 그래서 못하겠다고 하자 수사관들이 설득했다. 김영환은 당초 생각했던 것과는 달리 부정적인 방향으로 일이 진행된다고 보고 대책을 의논하기 위해 월간 '말'에서 기자로 일하는 민혁당 조직원을 찾았던 것이다. 그러나 당시까지도 이 기자가 북한 간첩 진운방을 만나 민혁당 문제를 의논했다는 사실을 까맣게 모르고 있었다. 그런데 느닷없이 이 기자가 월간 '말'에 사건을 터뜨리자고 했다. 김영환도 국정원이 사건화하려는 의도를 어떻게든 막아야 한다고 보았다. 그러려면 결국 어떻게든 사건을 터뜨려야 했다. 그래서 원고마감이 끝난 상태임에도 부랴부랴 기자가 불려나와 인터뷰를 하고 기사가 게재됐다.

이틀 뒤 김영환은 아내가 있는 중국 광저우로 가기 위해 홍콩으로 출국하려다 공항에서 국정원 직원에게 제지당했다. 잠시 후 국정원 직원은 구속영장을 가져왔다. 밀입북, 민혁당 활동 등에 따른 국가보안법 위반 혐의였다.

이때부터 김영환은 일반 피의자와 똑같이 대접받았다. 옷도 죄수복으로 갈아입었고, 욕도 들었고, 엎드려 뻗치기를 계속한다든지 손들고 계속 있게 한다든지 하는 벌도 받았다. 김영환은 처음부터 다시 수사를 받았다.

하지만 국정원의 고민은 김영환의 혐의내용을 입증할 아무런 증거가 없다는 것이었다. 김영환은 권총 두 자루는 분해해서 버렸고 난수표도 폐기했다. 김영환은 대학시절부터 지하운동권을 지휘했고, 얼마 전까지만 해도 전위당의 총책으로 보안을 가장 강조하던 인물이다. 섣불리 증거를 남길 위인이 아니었다. 북한에서 받은 공작금도 다 써버리고 남은 게 없었다. 난수표 해독용으로 '나는 너에게 장미화원을 약속하지 않았다'라는 제목의 소설책 하나를 압수했다고는 하지만 이 책에 무슨 표시가 있는 것도 아니고, 이는 단지 일반 도서일 뿐이었다.

게다가 이제는 정권이 바뀌어 검찰에서는 간첩수사도 엄정한 증거를 요구했다. 검찰도 김영환 본인의 협조가 없을 경우 기소하기 어렵다는 의견을 국정원에 제시했다. 김영환은 법에 대해서 잘 아는 법대 출신이었다.

김영환 본인은 국정원에서 정확히 진술하긴 했지만 이것만으로는 재판할 때 증거능력이 없었다. 국정원이나 경찰에서의 진술만으로는 증거능력이 안 된다는 판례가 나온 것이었다. 김영환이 검찰에서 국정원에서의 진술 내용을 부인하면 그만이었다. 김영환은 국정원이 당초 약속을 어겼으므로 검찰에서 이를 인정할 뜻이 없었다. 그러자 초조해진 것은 국정원이었다. 국정원에서는 김영환에게 설득을 시도했으나 뜻대로 안 되자 조유식을 만나게 해주었다. 피의자끼리 만나게 하는 것은 이례적인 일이었다. 조유식은 김영환에게 이렇게 말했다.

"궁극적으로 진실의 힘을 능가하는 것은 없지 않겠는가. 다 인정하는 게 당장은 우리가 정치적으로 어려워지고 북한 민주화를 위한 운동을 하는 데 부정적인 영향을 끼치겠지만 결국에는 진실이 이긴다. 진실의 힘을 믿고 진실을 밝히자. 이를 우리가 부정하면 나중에 언론 역사학자 운동권 등이 진실이 무엇인가를 찾아내려 할 것이다. 그러면 우리는 옛날에 했던 일에 얽매여 지내게 되고 기존 주체사상 운동권과의 관계도 정리가 안 된다. 국정원 처리에 불만은 있지만 사실 감정적으로 처리할 문제는 아니다. 여기까지 온 것은 기정사실로 인정하고 진실을 중시하는 방향으로 해 나가자."

9월 3일에는 황장엽도 만났다. 황씨는 김영환에게 "나는 주체사상을 만들어 김정일 권력강화에 이바지했다. 1997년 한국에 온 뒤 김정일을 비판하고 있다. 당신도 간첩활동을 했더라도 다시 태어나는 마음으로 김정일을 비판하라"며 전향을 권유했다.

사실 김영환의 입장에서는 검찰에서 자신을 간첩 혐의로 구속했는데 기소를 못하면 운동권에서는 영웅이 되지만 북한민주화와 민혁당의 해소 등 자신이 원하던 바는 전혀 아니었다.

김영환은 생각이 바뀌어서 검찰에 가서 모든 것을 인정하기로 했다. 애초부터 국정원 측 요구는 가족과 변호사에게 국정원에서 진술하고 조사받은 내용, 즉 검찰에 송치되던 9월 9일 국정원이 발표한 내용이 모두 사실이라고 털어놓으라는 것이었다.

어머니는 당시까지도 거의 매일 민가협 어머니 회원들과 함께 국정원 앞에서 죄 없는 아들을 석방하라고 시위를 벌였다. 그리고 매일 면회할 때마다 "국정원의 조사 내용이 다 거짓말이지?" 하며 아들에게 물었다. 그러면 김영환은 "그렇습니다"라고 대답했다.

그런데 어느 날 김영환의 변호인이 "어머니 그러지 마세요. 실제로 (북한에) 갔다 왔답니다" 하고 말했다. 어머니가 이를 믿지 못해 아들에게 직접 확인했다. 그러자 아들도 "갔다 왔다"며 조사내용은 모두 사실이라고 답했다.

아들이 간첩이라니. 어머니로서는 꿈에도 상상조차 할 수 없는 일이었다. 아들이 대학 들어가고 16년 되는데 간첩혐의자라는 것은 생각해 볼 수도 없는 일이었다. 어머니는 너무 놀랐다. 어머니는 항상 아들이 민주화운동을 하고 가난한 노동자들을 위해 운동을 한다고 믿었다. 아들이 북한과 연계됐다고는 상상도 못했다. 어머니에게 북한 공산당은 뿔 달린 사람은 아니지만 우리나라를 침략한 사람들이었다. 어머니는 6·25를 직접 체험했다. 어떻게든 어머니는 북한에 우호적인 생각을 가질 수 없었다.

어머니는 이날 이후 단 한 차례도 아들을 면회 가지 않았다. 주위 사람들을 만나기도 싫었다. 얼굴이 시커매졌다. 집에서 밖으로 나가지조차 않았다. 그런데 한 운동권 학생의 어머니가 위로한다며 찾아와 "영환이가 북한에 갔던 것은 정말 잘한 일"이라고 말했다. 어머니가 무슨 말이냐고 다그치자 "이제는 북한에 대한 미망에서 벗어날 것 아니냐"고 말했다.

사실 어머니로서 아들에게 원망은 없었다. 모자지간이란 그런 것이다. 에미이기 때문에. 이제 이념이나 운동에 목숨 걸 일은 아니지 않은가.

어머니는 아들이 10월 7일 공소보류로 나왔을 때에는 꾸짖지도 못했다. 다행이라는 생각이 먼저 들었다. 이제는 아들이 옛날처럼 마음 졸이며 도망 다닐 일도, 어머니와 아내에게 숨기며 비밀리에 활동할 일도 없다.

엄밀히 따지면 그동안 아들의 행동은 시대에 뒤떨어진 행동이라고 어머니는 생각했다. 그러나 늦게나마 미망에서 벗어났으니 얼마나 다행인가! 그리고 스스로 뉘우치고 자수한 것도 어머니로서는 천만다행이었다. 아들이 대학시절 1년 반 동안 수배를 당해 도피하던 때에 어머니는 아들을 운동에 끌어들인 고전연구회 서클 선배를 얼마나 원망했던가. 그러나 사실 따지고 보면 아들 때문에 다른 집 아들딸들도 얼마나 많은 고초를 당했겠는가. 아들만이 아니라 여러 사람이 북한에 갔다 오면 달라질 것 같다는 생각이 들었다.

증인출두

2000년 1월 7일 하영옥 재판에 김영환은 증인으로 출두했다. 하영옥 본인은 민혁당 관련 모든 증언을 거부하고 있었다. 하지만 김영환과는 달리 증거는 많았다. 김영환은 하영옥을 노동당에 입당시키기도 한 민혁당 중앙위원장 자격의 증인이었다.

김영환의 입장에서 1997년 해체 결의 이전에 이루어진 일들은 대부분 김영환의 지시에 의해서 이루어진 일들인데 이를 김영환이 처벌하라고 하는 것은 도덕적으로 어긋나는 것이다. 하지만 하영옥은 민혁당 사건이 조작이라고 하니까 하영옥의 재판기록에 민혁당의 진실을 남기는 게 중요하다는 게 김영환의 판단이었다. 물론 김영환이 국정원에서 관련 진술은 했지만 진술자의 증언이 있어야 증거능력이 있는 것이다.

하영옥의 유죄를 판결하는 재판정에 김영환이 나섰다. 그러나 사실 하영옥의 주 혐의 사실인 간첩 혐의 부분에 대해서는 김영환은 무관했다. 때문에 김영환은 증언을 하는 데 큰 부담은 없었다.

김영환이 증언하려 하자 하영옥이 발언신청을 하고 김영환에게 물었다.

"옛날에 목숨을 걸겠다고 얘기했는데 지금 생각이 바뀐 이유가 무엇이냐?"

김영환이 답했다.

"내가 민혁당을 만든 이유는 민족민주운동을 하기 위한 것이었다. 그래서 당 이름도 민족민주혁명당으로 했다. 그런데 지금은 김정일 정권이 민족반역자이고 민주주의의 적이다. 지금도 나는 북한민주화운동을 하며, 민족민주를 위해 목숨까지 바치겠다는 결의에는 변함이 없다."

운동권 인사들로 가득 찬 방청석에서는 야유가 일었지만 김영환은 예상했기 때문에 별로 개의치 않았다.

2000년부터는 민혁당 간부들에 대한 재판이 이어졌다. 그러나 증언을 한 경우는 거의 없었다. 김영환이 재판정에서 증언을 거부한 사건은 영남위원회 사건이었다. 영남위원회는 사실 민혁당 영남위원회 산하의 울산위원회 사건이다.

이 사건이 상급심에서 핵심적인 부분에 대해 무죄판결을 받자 검찰이 이를 뒤집으려고 김영환에게 증언을 요청했다. 김영환은 증인출석을 거부하다가 결국 구인됐다. 그러나 김영환은 재판정에서 "나는 민혁당

사건으로 기소된 사람들을 직접 만난 적이 없다"며 선서 자체를 하지 않았다.

사실 민혁당에서는 실명을 거의 쓰지 않았다. 때문에 관련자들의 실재 인적사항을 모른다. 그런데 사건 관련자들의 인생을 좌우할 재판에서 유죄 판결을 받도록 증언할 수는 없는 노릇이었다. 이 사건이 민혁당 영남위원회가 아닌 그냥 영남위원회라고 한 것도 김영환이 민혁당이라는 말을 어떤 경우에도 쓰지 못하도록 규율로 정했기 때문이다. 김영환은 민혁당을 조직원 사이에서는 '동창회'로 부르도록 했다.

김영환이 영남위원회 사건과 관련, 증언을 완강히 거부하자 재판부는 여러 차례 벌금을 선고했다.

김영환은 이처럼 자신의 손으로 건설하고 자신의 손으로 해산을 결의한 민혁당의 실정법적인 마무리를 하는 재판에 불려 다녔다. 이로써 그는 민혁당과 법적으로도 완전히 손을 끊었다.

북한민주화운동

김영환은 두 가지 기구를 통해 북한 민주화운동을 벌였다. 하나는 북한민주화 네트워크, 다른 하나는 '시대정신'이다.

북한 민주화 네트워크는 1992년 12월 조혁이 회장을 맡으면서 창립됐다. 현재 회장은 한기홍이며 김영환은 연구위원으로 있다. 이 기구에서는 현재 잡지 'KEYS'를 발간하며 인터넷 신문 'www.dailyNK.com'을 운영한다.

'시대정신'에서도 김영환은 편집위원으로만 있다.

김영환은 북한 민주화운동과 관련된 조직사업이나 선전 활동, 이론 연구 등에 집중한다.

조직사업이란 '대학생이나 탈북자들을 모아 의식화 사업을 하는 것'이다. 서클을 만들고 대학생들을 교육하는 것이다. 그러나 김영환은 "대학생들을 모으기가 쉽지 않다"고 한다. "요즘 사회의 트렌드가 자칭 진보적인 단체들이 주도하는 만큼 대학생들에게 접근하는 것 자체가 용이하지 않다"는 것이다.

작년 가을 김영환은 지리산 천왕봉을 등정했는데, 원희룡을 만났다. 원희룡은 주위 인사들에게 김영환을 "학생운동의 천왕봉 같은 존재였다"고 소개했다.

김영환의 어머니는 지금 북한 민주화 네트워크를 지원한다. 적은 돈이지만 아들이 하는 것이니 옳고 이타적인 것이니까 한달에 얼마씩 지원한다.

2002년 대통령 선거전이 시작되기 직전 김영환은 과거 학생운동을 함께했던 동료들을 만났다. 이들은 대개 김영환의 영향으로 주체사상에 바탕을 둔 NL노선에 따라 학생운동을 벌였던 이른바 386세대의 대표적인 인물들이었다. 이들도 20년이 지난 이즈음에는 주체사상을 버린 상태였다. 노무현 후보 진영에서 활동하던 이들은 김영환에게도 함께하자고 제의했다.

김영환은 그러나 이들의 제의를 받아들이지 않았다. 노무현 후보의 측근에서 활동하는 사람들의 생각은 변했다 해도 386세대 일반의 생각은 변하지 않았다고 판단한 때문이었다. 정치인과 그 측근이 아무리 새롭게 변한다 해도 지지기반을 이루는 절대 다수의 생각이 변하지 않으면 운신에 한계가 있기 마련이다. 노무현 후보도 '386'의 지지를 받아 대통령에 당선된다면 결국은 지지기반의 뜻에 따른 정책을 펴지 않을 도리가 없는 일이다.

김영환은 결국 노무현 후보가 대통령이 되면 386의 의지를 반영하게 될 것으로 내다보고 노 후보 진영에 참여하지 않았다. 김영환에게 정치 참여를 권유했던 386동료 후배들은 대부분 현 정권에서 활동하고 있다.

김영환이나 이들처럼 운동을 계속해 온 사람들 대부분은 결국 생각이 변했다. 소련과 동유럽 공산주의의 몰락으로 상당수 운동권 인사들은 마음속에서 사회주의를 폐기했다. 이후 주체사상을 신봉하던 그룹의 상당수도 정치에 참여하면서는 생각이 바뀌었다.

그러나 아직도 상당수 '386'들은 대학생 때 가졌던 문제의식을 그대로 갖고 있는 듯하다. 박정희·전두환 정권은 파쇼정부이며 남한은 미국의 식민지라는 인식, 모든 부는 부패나 특권과 연결된 것이며 빈부 격차는 사회주의적인 분배정책을 통해서 해결되어야 한다는 생각 등은 지워지지 않은 상태이다. 이러한 의식은 물론 대학시절 탐독한 서적, 지하서클에서 선배들로부터 배운 이론, 그리고 시위에 참가하면서 외친 구호 등을 통해 가슴 깊이 새겨진 것이었다.

386세대가 대학에 다니던 1980년대는 한국 사회가 가진 모든 문제가 한꺼번에 폭발한 시기였다. 민주주의를 쟁취하기 위한 노력을 가로막은 신군부의 집권과 광주항쟁으로 정치적인 갈등은 극대화됐다. 또 고속성장으로 인한 빈부격차도 심화됐다. 기성세대는 이런 문제들에 대한 해결책을 마련할 준비가 돼 있지 않았다. 교수들도 정치인들도 아무런 말이 없었다. 당시의 대학생들은 모두가 고민했다. 서울대의 한 82학번 학생의 고백에는 당시 학생들의 고민이 잘 드러난다.

"나는 농민과 노동자들에게 죄스러운 마음을 느끼지 않을 수 없다. 나도 사회계층면에서 볼 때 그들보다 잘살고 있지 않은가. 아무런 고통도 받지 않고 많은 돈을 써가며 대학에 다니고 있지 않은가.

이 사회에서 기득권을 갖고 그것을 계속 유지하기 위해서 모순투성이인 현 체제를 고수하려는 계층은 과연 어떠한 세계관과 인간관에 젖어 있단 말인가? 수많은 사람들이 노력의 정당한 대가도 받지 못하고 빼앗기고 있는데 그런 것을 보고도 아무렇지도 않단 말인가? 나에게 현실을 깨치려는 노력이 없고 현실적인 불이익에 대한 두려움이 계속 존재하는 한, 나도 같은 동포의 고혈을 빠는 그런 자들이 되어 버릴 것이다. 나는 진실의 성으로 열심히 달려가 문을 열고 들어갈 것이다.

국민으로서 당연히 가져야만 하는 권리를 박탈당한 채 통제된 언론 속에서 살았던 나는 자라면서 검은색과 흰색밖에 볼 수 없었고 검은색은 나쁘다는 고정관념에 갇혀 버렸다. 이제 나는 고정관념의 벽을 부수고 진리의 세계를 위하여 앞으로 나아가리라. 진실을 외치고 현실의 모순을 외치리라고 다시 한 번 다짐해 본다.

그러나 언제일까? 나는 언제나 임금님은 발가벗었다고 큰 소리로 외칠 수 있을까?"*

이 글에 나타난 대로 386세대는 우리 사회의 고정관념에 도전했다. 마음속에서 간절하게 문제의 해결책을 찾던 386들은 지하로부터 던져진 사회주의에서 희망을 발견했다. 노동자가 주인이 되는 사회를 건설하고 외세를 축출하고 통일을 이루고자 했다. 이들은 서울대학교에 다니면서 한국 사회를 공부했지만 엄밀히 말하면 사회주의자들이 건설한 지하대학에 다니면서 한국 사회를 이해했다. 지하서클의 커리큘럼에 나온대로 공산주의를 배웠고 이를 실천하기 위해 국가권력과 싸웠다.

김영환도 이러한 386 중의 하나였다. 그는 지하대학에 다닌 선배, 동료, 후배들과 함께 많은 서적을 읽고 고민하고 열심히 싸웠다. 그리고 지하대학이 각종 사회주의의 분파성으로 지리멸렬해 가는 조짐을 보이자 마침내 북한의 주체사상을 지도이념으로 운동권을 혁신하고 지도하는 공산주의 혁명가가 됐다.

386세대는 지하대학에서 배운대로 우리 사회의 고정관념과 권력에 도전했다. 도처에서 시위가 벌어졌다. 대학가, 구로동, 인천, 광화문, 미

---

* 386세대, 그 빛과 그늘, 한상진 엮음, 2003년 문학사상사 발행, 26~27쪽.

문화원, 정당 당사, 군부대, 경찰·검찰의 취조실 등 싸움터가 아닌 곳이 없었다.

그리고 상당수의 386세대에게는 20년이 지난 지금도 이 싸움은 끝나지 않았다. 그들이 볼 때 우리 사회는 20년 전이나 지금이나 변한 게 너무 없기 때문이다. 대다수의 386이 볼 때 아직도 우리나라에서는 재벌이 노동자를 착취하고 있으며, 부유층은 아파트 투기로 불로소득을 거두고 있다. 20년 전이나 마찬가지로 우리 사회는 친일파와 그 후손들이 세력을 잡고 있으며, 남북한 간의 대치상태도 여전하고, 국가보안법도 그대로이다. 미국은 여전히 민족의 통일을 가로막는 제국주의 세력이다.

하지만 자세히 따져보면 변한 것도 많다.

한국은 큰 위기 없이 민주화를 이룩했다. 재벌들은 자신들의 노력으로 국제적인 경쟁력을 갖추어 나간다. 한국의 노동자들은 노학 연대를 통해 사회주의를 건설하자는 386세대의 간절한 열망을 끝내 외면했다.

밖으로 눈을 돌리면 더 많은 것들이 변했다. 20년 전 대학에 다니던 386리더들에게 희망이었던 공산주의 체제는 완전히 붕괴되어 사라졌다. 중국은 남한기업들이 많이 찾는 자본주의 제조업의 천국이 됐다. 세계자본주의는 위기에 빠져 곧 쇠퇴하리라고 보았던 미국은 이제 더 이상 상대를 찾을 수 없는 유일 초강대국이 됐다. 20년 전에는 한반도에서 핵전쟁을 벌인다고 미국을 비난했지만 이제는 핵위기의 원인은 북한의 핵무장이다. 그리고 무엇보다도 친일파도 몰아내고 미국도 몰아내고 주체사상으로 투철하게 무장해 사회주의 혁명을 성공시켰다는 북한의 수령들은 그동안 2백만명의 주민을 굶겨 죽였다.

이처럼 역사의 큰 물줄기가 바뀌었는데도 이제는 이 시대의 기득권으로 성장한 '386'들 중 일부는 여전히 변화를 거부한 채 대학시절 자취방과 구로동 공단 근처의 냄새 나는 골방에서 끼리끼리 모여 세미나를 벌일 때처럼 벌겋게 충혈된 눈으로 이 세상을 바라보며 쉰 목소리로 20년

전과 똑같은 저주를 퍼붓는 것이 아닐까.

그러나 이념적인 측면에서 386의 가장 앞에 섰던 김영환은 세상의 변화를 받아들였다. 남들보다 먼저 북한에 대한 금기를 털어버렸던 그는 직접 경험을 통해 가장 먼저 북한이라는 우상도 깨뜨렸다. 그리고 스스로 저질렀던 오류를 반성했다.

386의 정체성을 부친살해라고 본 박효종 교수는 그리스 신화에서 아버지를 죽인 오이디푸스가 죄책감에 자신의 눈을 찔렀듯이, 386세대도 건국세력과 산업화세력의 정당성을 포괄적으로 부정하는 한 부친살해의 정체성이 주는 압박감에서 벗어날 수 없다고 강조했다.[**]

김영환은 386 가운데 가장 먼저 오이디푸스가 된 셈이었다.

개체발생은 계통발생을 반복한다는 말이 있다. 김영환의 행로行路가 386세대 전체의 행로를 예감하게 하는 것은 아닐까.

[**] 박효종, 2005.